SALIDA DE EMERGENCIA
y TRES NAUFRAGIOS INEVITABLES

SALIDA DE EMERGENCIA
D.R. © José Ignacio Valenzuela, 2014

 punto de lectura

De esta edición:

D.R. © Santillana Ediciones Generales, SA de CV
Av. Río Mixcoac 274, Col. Mixcoac
cp 03240, México, D.F.
Teléfono: 54-20-75-30
www.puntodelectura.com.mx

Primera edición en Punto de Lectura (formato MAXI): Diciembre de 2013

ISBN: 978-607-11-3110-2

Diseño de cubierta: Ramón Navarro / www.estudionavarro.com.mx

Impreso en México

SALIDA DE EMERGENCIA
y TRES NAUFRAGIOS INEVITABLES

Cuentos

José Ignacio Valenzuela

La única salida es a través.
Fritz Perls

Mis agradecimientos eternos a Anthony Ortega
por abrirme la puerta y contarme su historia.
Con todo lo que eso implica.

Y a Ana María Güiraldes
por enseñarme a usar las palabras.
Con todo lo que eso implicó.

PRÓLOGO
ABRIR LAS PUERTAS DE PAR EN PAR

Ya no sé dónde, o con motivo de qué, Jorge Luis Borges sentenció —instalado ya en su ceguera (ese dato lo acabo de inventar, quién sabe si estaba realmente ciego cuando dijo lo que voy a decir que dijo)— que *la derrota es estéticamente superior a la victoria*. A veces incluso tengo mis dudas de que haya sido realmente Borges el autor de aquella máxima que repito y repito hasta el cansancio y que he convertido en mi eslogan literario. Pero como lo mío es lo que *podría* llegar a ser y no lo que *es* —para eso están historiadores y periodistas— me atribuyo licencia para inventar, llenar espacios vacíos, acomodar anécdotas y ficcionar hasta la más concreta de las realidades.

Por necesidad física, desgracia, suerte o simple azar, me he pasado la vida en hospitales y hoteles. Ahí he vivido, he transitado, he abierto y cerrado maletas, he tomado decisiones, he visto a la muerte cara a cara y he sufrido mis grandes sufrimientos. Lo curioso es que ninguno de los dos lugares me gusta: me producen claustrofobia, huelen eternamente del mismo modo y, lo que más me desespera, tienen un irrenunciable aire de para *siempre*. El adorno que está en la mesita junto a la ventana siempre estará ahí. La bolsa del suero siempre colgará a un lado de la cama metálica. Si uno abre el cajón del velador siempre encontrará una Biblia. El timbre siempre llamará a una enfermera. Y siempre es una palabra que odio porque, en el fondo, es una mentira enorme y las mentiras sólo las tolero en las páginas de un buen libro.

Pero existe *algo* que me permite sobrevivir a mis estadías hospitalarias y hoteleras: la salida de emergencia. Esa puerta que como un milagro con bisagras se abre hacia la salvación, hacia el aire fresco, hacia la escapatoria. Eso sí: sólo se debe hacer uso de aquella puerta en momentos de crisis, en momentos de angustia, en momentos donde la realidad está siendo sacudida por alguna catástrofe y no queda más remedio que huir por detrás para poder seguir viviendo. Y, acomodado en esos colchones ajenos, me duermo sabiendo que si la claustrofobia es mucha puedo arrancar cuando quiera. Y sin que nadie me vea.

Estos últimos años no he podido dejar de pensar en Borges y su derrota estética, y en las miles de salidas de emergencia que he visto señaladas en los lugares por los cuales he transitado. Y he aprendido, también, que cuando mis días sucumben en tragedias y desorden, en dudas y rupturas, tengo que ser capaz de abrir mi propia salida de emergencia. Esa que, en mi caso, significa sentarse frente a una hoja de papel en blanco, tomar un lápiz (escribo en mi computadora, lo sé, pero ya dije que miento por vocación y profesión) y dejar que las lágrimas salgan convertidas en tinta. Y he llorado muchas palabras este último tiempo. Muchas. ¿Cuántas? Todas las que conforman estos cuentos. Cuentos que salvaron mi pellejo, cuentos que llegaron sin aviso ni invitación, cuentos que al igual que una flecha roja me señalaron el camino hacia mi libertad personal, cuentos que se abrieron de par en par para dejarme transitar entre ellos, como un testigo más de mis propias historias, esas que ya no sé si invento, si me las soplan al oído, o si hablan de derrotas estéticas o victorias poco agraciadas. Sólo sé que son mis historias y que por eso tengo que abrirles la puerta para dejarlas entrar. O salir.

San Juan, Puerto Rico
2010

SALIDAS DE EMERGENCIA

NARANJAS EN EL SUELO

Lo primero que verás cuando entres a la habitación será su cuerpo hundido en la semi penumbra. Así le gusta a él: las ventanas cerradas, las cortinas corridas, hacerle difícil el trabajo a la luz, bloquear los rayos para que así ese cuarto entero sea una burbuja permanente de noche, que nunca se sepa qué hora del día es. Pero tú no te sorprendes, ya estás acostumbrada. Han sido tantos los meses en los que él ha vivido como un animal castigado, mudo. Tú le tienes pena. Lástima, más bien. No te gusta verlo así. No puedes dejar de recordarlo alegre, vital, un ser humano que estremecía la casa entera con su risa, con sus chistes, con sus pasos de arriba abajo. Y ahora lo ves ahí, arrumbado en esa esquina oscura, la espalda curva, el cuello caído, la respiración convertida en un hilo tan delgado que siempre está a punto de cortarse. Se va a morir de pena, piensas. Cualquier día se me muere de pena.

Avanzas por el cuarto con la habilidad de meses de hacer el mismo camino. La bandeja en tus manos:

una taza, algunos panes, láminas de queso, un plato con fruta de la estación. Lo dejas en una mesa que sabes que estará ahí, porque él ya no tiene fuerzas ni para moverse. Mira bien, eso no es cierto. Arrumbó algunas sillas en una esquina, abriendo así un espacio al centro del dormitorio. Sí, estuvo cambiando de sitio los muebles. Y te alegras, tal vez esta pena enorme como un mar nocturno se esté yendo, tal vez la risa le regrese a los labios, tal vez sus pasos vuelvan a retumbar por los pasillos de baldosas de ese hogar roto. Tú tampoco quieres pensar en el día que todo cambió. No quieres, pero la imagen de ese enorme árbol incendiado de naranjas maduras regresa aunque no se lo permitas. Y los ojos se te llenan de lágrimas, y un quejido se te estanca a mitad de garganta, y más pena le tienes porque se ha convertido en una sombra que se enclaustró para siempre a partir de ese momento.

Buscas a tientas la mesa y cuando la encuentras dejas ahí la bandeja del desayuno. Lo sientes moverse cerca tuyo.

—Quiero naranjas.

Eso no te lo esperabas. Claro que no. Hacía meses no le escuchabas la voz, esa voz antigua y conocida, que ahora regresa a ti algo desafinada por la falta de uso.

—Quiero naranjas.

Eso mismo habías oído al pie de aquel árbol. Naranjas, pidió el niño. Y ustedes dos, recostados en el pasto con la vista perdida en las nubes, le contaron un cuento. Tu marido inventó que cerca de la copa están las más sabrosas. Las naranjas preferidas por el sol. Las que todos los días él acaricia con especial cuidado. Y entonces de un brinco se aferró al tronco, con brazos, piernas, uñas. Y trepó.

—¿Estás seguro?

Preguntas para confirmarte que no fue tu imaginación la que escuchó su voz. Pero no. Te volverá a insistir que quiere naranjas. Las más redondas, las más fragantes, de las que crecen en la copa de los árboles. El olor a azahar se te mete de nuevo por las narices igual que aquel día. Sales del cuarto. Apenas cierras la puerta, lo oyes moverse dentro. Parece que arrastra una silla porque escuchas el rechinar de la madera contra el suelo. Y piensas que sería un verdadero milagro si por fin se decidiera a descorrer las cortinas, incluso a dar algunos pasos fuera de la habitación.

La luz te abre las pupilas como dos hoyos negros. Es día de feria. La calle entera se llena de olores vegetales, verdes, azucarados. El carretón de las frutas te espera como su cargamento de arcoíris y fragancias. Pides un kilo de naranjas. Y aclaras: de las que crecen en la copa de los árboles. Las ves caer una a una, esferas color sol, dentro del cartucho de papel. Naranjas cayendo sobre el pasto verde. Y él allá en la altura, lanzándolas al suelo, naranjas como pelotitas inofensivas, la mano tan arriba, cada vez más arriba, separando hojas y follajes, convertido en ardilla, en gato, en paloma, aferrado de ramas cada vez más enclenques, más delgadas, y el temor que te apretó el estómago porque, en el fondo, presentiste las cosas. Por eso diste un grito antes de tiempo, por eso te echaste a correr hacia el árbol mientras las naranjas seguían cayendo como goterones de lluvia colorida y formaban un charco en el pasto verde, y seguiste gritando.

Entras de nuevo a la casa y el único ruido que oyes es el de tus pasos contra las baldosas blanquinegras del suelo. El cartucho de papel café apretado contra tu pecho, lleno de su cargamento que te hace sentir tan culpable.

La casa está en silencio. En completo silencio. Tus pasos siguen avanzando por el pasillo rumbo a la cocina. De pronto has dejado de oír hasta tu propia respiración. Te detienes. El aire se ha llenado de olor a azahar, igual que aquella tarde al pie del árbol. Y ahí está otra vez el zarpazo en tu estómago, la puntada definitiva que hace que sepas lo que está ocurriendo, y esta vez te decides a actuar, y abres los brazos y caen las naranjas al suelo, como goterones coloridos de lluvia contra las baldosas en blanco y negro, y te echas a correr, y gritas su nombre, aúllas su nombre y sigues corriendo y si empujas las puertas de la habitación lo verás, al centro del cuarto, trepando como ardilla, como gato, como paloma, subiendo el respaldo de una de las sillas, intentando alcanzar el punto más alto, cerca del techo donde cuelga la cuerda, igual que tu hijo que ya llega a la copa, y tu marido estira las manos, y se aferra a la soga, y tu hijo también, hay una naranja, la de más arriba, la más sabrosa, la preferida del sol, la más solitaria, como tú, y ambos abren los brazos y se disponen a caer.

OLOR Y PIEL

Para Javiera y Michael, que me regalaron Hong Kong.

La mujer me hizo entrar. Mis ojos tardaron unos segundos en acostumbrarse a esa oscuridad tibia y olorosa a incienso, pero cuando pude logré distinguir un colchón en el suelo, una almohada a un lado, una taza de té humeante. Tuve una ligera vacilación: hasta donde yo sabía, los masajes se daban en una camilla, como de hospital, todo muy frío, metálico y con el mínimo de posibilidades de acercamiento entre los dos cuerpos. Incluso me habían dicho que uno acomodaba la cabeza en una especie de agujero, para poder estirar el cuello, quedar boca abajo, relajar los hombros y seguir respirando, todo al mismo tiempo. Me di la vuelta, para tratar de hacerle entender que tal vez había habido un error, que yo andaba buscando un masaje que me hiciera perderme un par de horas y no sexo con una tailandesa, pero la mujer indicó hacia el colchón con uno de sus dedos. Y sonrió, con esa sonrisa oriental que uno no sabe muy bien si es de amabilidad, hipocresía o la mueca gastada de alguien que ha hecho demasiadas veces el mismo rictus.

Me senté en el colchón, sintiéndome estúpido. ¿Qué? ¿Ella se iba a sentar también a mi lado y nos íbamos a poner a conversar en algún idioma común que no existía? Cuando yo iba a volver a hacer el intento de aclarar las cosas, ella me señaló la taza de té y, como si yo fuera un niño de tres años que está empezando a dar sus pasos en la vida, hizo el movimiento para que me la bebiera. Tomé la taza y la acerqué, precavido, primero a mi nariz. Un olor a jazmín, jengibre, tal vez miel o quién sabe qué especias orientales se me metió garganta adentro, como un largo y fragante dedo que sabe exactamente dónde tocar. Mis poros se pusieron en alerta, preparados para recibir un nuevo estímulo. Bebí a sorbos cortos, sintiendo ahora un calor extraño que bajaba hasta mi estómago y que me hacía respirar hacia afuera un soplido oloroso y nuevo.

La mujer me pidió que me desnudara. Y, como siempre, antes de que yo tuviera tiempo de hacer o decir algo, se acercó a una lamparita de aceite que ardía con suavidad en una esquina de ese cuarto de bambú. Con un movimiento de mago, bajó aún más la intensidad de la lámpara y convirtió todo lo que había allí dentro en sombras un poco más claras que el negro que de pronto apareció. Eso me tranquilizó, y pude comenzar a desabotonarme la camisa. No sé si era el té, la oscuridad o el incienso, pero por más que intentaba pelearle a la conciencia, los latidos de mi corazón se hacían más y más lentos, mis ojos luchaban por mantenerse abiertos, y todo el mundo, mi mundo, empezaba a retroceder hacia un pozo oscuro al final de mi mente. Ahí iban cayendo la novela que había empezado más de cuatro veces y que ya no conseguí dominar; mi ex mujer que sólo quería más dinero, más peleas y más problemas; el contrato que acababa de firmar y que me convertía en esclavo los siguientes dos años. Había sido un error. Allá afuera todo era un error, empezando por mí mismo. Pero no quería pensar más. Aquí dentro sólo estábamos yo, esta sensación de paz, la mujer y su té que tiene la culpa de que se me aflojaran las rodillas y los codos. Bien. Era lo que quería. Perderme un rato. Borrarme, desaparecer.

Caí de bruces en el colchón, con una sonrisa que supuse debía verse estúpida pero que me acomodaba las mandíbulas con precisión. Fue entonces que sentí, por primera vez, su piel tocando mi piel. Comenzó por un tobillo. Lo cogió con suavidad, como si se tratara de un objeto delicado y único. Sentí cinco yemas presionando con firmeza alrededor de mi hueso puntiagudo. Sentí un camino de hormigas abrirse paso por mi pantorrilla rumbo a mi muslo y, más tarde, hacia mi ingle. Sentí que la cama se hacía agua bajo mi cuerpo. Cuando su mano avanzó pierna arriba, la piel de mi nuca se recogió igual que un gato en alerta y me hizo terminar de cerrar los ojos. La oscuridad ahora se hizo completa. Qué bien. Hacía tanto que nadie me tocaba así. Tanto. Hubo un momento donde desaparecieron sus dedos y sus uñas que de pronto rasguñaban para aumentar ese efecto eléctrico que mi piel estaba aprendiendo a conocer tan bien. Sus manos se multiplicaron por mi cuerpo: en mis hombros adoloridos que amasó como pan recién horneado, en mi espalda y en el comienzo de mis glúteos, en mis pies y entre cada uno de mis dedos. Ya no alcancé a darme cuenta cuando tomó una de mis piernas y la torció hacia atrás. Tiene que haber sido un movimiento preciso, como de doctor que acomoda huesos con sólo un tirón crujiente pero placentero. Luego de eso, la mujer hizo lo mismo con la otra pierna. Entonces se dedicó a los brazos. Cogió uno por la muñeca y estiró hasta sentir cómo cedía desde el hombro. Al igual que se dobla un par de calcetines, lo flectó en cuatro, lo dejó a un costado del cuerpo y se fue directo hacia el otro. El cuello fue aún más fácil. Sólo un par de movimientos hacia un lado, y luego hacia el otro, para acomodar la cabeza contra el pecho. El resultado fue una enorme bola de piel rosada y tibia, fragante a jazmín, jengibre, o tal vez miel, que se entretuvo en hacer rodar de una esquina a otra del colchón. Cuando se aburrió, comenzó su verdadera tarea. Primero ablandó la carne, usando sus manos, presionando hacia adelante, volviendo a traer el pliegue hacia atrás para volver a estirarlo, una y otra vez, hasta que consiguió la textura de una tela planchada. Fue ahí que decidió usar todo el colchón como soporte, y tomó cada extremo y lo llevó a cada una de las esquinas, así, igual que una sábana recién estrenada. La mujer sonrió con la precisión de su trabajo. Doblarlo por la mitad fue fácil. Luego, en cuatro, aún más simple.

Salió al patio trasero, cuando las seis de la tarde comenzaban a evaporar la humedad y los grillos inauguraban sus cantos. Y ahí, en un cordel que atravesaba de lado a lado el breve espacio, colgó su obra del día. Dejó que el viento la sacudiera despacio, como una bandera algo cansada y fragante. Aunque ya comenzara a perder el olor a jazmín, jengibre o tal vez miel.

ORFANDAD

Ella no está segura. Él, que casi no la conoce, le dice que todo saldrá bien, que se deje de llorar. No hay alternativa. Es mejor solucionar las cosas pronto, antes de que se compliquen. Después, el silencio de ambos que selló mi destino. Ahora soy huérfano de mí mismo y de mi propio nacimiento.

MALOS HÁBITOS

Padre nuestro que estás en mis brazos, le pido que me diga mientras la despojo de una prenda más que cae a nuestros pies. Y ella lo dice, como todas las noches. El olor que su cuerpo despide me embriaga hasta hacerme cerrar los ojos para evitar un tropiezo, la pérdida de fuerza de mis rodillas, verme caer en el suelo negro de ese pasillo negro donde me la encuentro. Mis manos avanzan a ciegas bajo sus ropajes también negros, vencen aquella piel frágil que sucumbe ante la presión de mis dedos. La escucho contener susurros, amarrarse la lengua dentro de la boca para mantenerse intacta, entera, pero soy más hábil que ella, más viejo, más sucio, y su actitud está lejos de importarme. Me gusta, de hecho. Me agita el pulso saber que está oponiendo resistencia pero que, llegado el momento, será capaz de abrirme sus puertas. Santificado sea mi nombre, le susurro dentro de la oreja, y su piel entera se pone en pie de guerra, se yerguen los poros que rodean ese caracol de carne que siempre está tibio, que siempre es apetecible, que siempre me invita a probarlo. Olor a violetas. Tiene olor a violetas. A violetas en paz, azulosas y oscuras, como ella misma. La primera vez que la vi la encontré parecida a una violeta. Frágil y violenta al mismo tiempo. La abordé en este mismo pasillo, un domingo cuando el sol brillaba a gritos en el cielo y su luz rebotaba sin piedad entre las columnas y los arcos del corredor. Ella me habló con reverencia, incluso de rodillas. Yo no la oí. Desde mi altura, estaba pendiente de una ligerísima gota de sudor que le nació en la raíz del pelo. Era tan diminuta e inofensiva que pensé que se evaporaría como un soplido que se contiene. Pero no. La gota le resbaló por la frente, siguió la línea de la ceja y se perdió rumbo a su oreja. Tuve un estremecimiento feroz, como hacía años no vivía. Violeta cubierta de rocío, medité, sintiendo corrientes de sangre avanzar por mi cuerpo. Imaginé aquella gota salada, caliente, una gota que sería capaz de despertar al animal de mi lengua vieja. Quise hundir mi nariz entre sus ropas, abrirla como se abre una naranja, separar gajos y llegar al centro, a esa otra violeta oscura, esa violeta de carne que de sólo imaginarla me asfixia y detiene los latidos de mi corazón. Venga a mí tu reino, y desgarro con fuerza la tela que me separa de su cuerpo tan delgado, ese cuerpo que es como un parpadeo, como el parpadeo de alguien que apenas despierta en la mañana. Un cuerpo recién hecho. Un cuerpo recién inventado por mis manos de dios humano, de dios inmundo, de dios falso. Dame tu pan, ruego en silencio, a gritos pero sin abrir la boca, con los ojos tan cerrados que puedo verla como yo quiero, puedo imaginarla entregada a mí para siempre, cómoda, alegre, y no de pie en este pasillo mal iluminado, seguramente con la espalda adolorida de ese muro irregular contra el cual la aprieto, la estrujo. Es mi violeta, su aroma se convirtió en hábito. Es un mal hábito, lo sé, lo asumo, por eso intento alejarme. Pero no puedo. La violeta es venenosa. Su perfume anula la cordura, estropea el pensamiento, enajena mi conciencia y me convierte en su esclavo. La primera vez la abrí como a una grieta. Separé en dos los pétalos inmaculados a los que llegué después de una lucha a muerte con toda la ropa que los ocultaba. Fue aquí mismo, en este lugar de arcos, columnas y soles y lunas como testigos mudos de nuestros pecados. Mi aliento se empapó de ese veneno limpio, ese veneno transpirado y fragante que me perdió para siempre. Hágase mi voluntad aquí en la tierra, sentencio y noto que su piel entera resucita, su piel entera responde a mi llamado, a mi aullido de animal herido, de animal condenado. Y el viento desordena aún más nuestras ropas; las telas se agitan como alas de mariposas negras, murciélagos enormes somos los dos, camuflados apenas en la esquina de ese pasillo que no fue hecho para contener nuestros malos hábitos, y su piel de luna por fin emerge como un tesoro rescatado de la tierra oscura, cuerpo florido, cuerpo de violetas bañadas de rocío, de sudor, cubiertas de lágrimas de arrepentimiento, pero ya es tarde, muy tarde, los dos caímos en la tentación, líbranos del mal, grito esta vez con voz, pero no hay respuesta a mi súplica, ningún dios nos está escuchando, ningún dios podrá perdonarnos, ningún dios podrá perdonarme, ni el de ella ni el mío, por eso sigo ahí, contra toda prudencia y consejo me hundo más y más, busco la semilla de aquella flor negra, densa, espesa, me sumerjo entero en aquella corola que late, que palpita como un corazón hecho de pétalos, de sangre y quejidos. Perdona mis ofensas así como yo perdonaré las tuyas, alcanzo a pensar antes de convertirme en terremoto entre sus piernas y de caer sin dignidad, igual que una marioneta a la que de golpe le cortan los hilos que sujetan sus miembros de esclavo.

La escucho incorporarse en silencio. Sus ropas se quejan al volver a sus lugares, al cubrir de nuevo aquellas pieles besadas y profanadas por mí. Sigo con los ojos cerrados. No quiero verla y, lo que es peor, no quiero verme. No puedo verme, no lo soportaría. Mi imagen de anciano decrépito, derrumbado en ese suelo oscuro, me provoca un asco que no soy capaz de soportar. Cada gota de sudor que resbala por mi espalda deja una cicatriz que quema, que castiga como su mirada: dos pozos oscuros, hondos como la culpa e insaciables como sus ganas, dos anzuelos que se clavan en la piel y no sueltan, dos espejos negros que se han convertido en mi propio infierno. La percibo en silencio, junto a mí. Mi violeta silvestre. Ave María Purísima, es lo primero que oigo que su boca pronuncia. Sin pecado concebida, le respondo desde abajo, sobreviviente. Buenas noches, Padre, se despide. Buenas noches, hija, es lo último que digo antes de abrir los ojos y verla desaparecer, novicia vestida de hábito negro, por el lado opuesto de aquel pasillo de convento. Y entonces, penitente y vengado, puedo regresar en silencio a mis clavos que ya no duelen, a aquella cruz de madera pulida, a mi rostro de bondad en el que ya nadie cree, a esperar que tú, mi Padre, me respondas, por fin, por qué me has abandonado.

CREACIÓN

La mujer pegó las manos de su primer novio a los brazos tan torneados de su segundo marido. Como había conservado los ojos de su amor de juventud, se los incrustó a las cuencas del rostro del vecino ése que nunca consiguió olvidar. Seleccionó el pelo del actor de moda, el cuerpo del modelo de ropa interior que la hacía suspirar cada vez que se lo topaba en una revista, y le otorgó la voz de contrabajo del cantante que una vez oyó en un viaje a Europa. Cuando terminó de unir los últimos pedazos perfectos de todos aquellos hombres imperfectos que había conocido a lo largo de su vida y pudo disimular con ropa los costurones de su obra, sonrío satisfecha y exhausta. Te llamarás Frankenstein, fue lo último que dijo antes de enamorarse como una idiota de su príncipe azul.

TIERRA AJENA[1]

El primer brote le nació en el dedo meñique. Fue un ligero latido verde el que llamó su atención. Con sorpresa se llevó la yema cerca de los ojos y comprobó lo que suponía: un olor a flores se abría paso a través de la piel. La mujer sonrió. Esa noche, antes de dormirse, se descubrió otro: lo tenía cerca del codo. Le comentó a su marido la buena noticia y él dijo algo que ella no alcanzó a entender. Le pidió que cuando llegara el momento estuviera atento a que nunca le faltara nada. Él también contestó en su lengua extraña, y siguió con lo suyo. La mujer soñó en colores vibrantes. Veía enormes raíces que como culebras de madera le crecían de los pies y se hundían en la tierra en busca de agua y minerales. Estaba feliz.

Cuando despertó, lo primero que hizo fue correr al baño y quitarse el camisón. Tuvo que cubrirse la boca con ambas manos para contener su grito de alegría. Su cuerpo estaba cubierto de pequeños

---

[1] Mención honorífica en el Certamen de Cuentos 2010 de *El Nuevo Día*, Puerto Rico.

puntos color naturaleza: algunos verdes, otros amarillos, uno que otro de tono azulado. Por fin. Estaba sucediendo. Lo que ella había pedido por años se le estaba otorgando. Se miró el brote del meñique. La piel estaba tan tensa que debajo ya se adivinaban los colores de la flor que pronto iba a nacer. No se aguantó. Con la tijera de las uñas se hizo un pequeño corte en el lugar. No sangró: por el contrario, un abanico púrpura abrió sus pétalos y dejó salir, incluso, una hoja de perfectos bordes y nervaduras. La mujer no pudo contener sus lágrimas de emoción.

Ese día salió a la calle con una enorme sonrisa en los labios. Saludó al hombre que vendía revistas en la esquina, y no le importó que le contestaran en ese idioma que no comprendía. Le hizo un cariño en la cabeza al hijo de la vecina, ese chiquillo molestoso que siempre se reía de ella al verla bajar las escaleras del edificio. Su barrio incluso le pareció más hermoso. Era cosa de tiempo, se dijo mientras llegaba al puesto de verduras e impregnaba de olor a jardín en primavera el aire que la rodeaba. Era cosa de tiempo.

Decidió preparar una cena digna de reyes. Quería celebrar lo que le estaba sucediendo. Iba a tomar el cuchillo para cortar un tomate, pero tuvo un problema: la flor del meñique había crecido lo suficiente como para erguirse por sí sola, y le impedía que pudiera ocupar correctamente esa mano. El brote del codo también se había abierto y una temblorosa ramita se asomaba bajo la manga de su vestido. Sintió la presión de cientos de nuevos capullos contra la tela de su ropa. Entonces llenó la bañera y se metió desnuda al interior. Y se quedó ahí, sonriente, emocionada, dejando que cada poro abriera y cerrara su boca y bebiera el agua que tanto necesitaba. Fue entonces cuando descubrió la primera raíz que se desenrollaba desde los dedos de sus pies, y que se sacudía en el aire buscando su propio alimento.

Salió al balcón y tomó la primera maceta que encontró. El contacto con la tierra aún fresca por el rocío de la mañana calmó su hambre de minerales. Dejó el pie ahí, medio hundido en la jardinera. Tuvo que quitarse la delgada bata que la arropaba porque el agua había estimulado cada zona de su cuerpo y ahora cientos de hojas, tallos y pétalos bailaban al compás del viento y de su respiración. Se inquietó. ¿Cómo iba a proseguir su vida normal? ¿Cómo iba a explicarle a su marido que ella sólo quería echar raíces en ese país lejano al que él se la había llevado, y al que ella había llegado siguiéndolo a él, tal como le enseñaron que una mujer obediente y devota tiene que hacer? Intentó retirar el pie de la maceta, pero de inmediato sintió un agudo estremecimiento en la pierna.

Su marido la encontró medio oculta tras su propio follaje. A él no le importó nada. Él nunca oía razones, sólo quería cenar. Ella se arrastró apenas hacia la cocina. Con dolor de cuerpo y alma tuvo que desprenderse de la tierra a la cual ya se había atado, para no manchar el suelo de baldosas. Esa noche, las sábanas sofocaron algunas flores y ramas, y le faltó el aire. No pudo dormir y menos soñar. Por más que trató no lloró: toda el agua de su cuerpo estaba siendo repartida de urgencia por entre los tallos más dañados por el peso de los cobertores.

Al día siguiente le dolía el cuerpo. Apenas su marido se fue salió al balcón en busca del rocío, los rayos tibios del sol, y la tierra húmeda de su jardinera. Pensó que tenía que ir a comprar verduras, algo de pan, un poco de carne, pero el sólo hecho de bajar las escaleras hacia la calle la hizo estremecerse entera. Sintió sus raíces chocar contra las paredes internas de las macetas, desesperadas por abarcar más espacio. Pero no lo había. La mujer abrió la boca y se echó dentro un puñado de tierra, pero tampoco fue suficiente. Dejó colgar algunos ganchos de ramas frutales balcón abajo. El olor a naranjas y manzanas se esparció por el aire, arrastrado por el viento. Ya casi no podía ver: un bosque de malezas y madreselvas le nacía del pecho y le cubría el cuello y la cabeza. Sintió crujir la silla bajo su propio peso. Lo último que alcanzó a pensar fue en las compras que no había hecho, y en sus ganas de echar raíces en ese país que nunca había llegado a querer.

El marido se consiguió a alguien que le fuera a cocinar cada día. No se preocupó de regar el enjambre vegetal que colgaba como cascada verde de su balcón. Lo dejó ahí, a la merced del viento, la lluvia y los pájaros que hacían nido entre las ramas y las flores. No le importó cuando lo vio secarse poco a poco, cuando el otoño lo despojó de hojas y el invierno terminó de matar los últimos brotes que se esforzaban apenas por sobrevivir. La misma persona que le cocinaba tuvo que limpiar, a regañadientes, el reguero de pétalos secos, tallos rotos y tierra marchita que quedó.

Cuando el hombre se casó con la sirvienta le prometió, en su propio idioma, que pronto, muy pronto, echaría raíces en esa tierra ajena. Era cosa de tiempo.

NATURALEZA

Dentro de nuestra casa hay un sol: preciso, ni muy grande ni muy chico. Un astro luminoso, naranja y ardiente suspendido contra el cielo pintado de blanco hace tan poco. Por eso no hacen falta lámparas ni linternas, ni siquiera velas. Nuestra casa tiene luz propia. Amanece en la cocina con un sutil despertar de rayos al otro lado del lavaplatos que siempre tengo reluciente. A mediodía el sol está en su punto más alto a la altura del pasillo encerado los lunes, que se inunda de punta a fin de esa marea caliente que desborda la estrechez arquitectónica. Atardece en nuestro dormitorio, sobre la cama. Arropados por almohadas y abrazos es posible presenciar las puestas de sol más hermosas que se pueden imaginar. El techo del cuarto empieza a pintarse de estrellas y una luna de sobremesa se enciende con un parpadeo de plata en la mesita de la esquina. Por eso me gusta nuestra casa, porque contiene el universo entero entre sus paredes.

Cuando llueve, tú das la orden de no abrir paraguas. Enfrentamos los chaparrones con la cabeza en alto y el pelo pegado a nuestros rostros. A veces yo junto el agua en baldes que reparto en lugares estratégicos, para evitar que se manchen las alfombras o se levante la madera del suelo y tenga que trabajar el doble para mantener el orden y la limpieza. De todo modos, cuando la tormenta pasa y abrimos las ventanas para llamar a la primavera, los brotes de girasoles y amapolas crecen sin ley, aunque me esfuerce en arrancar los que surgen en lugares poco oportunos. En algunas ocasiones, el aire acondicionado se encarga de repartir esporas y polen por las cuatro esquinas, y dos días más tarde nos despertamos por el intenso olor a jardín en flor. Por eso me gusta nuestra casa, porque huele a campo y a naturaleza.

El otoño siempre nos sorprende ocupados en nuestras actividades rutinarias. Los ventarrones comienzan cerca del comedor y se desparraman en espiral, abarcando desde el fondo hasta el baño, que siempre se sacude entero y cada tanto tengo que entrar a recoger toallas y cepillos de dientes repartidos por el suelo. Algunas veces el viento ha alcanzado el dormitorio y echa a volar las páginas de mis libros y las hojas de tus apuntes. A ti eso te gusta, porque dices que así el lugar se convierte en un parque de media estación por el cual podemos caminar tomados de la mano, haciendo crujir el follaje bajo nuestros pies. A mí no me parece romántico. Aquellas ocasiones me quedo despierta la noche entera, escoba en mano, levantando estropicios y polvo. A pesar de todo me gusta nuestra casa, porque siempre esconde alguna sorpresa.

El problema vino cuando descubrimos, por casualidad, que un árbol crecía cerca de la entrada principal. Eso no nos había pasado nunca. A lo más yo había tenido que lidiar con una enredadera intrusa que nos bloqueaba el paso a la cocina, o que amarraba las bisagras de alguna puerta y nos hacía imposible entrar o salir. Pero un árbol... A ti te gustó la idea, a mí no. Tal vez era frutal, dijiste, y ya no tendríamos que salir de la casa en busca de manzanas, o naranjas, o incluso peras, que tanto te gustan. Por eso decidiste dejarlo vivir y ni siquiera te importó cuando sus raíces comenzaron a levantar una a una las tablas del suelo. O cuando sus ramas crecieron y rasguñaron sin piedad la pintura de los muros, la misma por la que pagamos una fortuna. El tronco ensanchó tanto que bloqueó para siempre el pasillo y hubo que dar por perdido el dormitorio y, de paso, improvisar uno en los sillones de la sala. Nuestra casa, la que tanto me esforzaba por querer y cuidar, crujió entera cuando la copa comenzó a presionar el techo. Pero tampoco te importó, porque esperabas con el alma en un hilo el nacimiento de aquellos brotes en flor que salpicaban el follaje y que esparcían olores a fruta cada vez que el viento del aire acondicionado hacía ráfagas en aquel pasillo. Para mi desgracia, creció firme aquel árbol. El sol de la cocina secaba con suavidad el rocío de la noche, y el de media tarde acariciaba con amarilla ternura el tronco que se hacía fuerte y vigoroso. Fue entonces, una mañana cualquiera, que me viste caminar despacio y alargar mi mano hacia el follaje. Te enseñé una manzana gorda y roja como un corazón enamorado. La celebraste a gritos, incluso derramaste algunas lágrimas de emoción contenida porque la espera había llegado a su fin. Quisiste morderla, pero yo te dije que era mía. La escondí tras mi espalda y como advertencia te clavé la mirada que por primera vez no supiste reconocer. Por fin me atreví a decirte que ya no me gustaba esa casa convertida en ruinas por tu poca capacidad para poner orden en ese mundo que creías tuyo y que se te había salido de las manos. Que cómo pretendías que yo siguiera viviendo ahí, durmiendo apenas en un sofá incómodo, con las alfombras invadidas de maleza, el techo hecho pedazos por las ramas indómitas, los peces hacinados en lenta agonía en la bañera, sin la luna que quedó prisionera en nuestra habitación y que nunca más pudo acompañarnos por las noches. Quédate aquí y no me busques, te dije, y comencé a trepar por el tronco rumbo a lo más alto del follaje. Y en el instante preciso que alcancé la cima y pude darle el primer mordisco a mi manzana, oí allá abajo el ruido del timbre. Venían a expulsarte del departamento por los daños irreparables causados al inmueble. Pero ya no me importó: era mi hora de tomar decisiones y la primera era cerrar a mis espaldas, y para siempre, la salida de escape de tu inútil y condenado paraíso.

¿ME ACEPTAS POR ESPOSO?

Tu maldad es lacónica: sólo bastó que dijeras no para echarme a perder la vida.

CUATRO PAREDES

Las velas ya no sirven. Ni tampoco la botella que descorchó temprano, para que se llenara de oxígeno y el líquido respirara, como tanto le recomendó el del supermercado. Porque esta cena no es casual. No fue una improvisación de media tarde pensada al salir de la oficina, en el auto, camino a casa, con el tiempo justo para tomar un desvío y pasar a comprar flores, algo que comer y elegir con cierto apuro la música de la velada. Esto lo viene pensando hace ya tiempo, varios días tal vez. Más de una semana, saca la cuenta. No quiere llorar. No quiere que las lágrimas se conviertan en el punto final de este fracaso. Una de las servilletas sirve de pañuelo, entonces. Pero no puede, no lo resiste. Los ojos se le mojan y le empañan la visión. Alcanza a pensar que tal vez no es tan mala idea: el escenario de la cena marchita se esfuma, se borran las copas que nunca se llenaron, se desdibuja la mesa que ahora se ve ridícula vestida de flores, abanicos de tenedores y saleros a los que incluso sacó brillo. El agua que le corre por la cara termina de hacer desaparecer lo que él pensó que era una buena idea.

La música tampoco sirvió. Era música de cuerdas, de tambores, sabrosa como el menú que había seleccionado. Incluso ubicó los parlantes en lugares estratégicos del departamento, para que siempre se escucharan los bajos y los agudos en equilibrio perfecto, para que el abrazo de Caetano Veloso no perdiera jamás intensidad. Pero el canto se hizo eco, y después nada, y a nadie le importó.

Es su culpa, está seguro. Tiene que serlo, porque él siempre tiene la culpa de todo. Así se lo han repetido hasta el cansancio. Pero esta cena era precisamente para remediar eso, para solucionar las cosas, tal vez para hacer las paces, jugar un poco, tomar otro tanto. Bailar junto a las ventanas abiertas, corretearse hasta el dormitorio, juntos zambullirse en los brazos del otro... ¿Es mucho pedir? Es sólo una noche. Ella podía irse antes del amanecer, incluso, para que los vecinos no la vieran salir del departamento si es que ese era su problema... ¿Cuál era el problema? Si tan sólo alguien lo ayudara a pensar en una vía de escape, una puerta que se abriera directo hacia lo que tanto busca...

Los muros se ven más blancos con la luz de las velas, piensa. Por eso no las va a apagar. Aunque ahora que mira bien el lugar, se da cuenta de que no hay velas. No las compró. Sabía que se le había olvidado algo. ¿Cómo pudo suceder? Lleva días pensando en esta cena, esta cena de reconciliación, y se olvidó de las velas. Hace tanto que no la ve, y está muriendo de ganas de tenerla otra vez ahí, frente a él. No necesita tocarla para reconocer cada espacio de su piel, cada curva de su rostro, de sus huesos perfectos, el resbalín de su nariz, el valle de su cuello, el temblor de sus pechos que se acurrucaban tan bien en cada una de sus manos. La huele, podría dibujarla a la perfección, como el más consumado de los artistas. Un lápiz, eso es lo que necesita. Un lápiz y una hoja de papel. En la mesita del teléfono, junto a la puerta. Ahí siempre tiene uno. Pero la mesita tampoco está. ¿Qué pasó con ella?... ¿Y el teléfono? Tal vez por eso no pudo avisarle de algún imprevisto de última hora. Una reunión nocturna con la que no contaba. Un problema del auto, quizá. No recuerda haberse deshecho de la mesa, pero son tantas las cosas que se le están olvidando… Tiene la mente sólo en ella, en volverla a ver, en pedirle perdón por todo, todo aquello que tiene que haberle hecho y por lo que ella tiene que haberse ido.

El aire fresco de la noche va a ayudar. Esa es una buena idea. El departamento está alto, y siempre corre una brisa que sacude en ondas las cortinas. A él le gustaba tanto quedarse ahí, mirando la tela moverse en cámara lenta, como sábanas blancas en día de lavado. Pero la ventana no se abre. Y tampoco hay cortinas. Y la ventana es estrecha, alta. ¿En qué minuto la mandó a cambiar? Los ojos se le llenan de lágrimas otra vez, la boca es una esponja seca y deshidratada. El corazón se precipita en carrera a campo traviesa. ¿Por qué no vino? ¿Por qué lo dejó esperando?

Tiene que salir.

La calle siempre es una solución efectiva cuando hay que tomar decisiones, cuando hay que empezar un nuevo camino. Si ella no vino, él irá a buscarla. Le pedirá perdón por todo aquello que no recuerda que hizo, pero que tiene que haber sido grave. Porque eso sí: jamás se olvidará de sus palabras la última vez que la vio. Ella le explicó que era por su bien, que quedaba en buenas manos, que era lo que él necesitaba… Pero él quería sus manos. Y no era por su bien: la extraña, la llora cada noche, le prepara una y otra vez una cena romántica a la que ella no asiste, la misma cena frustrada que siempre se interrumpe con los golpes en la puerta, los gritos que desde afuera le piden que se calle, que es hora de dormir, que los demás quieren paz y tranquilidad, que si no se tranquiliza va a venir el doctor y ya sabe lo que eso significa, las voces que todas las noches rebotan en aquellos cuatro muros blancos y acolchados, cuatro muros altos y estrechos, cuatro muros que siguen ahí a la mañana siguiente, y también a la siguiente, y que no dejan ver ninguna vía de escape.

VESTIDA DE ROJO

Si la pequeña niña no hubiera tenido abuela, ¿qué excusa habría dado para ir a ver al lobo?...

MINUTO CIRCULAR

Para mi mamá.

La voz le llega de la izquierda:

—Pelotón. Preparen.

Los imaginó en línea recta, el arma en ristre, cerrando todos el mismo ojo para afinar la puntería. ¿Tendría alguno huellas de sudor en el rostro? ¿Las manos mojadas? ¿La conciencia en conflicto? El chasquido metálico de las armas dispuestas y al acecho sonó como una cachetada corta pero bien dada. ¿Y el cura? ¿No se suponía que tenía derecho a la palabra de Dios hasta el último segundo?

—Pelotón...

Era todo. Dos segundos más, tres tal vez, el tiempo necesario para que la orden volara desde los labios del capitán y llegara hasta los quién sabe cuántos pares de oídos que esperaban en vilo, listos para apretar el gatillo y detonar y partir por la mitad esa mañana. Era temprano. Alcanzó a pensar que hubiese querido dormir la noche anterior, gozar por última vez aunque fuera un sueño absurdo, una fantasía de campos o playas, verse a sí mismo más allá de las paredes de la celda, descalzo, las plantas sumergidas en arena tibia, tierra pura, agua salada, le daba lo mismo, pero ya estaba harto del cemento húmedo y verdoso, de la falta de aire, del hacinamiento, de respirar un aliento respirado por tantos antes que él, haciendo espacio entre los cuerpos para poder mover un brazo y rascarse una pierna, oler a otro de tanto estar juntos, y también alcanzó a pensar que por lo menos había podido llenarse los pulmones de oxígeno, que aunque tuviera la vista vendada iba a morir al aire libre, bajo el cielo, no bajo un techo de seguro tan oxidado y viejo como su celda, y si ponía atención por encima de su respiración entrecortada se podía oír el lejano canto de algún pájaro. Claro, piensa el hombre, de seguro está amaneciendo. El sol debe estar azulando el cielo, alargando las sombras hasta hacerlas infinitas, las mismas sombras que se colaban por la única ventana que tuvo por los últimos años y que iban marcando las horas del día, de la tarde y de la noche. Pero no es sólo un pájaro, son varios. Y ahora el interior de su mente se llena de piares y silbidos, y el canto se le confunde con la voz del capitán que grita su orden final y el estallido de más de quince armas que al unísono le sacuden el cuerpo. Y después cae. Y se queda ahí, vendado de ojos, las manos firmes tras la espalda, sin poder saber lo que ocurre a su alrededor mientras las sombras del amanecer le pasan con indiferencia por encima y siguen su camino hasta chocar con los muros de cemento viejo y enmohecido. Siempre les juró que era inocente. Que él no le había hecho nada. No pudo haber sido él, si la quería tanto. Tenía que ser un error, él no podía ser un asesino. Lo sacaron a empellones del interior de su casa, también una madrugada, también con las sombras del amanecer entrando como dedos negros por la puerta para ver el cuerpo de la mujer aún tibio en un charco rojo también tibio. Y siguió gritando hasta que se cansó de hacerlo, porque nunca nadie lo escuchó. Y lo dejaron ahí, en esa celda, para que se pudriera junto a todos los otros que ya habían perdido la cuenta del tiempo que ahí llevaban, junto a esos otros hombres que terminó por conocer mejor que a sí mismo, los mismos que esta mañana no pudieron esconder las lágrimas y los lamentos cuando los dos oficiales vinieron por él.

—Te llegó la hora —le dijo uno.

Él no les contestó nada, porque ya lo sabía. Los demás trataron de hacer algo, de impedir que se lo llevaran, pero él no puso resistencia. No la puso cuando lo sacaron a la fuerza de su propia casa, llorando a su muerta que decían que él había matado, y tampoco se iba a oponer ahora. Era su destino, tal vez. Un destino que siempre daba la vuelta, que siempre volvía al mismo punto. Igual que sus sueños, donde siempre se ve en el campo, en la playa, en un bosque lleno de árboles y de olores vegetales. En sus sueños también la ve a ella. Por eso prefiere estar dormido y no despierto, porque así es feliz, así se olvida de todo, así no sufre tanto, y eso lo piensa ahora que le están vendando los ojos y que deja de ver lo que lo rodea. Le amarran las manos, firmes tras la espalda, y lo toman de cada brazo.

—Lo siento…

La voz viene de la derecha. Él sólo sube y baja la cabeza. Él también lo siente, pero ya nada importa. La vida siempre da una vuelta y vuelve al punto de partida, piensa. Para nacer de nuevo tengo que morirme antes, reflexiona y se echa a caminar. Una bocanada de aire fresco le da en la cara. Estoy en el patio, por lo menos voy a poder llenarme los pulmones de oxígeno, y que aunque tenga la vista vendada voy a morir al aire libre, bajo el cielo, no bajo un techo viejo y oxidado como mi celda. Atravesó el lugar y fue dejado frente a un muro de piedra, enfrentando el espacio negro velado por la venda. Respiró hondo. Tuvo miedo unos instantes, pero se le pasó enseguida porque su muerte iba a ser veloz, un breve pestañeo, tan seguro estaba de eso que era capaz de jurarse a sí mismo que ella debía ya estar por ahí, en alguna esquina de ese patio, lista para correr a su encuentro cuando las balas le sacaran a tiros el alma del cuerpo, atenta para recibirlo antes de caer al suelo y evitarle incluso el dolor de su cuerpo contra las piedras. Iba a volver a verla, y ella lo iba a perdonar. Era cosa de esperar los disparos y abrir los ojos para encontrarla ahí, con los brazos extendidos, una sonrisa en los labios, el pelo sacudido por el viento. Estará tan distinta a la última vez que la vio, aún tibia en un charco rojo también tibio, y aunque dicen que él la mató de todos modos la lloró. Aunque ella lo empezó a mirar distinto y se arreglaba con esmero cada tarde para salir, él la siguió llorando. Y aunque le llegaban rumores de que ella visitaba al patrón en la casa grande, la lloró. Y aunque él terminó por creer en todos esos cuentos, la lloró. Por esto está seguro de que no fue él. La quería. La quería mucho, aunque le dolía el fondo del pecho cada vez que la oía llegar por las noches, oliendo a jabón elegante. La lloró, la lloró incluso cuando lo sacaron a empellones del interior de su casa, también una madrugada, con ella muerta en el suelo y él con las manos rojas de culpa. Todo empieza y termina en el mismo lugar.

La voz le llega ahora de la izquierda:

—Pelotón. Preparen.

Los imaginó en línea recta, el arma en ristre, cerrando todos el mismo ojo para afinar la puntería. Si pone atención por encima de su respiración entrecortada puede oír el lejano canto de algún pájaro. Claro, reflexiona el hombre, de seguro está amaneciendo. Piensa en ella. A ella también le gustaba oír a las aves llamarse de un árbol a otro. Él a veces la acompañaba en la ventana, los dos mudos y atentos, sonriéndose con los ojos. Pero eso era antes. Antes del patrón, antes de que él perdiera los estribos, antes de que ella le reclamara a gritos y él se le fuera encima. Y ahora su minuto se llena de piares y silbidos, y el canto se le confunde con la voz del capitán que grita su orden final y el estallido de más de quince armas que al unísono le sacuden el cuerpo. Y después

50

cae. Y se queda ahí, vendado de ojos, las manos firmes tras la espalda, sin poder saber lo que ocurre a su alrededor, mientras las sombras del amanecer le pasan con indiferencia por encima y se detienen en su cuerpo que aún respira, se queja y llama a gritos porque no la ve.

EL POZO

El pozo no podía estar muy lejos.

Lo repitió en voz alta para que lo escucharan allá afuera y le gritaran de vuelta que tenía razón, que ya faltaba poco, que tantos días de trabajo estaban llegando a su fin. Pero aparte del rasquido del plato de hojalata contra las piedras, el silencio era tan negro como la visión allá abajo.

La repentina humedad de la tierra, en las diez yemas y en las rodillas, lo alentó como a un topo que de pronto encuentra una filtración subterránea. Y de una filtración al pozo... sólo unos cuantos metros.

Escuchó un murmullo a sus espaldas. Pensó que sería alguno de los presos, de pie al borde del hoyo en la celda, que estaría avisándole de la proximidad de un guardia. Pero a esa hora siempre estaban en la oficina, jugando naipes y apostando tragos de vino. Entonces pensó que su hora de trabajo ya había concluido, que debía devolverse por el túnel hasta la celda, subir el balde con tierra, asomarse asfixiado y sediento, y vestirse porque otro de los presos ya estaba desnudo y dispuesto a meterse en el agujero. Tenía que descansar. Casi no lograba mover los brazos de dolor.

Un nuevo ruido llenó repentinamente el túnel de polvo y le inundó la garganta de sequedad. Supo con espanto que no eran voces llamándolo desde la celda, ni pasos de guardias encima de su cabeza, sino el primer desprendimiento que siempre esperaron con temor. Un montón de tierra mojada se le había pegado en la espalda, bloqueando la salida. Asustado, abrió los brazos para retroceder y tomar aire, pero como las manos se le estrellaron al instante en dos muros, quiso enderezarse sin éxito: ya tenía la cabeza contra un techo de piedras.

El estómago le remontó hacia la boca. La oscuridad se condensó en torno a su cuerpo caliente. Se aferró al plato y atacó uno de los muros. Se detuvo unos instantes, desorientado. ¿Estaba cavando hacia el pozo o deshaciendo el camino hacia la cárcel? Sus compañeros ya habrían advertido el derrumbe, lo creerían muerto. Quizá en la superficie el ruido alertó a los guardias, haciéndolos interrumpir sus apuestas y obligándolos a correr hacia la celda. Pero eso a él, allá abajo, lo tenía sin cuidado.

Había aprendido durante sus turnos, y a lo largo de los meses de trabajo, a advertir las más mínimas variaciones en la temperatura de las piedras. Y ahora creyó sentir entre sus dedos una nueva tibieza en el lodo que lo obligó a dejar el plato y llevarse un puñado hasta las narices. Recogió las piernas y pegó el vientre desnudo al suelo, afiebrado de urgencia por desprender bloques y avanzar con el aire que le quedaba.

Quizá algunos metros más.

El pozo no puede estar muy lejos.

A lo mejor sólo centímetros, y ya encontraría una fisura de luz por donde meter un dedo y agrandarla y agrandarla para ser parido al otro lado. Su esperanza aumentaba junto con la asfixia. Cavar. Sólo perforar hacia adelante, perseguir esa huella de barro tibio que iba señalándole el camino como a un ciego.

Un nuevo derrumbe a sus espaldas y un dolor le inmovilizó las piernas y las rodillas. El breve espacio se partió por la mitad, oprimió el aire contra los muros y lo dejó inmóvil, aplastado en el suelo. Manoteó apenas en busca del plato para seguir con su excavación, pero no pudo encontrarlo en medio de los montones de piedras y tierra. Sintió que el corazón le había subido hasta las sienes y recordó cada rostro de sus compañeros de celda, los baldes que cada noche hacían circular bajo la mirada de los guardias. Recordó también los cientos de veces que hablaron del pozo ubicado junto a la cárcel y su posibilidad de escapar a través de él, del plan repetido hasta el cansancio y del trabajo que los debilitó a todos. Ahora estaba solo.

El chasquido de una gota contra una piedra llenó de nuevos ruidos el silencio. La tierra se mojó de pronto entre sus dedos. Intentó mover las piernas estranguladas bajo el peso de uno de los desprendimientos, pero le fue imposible. Ya no las sentía. Entonces alargó los brazos hacia adelante, abriendo un hoyo en la pared de donde empezó a escurrir un intermitente goteo de agua. Se pasó las manos por el rostro, reblandeciendo las arrugas con barro, fascinado de sentir esa frescura y de poder despegarse los labios y la lengua.

En medio de terribles dolores de cintura que provocaban impactos en su mente, alcanzó a entender que solamente una delgada tapia de tierra lo separaba del pozo. Entonces, se convirtió en un animal que era devorado por su propio esfuerzo a medida que el reducto iba achicándose por los desmoronamientos. Los dedos acortaban distancia en una desesperada carrera porque sentía que los derrumbes empezaban ahora dentro de su cuerpo.

Cavar.

Seguir cavando.

Ya alcanzaba a oler el aliento estancado del fondo del pozo.

El túnel empezó a ablandarse con el lodo.

Necesitaba perforar todavía más pero los brazos ya no respondían. Por eso, cuando advirtió que un hilo helado le lavaba las manos quiso gritar de felicidad pero el sorpresivo impacto le inundó de agua la garganta y vio la luz del sol en medio de burbujas. Había llegado. Estaba saliendo del fondo de la tierra. Sintió que su cuerpo intentaba elevarse del suelo pero estaba anclado por las piernas, y que la corriente hacía esfuerzos por llevarlo hasta la superficie. Podría reírse de todos. Tuvo la suerte de concluir el túnel y ver de nuevo los rayos que casi estaba olvidando. Sólo tenía que desenterrarse para poder salir. Nada más. Pero ya casi no le quedaban fuerzas en los brazos. Hizo un último esfuerzo pero sólo le sirvió para levantar la vista hacia la boca del pozo, allá arriba, desdibujada contra el cielo a través del agua, y botó agotado el último suspiro de aire que le explotó entre los labios y terminó de llenarlo de barro por dentro y por fuera.

La superficie del agua, al fondo del pozo, se llenó de burbujas.

Después, sólo algunas estallaron casi en silencio.

Hasta que vino la quietud.

Y más tarde, cuando alguien lanzó el balde de madera, hasta el agua tenía olor a cárcel.

NO ME SUELTES LA MANO

Dame la mano. Soy yo, el de siempre, mírame. No pongas esa cara. Las cosas no van a cambiar, te lo prometo. ¿Y sabes por qué? Porque he hecho todo lo que me has pedido, porque dejé de vivir para que tú consiguieras la paz que tanto has buscado. Me convertí en tu salida de emergencia, como me bautizaste una vez entre risas, me transformé en esa puerta que tú abrías y cerrabas a tu antojo cada vez que las cosas se te ponían difíciles. Y lo entendí. ¿Me escuchaste alguna vez contradecirte? Jamás. ¿Me quejé todas esas veces que prometías una visita y que a última hora cancelabas con cualquier pretexto? No. Aprendí a armar mi mundo aquí, entre estas cuatro paredes. Y ahora me dices que no podemos seguir, que tu vida allá afuera te reclama, que tus hijos, tu matrimonio, tu trabajo… Dame la mano. Abre los ojos un poco más, así vas a poder verme tan bien como yo te veo a ti. Enamorarnos fue fácil. Nos bastó un par de días, una que otra cita a escondidas. Me perdía en tus ojos azules, en tus manos que construían mi cuerpo a medida que me tocabas, en tu corazón que me abrazaba aquellas noches que por fin conseguía que te quedaras aquí, en esta cama nuestra que tan pocas veces disfrutaste de sol a sol. Yo te daba vida, así me decías. Era tu salida de emergencia. Así como en los hoteles, o en los hospitales, que llenan de flechas rojas señalando el camino hacia la salvación. Eso mismo era yo: tu flecha personal. Por eso no te vas a ir. Dame la mano, mi amor. Abre los ojos. ¿Recuerdas el día que nos conocimos? Los dos pensamos que había sido un encuentro casual, pero no lo fue: estábamos predestinados. Tantas veces hablamos de esto. Yo incluso te leí ese párrafo de vidas pasadas y almas gemelas de ese libro que encontré por ahí. Cuántas veces soñé con nosotros dos volando por el espacio, como estrellas y cometas, persiguiéndonos de un cuerpo a otro. ¡Y ahora tú me dices que te vas! ¿Qué hago yo con mi vida, si mi vida eres tú?... ¿Recuerdas cómo te presentaste el día que nos conocimos? Me llamo Jorge y aquí está mi tarjeta. Yo ni siquiera alcancé a decir mi nombre, porque pensé que estaba soñando con los ojos abiertos. Esa misma noche me contaste de tu esposa, de tus hijos, de tu necesidad urgente de ser tú mismo, y yo lo acepté. Y te guardé el secreto, además, porque siempre he sido un hombre de palabra. Por eso no te vas a ir. No me tengas miedo, no me mires así, muy pronto este dolor que estamos sintiendo se va a pasar. No te muevas y dame la mano. Necesito el calor que te queda para terminar con lo que empecé, tu cuerpo es fuerte y yo también quiero que todo esto acabe. Es por nosotros. Por eso amarro mis energías y empujo y aprieto y deslizo piel adentro el arma que nos hará libres. Estoy abriendo de par en par tus carnes y tus puertas. Y ahora… a buscarnos otra vez. Estrellas, cometas, otras vidas. Abre los ojos. Mírame. No me sueltes la mano. Estoy aquí. Sigo aquí. ¿Y tú?

¿QUERÍAS SABER LA VERDAD?

Lo último que vi antes de caer al suelo, atravesado por tu inesperada confesión, fue un destello de espada en el filo de tu lengua.

DECISIÓN

El hombre ronca con la boca abierta. La mujer, sumergida bajo almohadones, no puede dormir. El hombre aspira profundo, largo, sostiene el aire y lo suelta con un quejido de trompeta desafinada. La mujer abre los ojos y lo mueve, empujándolo por un brazo. Pero el hombre ronca más fuerte. La mujer se sienta en la cama con las mandíbulas apretadas. El hombre empieza una nueva serie de resoplidos, más altos, más fuertes. La mujer lo odia cada noche un poco más. El hombre hace treinta y cinco años que no para de roncar. La mujer hace el mismo tiempo que no duerme bien. Hace dos décadas y media que no sueña, por su culpa. Un ronquido más. Ella podría volver a quererlo si él le regresara todos sus sueños, esos que no llegaron nunca. Y otro ronquido más. Pero no. Su piel huele a ronquidos, no a besos como ella imaginó que sería. Las sábanas huelen a ronquidos, no a amor como ella siempre deseó. La mujer se le entregó en cuerpo y alma, y el hombre se acostumbró pronto a eso. Y un ronquido más estridente que los anteriores. La búsqueda de aire infla una vena en el cuello del hombre. La mujer podría volver a amarlo si él abriera de pronto los ojos, la boca, y dijera esas frases con las que ella soñaba antes, hace más de treinta y cinco años. En cambio el cuarto entero huele a ronquidos: las cortinas, las alfombras, ella misma. El hombre abre los ojos y la mira. La mujer entonces también lo mira. Y lo sigue mirando, expectante. El ronquido del hombre es un silbido de alarma. Tal vez. A lo mejor esta noche. El aire que pasa apenas por la garganta del hombre se hace cada vez más delgado. La mujer no le quita la mirada de encima. El hombre tiene la boca abierta, pero no emite sonido. Y de pronto el silencio. El hombre ya no ronca. El dormitorio entero parece haberse quedado mudo. La mujer se acomoda. El hombre sigue en silencio. También inmóvil. La mujer cierra los ojos y por primera vez en ya ni se acuerda cuánto tiempo, se dispone a gozar hasta la última nota de quietud de su primer sueño de viuda.

MALA MEMORIA

Nadie recuerda muy bien por qué comenzó todo. Durante los recreos de media mañana, acodados algunos en la máquina de café instantáneo del pasillo recién alfombrado, los hombres de Recursos Humanos teorizaron que el origen del conflicto se dio después de la reducción de personal del mes de octubre. Luego de eso, sentenciaron, los de Materiales y Servicios decidieron suspender parte del envío de resmas de papel, corchetes y carpetas y eso creó un pequeño conflicto al interior del departamento. Un conflicto pequeño pero no por eso menos importante, puntualizó la secretaria gorda soplando con energía la espuma plástica de su café de máquina. No, no fue eso, agregó una voz que clasificaba material para la reunión de directorio de esa tarde. Esa es la versión oficial del asunto, pero yo sé de buena fuente qué pasó. Se trató de un lío de faldas. La esposa del gerente técnico de Materiales y Servicios se involucró con el director ejecutivo de Recursos Humanos. Y él los sorprendió en el acto. ¡En el acto!, se escandalizó la voz de la gorda que incluso se olvidó del café y repartió pastillas de menta a diestra y siniestra. Entonces el ofendido prometió venganza y lo primero que hizo el lunes siguiente fue restringir el presupuesto del departamento, suspendió la compra de resmas de papel, corchetes y carpetas y decidió que desde su escritorio le haría pagar al atrevido director ejecutivo su osadía. Y, como siempre, pagan justos por pecadores, espetó la gorda mientras corría a contestar el teléfono.

Nadie recuerda, tampoco, cómo las cosas se fueron poniendo color de hormiga. Primero fue la imposibilidad de archivar documentos por falta de corchetes. Pero el ingenio siempre triunfa, y los clips se convirtieron en tesoros metálicos. Pero cuando la escasez fue evidente y el tráfico subterráneo que lideraban secretarias acabó con el material y ya no hubo con qué mantener unidas dos hojas, comenzó a crecer una torre de papeles inclasificados que cada día aumentaba en altura. Culpen a los de Materiales y Servicios, fue la consigna que se escuchaba por esos días en torno a la máquina de café. Cuando el jefe baje desde el piso de arriba y descubra lo que está pasando aquí, se van a oír las trompetas del juicio final, amenazaba la gorda mientras repartía ahora azúcar plástica a los que bebían con ella.

Mala memoria tienen los de Recursos Humanos, argumentan sus enemigos, porque dicen que tampoco recuerdan el bloqueo que hicieron de los cheques de ese mes. Misteriosamente y sin explicación alguna, nadie de Materiales y Servicios pudo cobrar su nómina y por más que los representantes del sindicato amenazaron con movilizaciones y cabildeos en el piso de gerencia, el dinero nunca apareció. Fue entonces que la declaración de guerra sonó como un disparo de cañón de lado a lado en ese campo de batalla alfombrado hace poco. La primera víctima fue la máquina de café. Los de Materiales y Servicios, en un acto arrojado y casi suicida, la retiraron una tarde en la que los otros urdían sus futuros movimientos. La gorda, huérfana de su vicio favorito, argumentó que pagarían con sangre la afrenta. Entonces la revancha no se hizo esperar y los de este lado, las víctimas, se convirtieron ahora en victimarios y despojaron de todo papel higiénico los baños de Materiales y Servicios. El hedor de heces y amoníacos no limpiados se esparció por recepción del mismo modo que ese odio que nadie fue capaz de prever y mitigar. El jefe del piso de arriba se enojará, se atrevió a decir la nueva secretaria contratada el mes pasado. Pero nadie le hizo caso.

Tampoco recuerdan en qué momento la torre de documentos inclasificados se convirtió en rascacielos, y hubo necesidad de comenzar una nueva ahí mismo, a un costado de la anterior. Estaban todos demasiado ocupados en abofetearse las caras, en diseminar rumores que hirieran al de enfrente. Decían que la esposa infiel había pedido el divorcio para quedarse con el amante y que el marido humillado no iba a permitir eso. Decían también que todo se solucionaría si volvieran a enviar el pedido habitual de resmas de papel, corchetes y carpetas, aunque otros decían que ya era un asunto de moral y que el orgullo herido no tiene reparo alguno. La gorda, hiperexcitada a falta de cafeína en las venas, organizó una mañana cualquiera a un grupo de secretarias y las instruyó en el arte del espionaje. Más tarde las bendijo a cada una y las mandó al terreno enemigo. De ese modo, al caer la noche, los de este lado ya estaban enterados de los planes de los otros. Pero eso no fue suficiente. La venganza estaba creciendo como un maremoto y pretendía herir donde más doliera.

Nadie se dio cuenta de que llegaba un nuevo fin de mes y, con él, la hora de hacer balances. Era tiempo de exponer ante el jefe del piso de arriba los flujos, las salidas, las entradas, los pagos y gastos del piso completo. Pero los documentos no estaban clasificados. Los archivos se erguían en dos torres monumentales que abarcaban de techo a suelo. Ni modo, resopló la gorda levantando la vista para contemplar en su totalidad la torre de papeles, habrá que volver al trabajo. Pero eso no fue posible. Ante la posibilidad de que los de Recursos Humanos cumplieran con su labor de fin de mes, los de Materiales y Servicios planearon su golpe definitivo. Es un plan mortal, puntualizó el gerente técnico, pero así están las cosas. Los demás lo siguieron en su entusiasmo, y a gritos sellaron el pacto de agresión inmediata. A la mañana siguiente, a primera hora, se puso en marcha lo acordado. La primera que notó que algo extraño ocurría fue la gorda, llena de parches para evitar su adicción a la cafeína. El lugar estaba sospechosamente silencioso, comentó unos minutos después, en medio de las ruinas de lo que fuera su lugar de trabajo. Ella se disponía a comenzar por fin la clasificación de aquellos cientos de papeles, cuando sintió el primer grito de guerra. Con espanto vio venir al subdirector ejecutivo, convertido ahora en su enemigo, que estrelló su cuerpo directo en el centro de la primera torre de papel. La gorda dio un grito, espantada. La estructura que tocaba el techo, también pintado de blanco el mes pasado, se tambaleó de lado a lado, como un árbol al que han dado el primer golpe de hacha. Y luego, sin un quejido siquiera, la primera torre se desplomó de arriba abajo, sepultando escritorios, sillas, archivadores, en medio de un caos que dejó a todos con el grito en la boca y la sensación de que nada, nada, sería igual a partir de ese momento. Pero los de Recursos Humanos no alcanzaron a reponerse porque ya venía corriendo por el pasillo el tesorero de Materiales y Servicios, la vista inyectada en sangre y el corazón latiendo como tambor en fiesta. Y ante el estupor de todos en el piso, se lanzó en picada contra la segunda torre de papel, evitando así que pudieran tener listo el informe que, como todos los meses, debían presentar a la junta directiva ese viernes. El escándalo fue mayúsculo. Las hojas de papel, como una marea blanca, desbordaron pasillos y escaleras, inundaron baños y salas de reuniones, ahogaron mensajeros desprevenidos y secretarias histéricas, sepultaron gritos y juramentos de venganzas. La mala memoria hizo que nadie recordara cómo habían llegado las cosas hasta este punto. Nadie sabía porqué habían dado el primer paso. Nadie.

Fue entonces que la noticia llegó hasta el jefe del piso de arriba. Sabio, el hombre ni siquiera bajó a presenciar el recuento de los daños. Desde su escritorio, y con sólo un movimiento de manos, mandó una lluvia de sobres azules que como una epidemia mortal regresó el silencio y despobló de almas a Recursos Humanos y Materiales y Servicios. Será necesario contratar nuevo personal, anotó al caer la tarde en su agenda de alto ejecutivo. Pero eso lo decido la próxima semana, se dijo a sí mismo subiéndose al ascensor. Los domingos descanso.

CONDENA

Me preguntó si era cierto o no. Le dije que todo era mentira, que no creyera en rumores. Sonrió, aliviada. Y pensé con angustia: voy a tener que esconder mejor mis secretos.

YA VI QUE TE VAS

Ya vi que te vas. Lo leí en la carta llena de dudas que dejaste hace un tiempo sobre mi almohada. Lo leí en la carta que empezaste a escribir con tu mirada hace ya varios meses. Lo leí en la carta hecha de suspiros, silencios y monosílabos que parecías despachar directo hacia mí cada día, cada tarde, cada noche. Ya vi que te vas, y que no puedo hacer nada por evitarlo.

Nuestra cama naufragó de fracaso. Terreno enorme y despoblado, el hueco entre las sábanas y nuestros cuerpos se llenó de ventiscas y hielos que ninguno de los dos fue capaz de franquear. Una grieta fracturó en dos el colchón, de arriba abajo. Una falla profunda, vertebral, enorme como lo que alguna vez sentimos: un oasis que nos hacía sonreír de sólo mirarnos. Pero ya vi que te vas, y que la decisión está tomada.

Tu maleta es una boca abierta y voraz que se traga todo lo tuyo. El dormitorio pierde equilibrio, y ahora mis cosas se ven inútiles y solitarias de este lado. Sin verte veo tus pasos yendo y viniendo, acomodando ropa, rescatando regalos olvidados, reflotando todo aquello que ya no te interesaba y que a la hora de tu partida parece recobrar significado.

Ya basta.

Dime algo.

Estremece esta casa con un grito, un llanto, un lamento que demuestre que alguna vez me quisiste, que tal vez hace tiempo, no me importa, sentiste algo por mí. Interrumpe este silencio, cancela ese boleto de avión que te va a llevar lejos de esta cama rota, de este cuarto hecho escombros, de mí mismo mutilado. ¿No lo entiendes? Basta. ¿Qué quieres que haga? ¿Qué quieres que diga?... Supongo que nada. Ya vi que te vas y que con irte me condenas.

Ya no te veo. A lo lejos escucho apenas tus pasos que se apagan en su tarea de separar en dos los años juntos. ¿Cómo haces eso?... ¿Vas a llevarte también las alegrías que te di, los besos que te entregué? ¿Vas a empacar mis manos que tanto te gustaban, mi cuerpo que sólo tú fuiste capaz de descubrir como un tesoro oculto en mis propios complejos y vergüenzas?... ¿Te vas a llevar mi aliento que conquistabas en cada abrazo?

Sé que te vas porque no tuviste que decírmelo para que lo supiera. Por eso hice lo que hice, porque no quise verte salir por esa puerta. Apenas lo presentí, apenas comencé a leer tu decisión en ese par de ojos que alguna vez sólo me miraron a mí, busqué lo necesario. Elegí con calma el día: el mismo de tu partida. ¿Sabes por qué? Porque vamos a irnos juntos.

Tú en un avión, yo quién sabe en qué. Y mientras termino de acomodarme entre las sábanas que hiciste añicos y dejo que mi respiración se emborrache de pastillas, me entrego a los recuerdos. Y te veo. Te veo en aquel restorán donde nos conocimos. Veo tu sonrisa que voló hasta mí y se me pegó para siempre. Veo otra vez tus manos que tomaron las mías y sentenciaron nuestros destinos. Y así, entregado a lo que rescato de tiempos pasados, sé que no voy a escuchar más, ni tus pasos resueltos, ni el portazo, ni tampoco escucharé si por fin te atreves a sollozar de orfandad. Ya vi que te vas… Y ni siquiera me darás el regalo de ver mi partida.

EN LAS NARICES

La mujer barrió sus secretos bajo la alfombra. Era el mejor sitio para esconderlos: en treinta y cinco años de matrimonio, su marido nunca había hecho la limpieza.

DESVELO

Ahí viene un nuevo ronquido. Se prepara dentro de la garganta. Avanza hacia la boca, atraviesa por encima de la lengua. El hombre gira sobre la cama, se ahoga y tose. La mujer se sienta y sin encender la lámpara rescata algo azul y tibio de entre los pliegues de la almohada. Lo observa. Lo hace escurrir de una palma a otra. Está soñando con mar, piensa, porque esto huele a sal. Estira las colchas y recorre las sábanas con las manos. Despacio, para que no se despierte. Tiene que estar a bordo de un bote. Ella aprendió a descubrir todo tipo de indicios y sabe con certeza que no hay arena en ese sueño.

La mujer guarda el trozo de mar dentro del cajón de su velador y se ovilla de nuevo, para que él no note que se ha movido. Cierra los ojos, porque todavía le queda noche por delante. Es una suerte que él ya no la invite a la playa. Ella detesta las rocas, las algas. Y él siempre quería correr descalzo por la arena. Había que ser firme en esos casos y saber decir que no.

Por un instante se deja llevar en el silencio.

Pero sabe que no podrá dormirse.

Ahora tiene que descubrir por qué el cuarto tiene olor a caleta marina. Entonces, con un suspiro de desagrado, estira el brazo hacia la cabeza de su marido: uno de sus dedos roza algo frío y que da saltitos encima de la almohada. Tiene que incorporarse y cogerlo con las dos manos, porque se le resbala y cae de nuevo. Y ahora el porfiado está de pesca. Va a dejar que sueñe todo lo que quiera con anzuelos y con su caña de pescar, pero no se olvide de que ella ya no está para esas barbaridades. Que se lo cocine en la playa, pero que no llegue al departamento con un pescado debajo del brazo. A ella le da asco.

El cajón del velador vuelve a abrir y cerrarse. Adentro, algo aletea en un intento desesperado por volar. Debe ser el canario de hace dos noches, piensa mientras estira de nuevo el doblés de la sábana. ¿A quién se le ocurre soñar con un pájaro? Por eso no lo va a dejar entrar nunca con una jaula al departamento. Ni de regalo. Pero ella sabe que al final su marido le encuentra razón, porque nunca dice nada.

El hombre gira sobre sí mismo y abre la boca. Un corcho vuela desde su lengua hasta el hombro de la mujer, sobresaltándola. Ella lo coge al instante. De champán. Frunce el ceño y recuerda cuántas veces le ha dicho que no le gusta que tome, menos cuando hay parientes porque se le pone la nariz roja y habla tonteras. ¿Por qué estará soñando eso? ¡Que nunca le cuente nada y que siempre tenga que estar desvelada a su lado!

El hombre da un par de ronquidos, tose, y la mujer rescata dos copas de cristal, un trozo de luna llena y cuatro corcheas de algún vals vienés. Lo sabe porque ella era profesora de música antes de casarse y reconoce los compases incluso de noche y húmedos de saliva, como esos que tiene en la mano. Y porque es su esposo le respeta los sueños y se los guarda en su cajón. Ella no se olvida que juró dejarlo todo por él, incluso sus prácticas de violín. Pero ahora, algo le dice que lo mejor es botar en el papelero del baño esas copas. Una tiene lápiz labial. Otra vez lápiz labial rojo. Y otra vez tiene ganas de llorar o de despertarlo o de irse al baño y encerrarse para no saber nada más de sueños.

Pero la mujer se pone de pie, da media vuelta alrededor de la cama y se ubica frente a su marido que sueña con la boca abierta.

Ella no podrá dormirse.

Y ahora menos que nunca.

Se inclina hasta quedar casi encima de su nariz. Parece que se ríe. O se va a reír porque ya arrugó la frente y levantó las comisuras. Le conoce todos los gestos. Los labios se juntan, lanzan besos al aire. Ella intenta alcanzarlos con sus propios labios, persigue uno por el borde de la cama, pero lo pierde de vista. Otra vez no pudo. Nunca puede atrapar sus besos. Vuela hasta ella el pedazo que le faltaba a la luna. Ahora sí que es el colmo. No se lo va a aceptar. Piensa que esa noche quiere desvelarla. Sabe que le cuida hasta los sueños. Sabe que está despierta, vigilando lo que escupe para que no alcance a manchar las sábanas. O para que ella lo guarde como un tesoro más en su cajón.

Un tosido como ninguno y el hombre manotea, atorado con algo en la garganta. La mujer introduce los dedos por la boca y saca, empapado, un traje de baño amarillo. Un escándalo, porque ella no tiene un traje de baño amarillo. Nunca se lo ha regalado. Él sabe que a ella no le gusta ese color, pero podría gustarle si él la soñara a ella en la playa. Una vez creyó que era el camisón de su noche de bodas lo que su esposo estaba escupiendo, pero era uno muy parecido. Entonces ella supo que no podía dormir nunca más...

Pero ahora corre a guardar el traje de baño al velador y no alcanza a llegar antes de que él derrame una ola de mar y moje la alfombra y las cortinas. Y cuando ella regresa al dormitorio con una toalla del baño, se da cuenta de que dejó el cajón abierto y que el pez hace piruetas entre las bajadas de cama, que el canario busca nido en los chalecos del closet y que las corcheas del vals vienés se persiguen para iniciar el compás. Desesperada, intenta que la luna llena no suba hasta el techo del dormitorio, pero un nuevo descorche de champán llena de burbujas el ambiente y pinta de rojo la nariz de su marido que se revuelve entre las sábanas.

Entonces se sienta a los pies de la cama y estira por última vez las colchas.

Sabe que no va a dormir.

Sabe que va a seguir esperando y esperando. Hasta verse aparecer en uno de los sueños. Aunque sea en el último pedacito de los sueños de su esposo. Aunque sólo sea reconocer su nombre en el dibujo de esos labios. Sólo eso. Sólo eso para alguna vez volver a dormir tranquila.

CORAZONES ROTOS

Tengo tu corazón en mis manos. No es muy grande, se parece a un pájaro herido. Es curioso. Cuando aún estaba dentro de ti y yo pegaba mi oreja a tu pecho, para oír sus latidos, lo imaginaba enorme y robusto: un pedazo de músculo potente y voluminoso. Pero no. Me cabe en una palma, y mis dedos son el perfecto canasto para que siga latiendo ahí, indefenso.

Dejarme tu corazón fue lo último que hiciste. Me rompiste el corazón, dijiste. Lo partiste en dos con tus mentiras, sentenciaste, y estiraste las manos hacia mí con su cargamento cardíaco y ensangrentado en ellas. No era cierto que estuviera partido por la mitad. Tiene un tajo delgado pero profundo. Lo miro con detención: es una herida de desamor, sí. La carne de tu corazón se hizo débil de tanto sufrir, y la estocada final fue mi última mentira, tal como me dijiste con lágrimas en los ojos. Tenías razón. Fui el culpable de romperte el corazón.

Me pregunto dónde estarás ahora. Sé que te fuiste lejos, en busca de una nueva vida y de un olvido. Y me dejaste aquí, encarcelado en mis propios castigos y con tu corazón en mis manos. No sé muy bien qué hacer con él. Por las noches lo dejo en el cajón de mi velador, arropado entre los frascos de las pastillas para dormir que tomo desde que te fuiste. Y en mis horas de insomnio lo escucho latir, despacio, aún vivo, y no puedo dejar de pensar en ti. Te imagino con un nuevo corazón dentro del pecho, uno chiquito, uno recién nacido. Estarás contenta de haber conseguido otro. Yo no sé muy bien qué hacer con el que me dejaste.

Traté de curarlo, pero la herida era profunda. No sabía lo mucho que podían lastimar mis mentiras. Ahora pienso que mis palabras son como cuchillos, que tienen filo y son un peligro. Por eso no he vuelto a hablar, por eso sólo me hablo a mí mismo cuando necesito oír mi voz para saber que sigo vivo. A veces pienso que mi propio corazón debe tener tajos como éste, quién sabe. No tengo ganas de averiguarlo. Pero al tuyo lo limpio cada día. Uso un algodón, un poco de agua. Después lo seco con una toalla, le quito las pelusas que se le pegan por la sangre.

Tal vez si volvieras te alegrarías de ver cómo está tu corazón. Ocupa cada segundo de mi día. Si disminuyen sus latidos, lo acuno entre mis manos y lo acaricio despacio. A veces me sorprendo hablándole con ternura, como te hablaba a ti cuando recién te conocí, antes de echarlo todo a perder. Me duele la herida que yo mismo le causé. Aunque si soy honesto, creo que cada día se cierra un poco más. Quién sabe, tal vez sean ideas mías.

Tu nuevo corazón te debe hacer más feliz que éste. ¿Tienes a alguien que te lo cure, que te lo limpie, que le hable y le cuente los latidos? Espero que no. Porque entonces significa que ya no soy útil, que no vas a volver nunca, que mi propio corazón se puede partir por la mitad y que tú no estarás ahí para acurrucarlo entre tus manos y, con esa voz que escucho desde lejos cada noche, decirle que todo va a salir bien. Yo no sabía lo mucho que te hirieron mis mentiras. Y tampoco sabía toda la falta que me ibas a hacer. Regresa. Mi corazón empezó a sangrar, lo siento abrirse como una boca que en lugar de saliva escupe sangre. Y el tuyo… el tuyo está aquí, esperando por ti. Regresa antes que a tu corazón le salgan alas y vuele ventana afuera, y yo me quede sin nada que hacer. Regresa, te lo ruego, y dame un nuevo motivo para que el mío cicatrice y no deje de latir.

VIAJE DE MIEL

Aunque quieras no puedes moverte. Tienes los brazos amarrados por detrás, cogidos entre ellos por las mangas de raso blanco que no supiste desenredar, entrelazados los encajes como una red de pescadores, el ruedo del vestido que se esfuerza en derribarte al suelo, para que te veas en el espejo del ropero, para que comprendas de una vez por todas que no puedes hacerlo, que no importa que hayan abierto a golpes el baúl, que ya no esté tu anillo de matrimonio, que tu ropa esté revuelta, que aunque quieras pararte de la cama para enfrentarte a los recuerdos no puedes hacerlo, tienes reposo estricto, no estás bien, ya se lo dijo el doctor a tu nieta el día que vino a verte y te contó la noticia:

—Me caso, abuela.

Esa noche las enfermeras tuvieron que hacer ronda frente a tu puerta, porque te pasaste la noche entera llorando y te vino un ataque de tos. Al día siguiente te encontraron más pálida, con ojeras negras, bien negras, como se encargó de decir la que te lavó en la cama. Te habías orinado como una niña chica, te enfriaste en medio del olor que se te pegó a la piel y tuvieron que sacarte al patio. Nadie preguntó de quién era el colchón que se secaba tendido en el pasto, con un círculo mojado al medio, ni por qué tú estabas de pie, con la camisa de dormir enrollada en la cintura, con tus arrugas y pliegues al aire, esa parte del cuerpo que todos debiéramos siempre esconder. Pero no lloraste y eso es bueno.

En la tarde, cuando la enfermera te metió de nuevo a tu dormitorio y te tapó con ese gesto mecánico con que siempre hace las cosas, tú le preguntaste por tu nieta. No te respondió, porque estaba mirando el baúl.

—Quiero ver a Isabel.

—Tranquilita, señora. Tranquilita.

—Quiero que venga Isabel.

Las escuchaste a todas hablar en el pasillo, frente a tu puerta, vestidas con sus delantales blancos, quejándose de que iban a hablar con el director, que esta señora nos tiene con los nervios de punta, que cuánto alega, que no tiene idea dónde está y lo único que hace es dar órdenes, que vaya a saber una dónde ubicar a la nieta. Tú te orinaste de nuevo, esta vez a propósito para hacerlas trabajar, para que tuvieran que refregarte entera, para que pasaran sus manos enjabonadas por tu piel envejecida y vieran cómo el tiempo pudo desfigurar un cuerpo sin compasión.

—Ya hablamos con su nieta, señora. Dicen que se fue de viaje.

Tú les gritaste que eran mentirosas, que Isabel no se había ido. Pero después te acordaste de tu luna de miel, de lo linda que te veías y de lo mucho que te gustaba pasearte desnuda por la habitación, abrir las ventanas y dejar que el viento hiciera remolinos en los muros del hotel. Te gustaba tu cuerpo. La enfermera de turno no entendió cuando tiraste las colchas hacia atrás, cuando gritaste Emilio y te subiste el camisón de dormir. Ahora no era por castigo, sino que tú deseabas mostrarte, y seguiste gritando Emilio, Emilio, Emilio, hasta que llegó otra enfermera, te tomó el brazo y con un tranquilita, señora, tranquilita, te hundió una aguja en la vena. Esa noche soñaste con saliva, con tu vestido de novia, con cuerpos húmedos despeñándose desde el cielo al mar, y supiste que era una pesadilla cuando tu cara se empezó a caer a pedazos al suelo y se formó el rostro de Isabel. Ella era la novia. No tú.

—¿Qué tiene en el baúl, señora?

La pregunta te tomó por sorpresa. Estabas mirando la televisión, con esa mirada de vieja tonta que espera que la venga a buscar la muerte, como te dice el doctor cuando quiere hacerte reaccionar. La enfermera estaba sentada junto a la cama, con una revista en la mano pero con los ojos tratando de perforar el baúl.

—Recuerdos.

—¿Está con llave?

Habían sido tus manos las que tocaron la llave por última vez. Estabas en tu dormitorio, ese de

84

muros interminables con las ventanas siempre abiertas, sentada en el suelo y con el baúl al frente. Diste dos vueltas a la cerradura y todo quedó adentro, el olor, el pasado, tus lágrimas de viuda. No recordabas más.

Cuando abriste los ojos era de noche y te dolía el brazo. No fue difícil saber que una enfermera cerraba la puerta de tu dormitorio porque su delantal dejó un rastro blanquecino en el aire. Te habían inyectado de nuevo. Debías estar muy enferma, porque no alcanzabas a reponerte del sueño cuando te lanzaban de bruces a otro. La televisión se había terminado y la pantalla estaba invadida por miles de hormigas estridentes en eterna guerra a muerte. Quisiste tocar el timbre, para que alguien viniera a apagarla, pero no fuiste capaz de mover el brazo: los pinchazos se apretaban en el pliegue del codo, como un espiral siguiendo la huella azul de la vena. Por eso te confundes, no sabes si estás en una cama o recostada en el pasto del jardín, si tienes los ojos abiertos o cerrados, si quieres llorar o dormir. Lanzas hacia atrás las sábanas y no te importa estar mojada de orina, que el camisón se te pegue a las piernas y te las entibie, de todas formas te pones de pie, se te había olvidado lo que era caminar, caminar de la mano por algún parque, como lo hiciste en tu luna de miel, y ya no te llamas Laura, le pides a todos que te nombren Isabel, que te digan así porque vas a casarte. Encuentras el baúl debajo de unas frazadas y con la chapa rota. Alguien la forzó hasta abrirla. Adentro todo está revuelto y se confunde el olor de ayer con el olor de tu dormitorio, ese olor a remedios, a vejez y encierro. Y tú, Laura, Isabel, encuentras el vestido de novia, apolillado y sucio, blanco y nuevo en tus ojos, joven y enamorada en el espejo, torpe y débil en el intento de ponértelo. Te apuras porque es tarde, los invitados deben estar impacientes y tú no das más por irte de luna de miel. Tienes los brazos amarrados por detrás, cogidos entre ellos por las mangas de raso blanco que no supiste desenredar, entrelazados los encajes como una red de pescadores, el ruedo del vestido que se esfuerza en derribarte al suelo, para que te veas en el espejo del ropero. Estás linda, pero todavía no encuentras el anillo que te regaló al casarte. Lo buscas. Te apuras. Sabes que viene a buscarte, como el día de tu matrimonio, y cuando lo ves entrar vestido de blanco lo llamas Emilio, Emilio, y él te toma del brazo, Laura, señora Laura, me ayuda a ponerme de pie, me devuelve a mi cama mientras me dice que cambie la cara, que tengo una mirada de vieja tonta, y yo sólo espero que venga a buscarme la muerte, para hacerme por fin su novia y partir de viaje de miel.

DEFINITIVAMENTE ENTRE SUS BRAZOS

La puerta de la habitación del fondo estaba siempre cerrada para él. Curioso, a veces el hombrecito se pegaba a los vidrios opacos de las ventanas e intentaba adivinar las formas que lograba descubrir tras las cortinas. También se dejaba caer al suelo para espiar bajo la ranura de la puerta, pero la dueña lo sorprendía en su desesperación por ver el interior y lo sacaba de un brazo al patio a regar los macizos de flores. Cada semana había uno nuevo: un montículo de tierra plantado de rosas, que en su alineamiento a través del jardín formaban senderos y pasillos por donde el hombrecito circulaba esperando el fin de su castigo.

Una noche, de madrugada, creyó escuchar un sollozo en la habitación del fondo. Pegó la oreja a la puerta y se quedó quieto, sin respirar siquiera para descubrir hasta el más breve sonido. Pero no oyó nada.

Lo obligaban a vestirse con una chaqueta de paño rojo, le pasaban una gorra de visera dorada y lo instalaban en la puerta de calle, abierta de par en par y con un macizo de rosas a cada lado. Así recibía a los clientes y los distribuía por el salón y los dormitorios, los dejaba junto a la muchacha escogida en el desfile de candidatas y estiraba la mano para recibir propina. Sólo algunos, escogidos por la dueña, entraban a la habitación del fondo.

Todo cambió la noche que llegó un auto negro a la casa. Se estacionó en la puerta, descendieron dos secretarios de abrigos y sombreros grises, pisaron sin cuidado las rosas y sus montículos de tierra y anunciaron a gritos a su excelencia. El hombrecito les dijo que esperaran en el salón, que faltaba poco para un nuevo desfile de candidatas, que les ofrecía una copita, pero le contestaron que su excelencia no espera a nadie, que quién se creía que era, que exigían hablar directamente con la dueña. Entonces ella hizo su aparición y dijo que la siguieran por el pasillo, que tenía algo muy especial.

El hombrecito supo que llevaban a su excelencia a la habitación del fondo y se decidió a seguirlos.

Vio, desde una esquina, a la dueña hacer girar dos veces una llave y abrir la puerta apenas. Una línea de luz, recta y blanca se pintó a lo largo de todo el pasillo y tocó los pies del hombrecito. Cuando levantó la cabeza, su excelencia ya había entrado y todo estaba nuevamente a oscuras.

Esa noche, cuando quedaban sólo el humo, las propinas y las colillas de los clientes en el suelo, escuchó voces en la habitación del fondo. Dejó de barrer y se fue pegado a los muros hasta que llegó a la

puerta: adentro alguien lloraba muy despacio, apenas, suspendiendo sus quejidos hasta que se hacían
tan delgados que no se escuchaban más. Entonces no
tuvo alternativa, porque si no era así no podría seguir
viviendo en esa casa: debía entrar fuera como fuera.

Salió al patio, dispuesto a romper un vidrio y
saltar por la ventana. La luna apareció de golpe en
el cielo y plateó el jardín, los senderos y los macizos
de flores. La dueña ya plantó otro, pensó mientras
se deslizaba hacia un muro, porque tuvo que dar un
rodeo para no pisar un montículo de tierra y rosas
que no estaba ahí esa mañana. Un par de semanas
más y no se va a poder caminar por este patio, se
dijo y cogió una piedra para romper el vidrio. Pero
la ventana estaba abierta, con las cortinas corridas, y
sólo tuvo que dar un pequeño salto para alcanzar el
borde. Caer hacia dentro fue fácil.

Todo estaba a oscuras. Caminó sin comprender hacia dónde lo hacía, guiándose por manchas
un poco más negras en el negro que tenía al frente,
adivinando contornos de muebles y esquinas de muros. Estiró los brazos para ubicarse pero una de sus
manos botó algo que no supo qué era pero que se
quebró con estruendo en el suelo.

La luz se encendió al instante.

Desde su cama, una montaña enorme de carne
rosada y pulida, coronada por una mata de pelo negro recogido en un moño, lo miró extrañada. Estaba
sujeta en un mar de cojines de plumas, y los pies en
alto, como dos columnas salidas de entre las sábanas

de seda. El hombrecito, con su gorra caída a un costado de la cabeza, se quedó inmóvil, hipnotizado por la súbita visión de los jarrones de plumas de colores, la cebra patiabierta que sonreía desde abajo, en la colección de perfumes del velador, en los cientos de almohadones que hacían de respaldo y que enmarcaban ese cuerpo descomunal, en el espejo del techo que duplicaba a la inversa el dormitorio y que transformaba cielo en suelo y suelo en cielo.

La gorda seguía mirándolo fijo. A sus pies, el hombrecito encontró un jarrón hecho pedazos con las flores desparramadas en un charco de agua. Se inclinó a recogerlas para pedir perdón, pero se detuvo al ver el dedo que, desde la cama, le exigía que se acercara. Ella hizo a un lado sus propias carnes desparramadas encima de las sábanas, recogió los pliegues de su cintura y le ofreció un espacio tibio junto a su cuerpo. El hombrecito se arrodilló encima del colchón y se quedó inmóvil, sin saber qué hacer. Entonces ella, como siempre lo hacía y con voz desafinada de tantas veces repetir lo mismo, le pidió que se desvistiera, que ya que había pagado y que merecía su producto, pero que todavía no comprendía cómo había logrado entrar sin sentir la puerta. Y apenas el hombrecito se quitó la camisa, todavía sin entender para qué, ella lo acercó a su boca y le susurró al oído palabras que él nunca había escuchado y que no comprendió; lo hundió en el valle de sus pechos enormes y se sorprendió de que no hubiera empezado a acariciarla como los otros. Le levantó la cabeza, para verle los ojos: las pupilas estaban dilatadas y temerosas, los labios blancos, las manos sudadas por tocar tanta piel junta. Comprendió que era su primera vez y la gorda se emocionó de ser ella la elegida.

El hombrecito se sintió levantado y depositado encima de ese cuerpo que hervía. Equilibrándose en el vientre de la gorda, se imaginó a su excelencia en su misma posición, abrazado a esa mujer que tiene dedos expertos, que hunde sus manos sin vergüenza para hacerle cosquillas y que lo cruza con un solo brazo. Ella le mostró rincones que se entibian solos de tan escondidos, pliegues hondos y rectos como lechos de ríos por donde el sudor hace cauce y la convierte más y más en un ser resbaloso y húmedo. El hombrecito se sintió sobado entero y mientras intentaba mantener la mente clara, para no dejar de pensar que podía entrar la dueña en cualquier momento y sorprenderlo, hacía esfuerzos por seguir la marea de ese cuerpo que casi lo estaba evaporando. La gorda soplaba un aire caliente y lo volvía a aspirar con un quejido, le enterraba los dedos en la espalda y se lo tragaba completo con cada suspiro.

Le indicó la cebra en el suelo: que se tendiera encima de esa piel rayada de blanco y negro, que la esperara porque se iba a poner de pie para abrazarlo, que era lo más lindo e inexperto que la dueña del local le había seleccionado. Además, si era su primera vez, debía recordarla para siempre de cuerpo entero.

El hombrecito saltó a la alfombra. La cebra miraba el dormitorio desde su esquina con ojos de vidrio, soportando en su lomo descuerado el cuerpo frágil y blancuzco. La gorda resopló al lanzar las sábanas hacia atrás, contuvo el aire al juntar energías, apoyó los codos en el colchón que crujió por la violencia de los movimientos y despegó la espalda del lecho. Sus carnes se enrojecieron por el esfuerzo. Se equilibraba en dos pies diminutos, abriendo los brazos, los pechos como globos descomunales por delante. Su sombra cubrió de negro el suelo del dormitorio y tapó la visión del hombrecito que, desde la alfombra, tuvo pánico. La gorda se le venía encima a pasos cortos, vacilantes, cuidando sus movimientos con una precisión infinita, exagerada, no, mi lindo, no pasa nada, nada, las manos abiertas y extendidas hacia él, murmurando palabras de madre protectora, de abuela regalona, de mujer pasionaria, tranquilito, esta vez no pasará nada, no se preocupe, cada vez más cerca, más encima, más pesada, el dormitorio se llenó con la imagen de la piel brillante de sudor y él no tuvo tiempo de hacerse a un lado porque ella se le precipitó encima, de arriba abajo, con los brazos extendidos hacia adelante y sonriendo con sonrisa de novia. Quedó escondido bajo su desbordado vientre, el oxígeno se le acabó en los pulmones pero ella seguía apretándolo contra su cuerpo, feliz, acariciándolo, su precioso, su inexperto precioso, el más lindo de todos, y si ella era la primera mujer en su vida estaba obligada a ser especial. Su olor de gorda se le metió hasta el último rincón, se le pegó en las narices y no lo dejó respirar más, hasta que ella lo sintió abandonarse definitivamente entre sus brazos.

Después lo lloró con bufidos de mejillas y aires que se le escapaban con estruendo del cuerpo. Lo recogió con suavidad y sin problemas y, así como lo había hecho con su excelencia esa misma noche pocas horas antes, lo depositó en la otra habitación. Donde alguien, quizá la dueña, lo haría desaparecer bajo un macizo de rosas en el jardín para que ella, gorda y llorosa, los recordara siempre desde su ventana.

Discretamente, eso sí, como todo lo que se hacía en el local.

¿TE QUIERES CASAR CONMIGO?

Mientras formulo emocionado la pregunta y tú rompes en llanto y te abrazas con tus padres, pienso que si supieras mis secretos, lo que hago a tus espaldas y lo que pretendo hacerte apenas se me presente la ocasión, de seguro me dirías que no.

SEDA BLANCA

Apenas la puerta de calle se cierra, la señora Isabel corre escaleras arriba y entra sin golpear al dormitorio de la costurera.

—¿Qué le pidió?

Raquel se demora en contestar porque está mirando el paquete que tiene al frente, encima de su cama, y que le trajo su clienta. La señora Isabel, entonces, avanza unos pasos y raja una esquina del papel: la suavidad de la tela se escapa por la rotura como un chorrito de leche imposible de detener con un dedo.

—Es seda —murmura Raquel.

La señora Isabel no puede soportar su curiosidad: se limpia las manos en el delantal y termina de abrir el paquete. El género escurre por la cama, se desliza por encima de los cobertores y comienza a caer en ondas al suelo. Raquel da un grito y se inclina a recogerlo. La seda es fría y resbalosa. Casi no se puede tomar con las manos.

—¿Qué le pidió, Raquelita?

—Un traje de novia.

La costurera dobla la tela y la deja encima de la mesa de trabajo. Repasa las indicaciones que le dieron, el boceto que la clienta le dibujó para que todo quedara más claro. Recuerda que además tiene unas revistas guardadas donde aparecen modelos que puede imitar. Está segura de poder hacer el traje de novia más lindo de todos.

No. Ninguno será igual al que se cosió una vez.

La señora Isabel sigue acariciando el género. Toma una punta y se frota la mejilla.

—Es suavecito... Casi no se siente.

Raquel también había escogido seda para su traje, porque le dijeron que era tela de reinas. Y ella era su reina. Lo era porque él se lo decía cada vez que la iba a dejar a su casa, en las tardes, después de ir a buscarla a la fábrica. Se despedían en la esquina, donde nadie de su casa pudiera verlos juntos. En las noches, cuando todos dormían y ella podía moverse tranquila por su dormitorio sin que la interrumpieran, se abrazaba a la tela para sentir la suavidad encima de su piel.

Ahora tiene que coser un nuevo traje de novia.

Raquel se ha quedado sola y se encierra con su trabajo.

Despliega la tela sobre la cama, la mira, estira las arrugas. Entonces se acuerda cuando hizo lo mismo una vez. Estaba tan contenta. Había dejado sobre su mesa las tijeras, el hilo, una pelotita de género pinchada de agujas que su madre guardaba en la caja de costuras. Ahora repite lo mismo, sola en el dormitorio de la pensión. Siente a la señora Isabel que camina por el pasillo, de lado a lado, y está segura de que en cualquier momento va a tocar la puerta, preguntará cualquier cosa con tal de asomar la cabeza y ver cómo va todo. Raquel se vuelve hacia la tela: enorme, inmaculada. Los bordes ondean con cada movimiento de la costurera que recuerda todas las puntadas que dio esa vez. Había empezado por el talle: lo quería ajustado a la cintura, sin pliegues.

Lo hará así también ahora.

En el silencio del dormitorio, la tijera provoca un escándalo al separar la tela en dos. Raquel no levanta la vista, no despega los ojos del blanco que inunda el dormitorio. Caen al suelo los retazos, se confunden con las hilachas. Corta las piezas. Diseña. Recuerda. Ahora tiene que coser para unir.

Esa vez logró mantener bien oculto su secreto. En su casa nadie supo del novio. No habló nunca del vestido. Nadie conoció la finura de la tela, lo delicado de las costuras, el modelo que cobraba forma cada noche y que repetía su cuerpo en el género. Lo hacía pensando en él, en ese par de ojos que se abrirían de sorpresa y orgullo cuando la viera entrar vestida como una reina envuelta en seda blanca.

La noche la obliga a encender las luces. La tela ahora brilla a la luz de las bombillas y su reflejo de nieve se confunde con la aguja. El hilo blanco avanza sobre más blanco, dejando atrás un camino de puntadas parejas. Golpean la puerta y la señora Isabel, como un fantasma decrépito vestida con su camisón de dormir amarillento, se asoma.

—¿No va a comer, mijita?

Raquel no le contesta. Sigue cosiendo porque está apurada. La anciana se queda mirando unos instantes la habilidad de la aguja para hundirse y reaparecer un poco más allá, dando saltitos plateados sujeta por los dedos de la costurera. Cuando cierra la puerta, Raquel no se da cuenta que es medianoche.

Es el turno de unir la falda y el talle. El ruedo es amplio, simple pero con gracia. Tiene que bailar con cada paso, cubrir y descubrir los zapatos cuando vaya atravesando la iglesia junto a él. Esa vez bordó un ramillete de flores a lo largo del escote. Ahora prefiere dejar la tela virgen, intacta, para que las miradas se posen en ella y no en la maestría de sus puntadas. Tuvo que esconder el vestido dentro de su ropero, bajo la ropa, para que nadie en su casa lo viera. En los pliegues puso flores secas de lavanda, para que lo impregnaran. Ahora lo cuelga de un clavo del muro, para mirarlo desde la cama, porque esta vez nadie va a detenerla de un brazo para encerrarla como cuando les anunció a todos que se casaba. Lloró la tarde entera y toda esa noche. Pero no le abrieron ni se acordaron de su castigo, y la fecha de su matrimonio quedó atrás, ayer, la semana anterior, el mes pasado. Hace años. Su vestido envejeció al fondo de un ropero, avinagrado de lavanda.

La señora Isabel está golpeando la puerta. Raquel se asoma.

—Mijita, la esperan abajo. La del vestido.

Es el día. Llegó.

Por eso Raquel se arregla, se peina, se perfuma. Sus ropas cubiertas de hilachas de seda blanca caen sobre la cama. Con los brazos en alto, deja que el vestido le caiga como agua por el cuerpo. Se anuda el lazo en la cintura y se cubre la cabeza con el velo que la sigue, arrastrándose. Hace años él quedó esperándola, y ella no dejó de pensar en él. Por eso ahora llegará a tiempo, aunque son muchas las calles hasta la iglesia. Nerviosa porque va a casarse, abre la puerta, sonríe de felicidad, y empieza por fin a bajar la escalera.

Q.E.P.D.

Recogió una vez más su propio desorden de huesos. Juntó las tibias con los peronés. Alineó todas las vértebras que encontró y dejó los espacios vacíos para las ausentes, seguramente ya convertidas en polvo. Buscó en su quijada rota una sonrisa de antaño y ensayó la mejor pose que el esqueleto le permitió. Maldijo en silencio la vida eterna, y aquella celestial obsesión de jugar cada tanto al juicio final, con resurrección de los muertos incluida. Así no hay quien descanse en paz.

DOLOR EXQUISITO

There's a certain satisfaction
in a little bit of pain.
Erotica, Madonna

Abre la boca. Grande. Tan grande que pueda ver el
interior de tu cuerpo. Un poco más. Ahora quiero
que la dejes así, abierta, enorme. Aunque comiencen
a dolerte las mandíbulas, aunque sientas el mentón
temblar, aunque los labios se te duerman y ya no
puedas más. Siempre se puede un poco más. Siempre
hay un peldaño más que bajar... Una gota de dolor
más que aguantar... ¿Sientes mi mano ahora? No
contestes. Mantén la boca abierta. Reclina la cabeza
en la mesa, déjala colgar un poco hacia atrás. Así.
¿Sientes mi mano? ¿Sientes la suavidad del guante avanzar por tu pecho? Hoy lustré el cuero. ¿Te
gusta? Negro, brillante, recién aceitado. Convierte
mis manos en dos extremidades resbalosas, animales, orgánicas. Puedo entrar en tu cuerpo lubrica-
do. ¿Sientes mi mano que avanza hacia tu vientre?
No respondas. No respondas. La boca. más abierta.
¡¿Quién es tu dueña?! Eso. Me gusta tu expresión
de temor. Tus ojos abiertos con las pupilas fijas en el

techo oscuro de este calabozo que es tan mío. Esas pupilas que se dilatan como hoyos negros cada vez que me acerco a ellas. Y tiemblan. Tus pupilas han aprendido a temblar de miedo porque no permito que tu cuerpo lo haga. Te castigo. ¿Te gustaría que fuera tierna, que hablara en susurros, que te dijera palabras amorosas?... No lo voy a hacer. No me pagas para eso. ¿Sientes mi mano?... Llegué a tus genitales, mis dedos patinan entre el aceite y tu orina que se escapa por todas partes. Estás asustado. La boca, te dije. La boca abierta, grande, más abierta. La cabeza hacia atrás. ¿Te aprietan las correas de las muñecas...? Eso espero. Déjame demostrarte la dosis de placer que existe en el dolor. Una pequeña dosis, es cierto, pero fulminante y potente como una bomba. La sientes crecer al igual que un gusano dentro de ti. El placer también es orgánico, animal. Y recorre vísceras, intestinos, se escapa por los poros, sacude el cuerpo y te deja medio muerto y más vivo que nunca. Pero es difícil de encontrar. No siempre te topas cara a cara con él. Y una vez que lo has visto, que has medido fuerzas y has salido triunfal, quieres más. Y más. Y lo persigues. Buscas al placer donde sea, lo llamas, lo rondas y lo esperas, sabes que es esquivo pero tendrá que volver, en algún momento tendrá que volver... y tú estarás ahí, a la caza, a punto de saltarle encima para que se te meta dentro, te use, abuse y te deje con los ojos en blanco y el alma, por una milésima de segundo, satisfecha y completa. Yo vivo para eso, sólo para eso. Y tú estás aquí para ayudarme a lograr que esta noche valga la pena, para asegurarme que no te irás hasta que yo haya logrado sentir, aunque sea un segundo, eso que ando buscando. ¿Sientes mi mano? Estoy apretando con fuerza, yo sé que la sientes. El calor húmedo de tu sexo me llega a través del cuero del guante. Y percibo también su miedo silencioso, los golpes de sangre que lo recorren entero al compás de tu corazón. No es cierto que tengamos sólo un corazón. Tenemos varios repartidos a lo largo de nuestro cuerpo. Y uno está ahí, entre las piernas. Ábrelas más. Sepáralas. ¡Que las separes, te digo!... Recuerda que soy tu dueña. Recuerda que vienes aquí cada tarde, te encierras conmigo en este calabozo de cartón piedra, en esta simulación de torturas y pesadillas baratas, yo te amarro, tú me obedeces, me visto de cuero negro, te esparzo aceite en esa piel lampiña que me ofreces con humildad y algo de vergüenza ajena, y te enseño quién es la que manda, la que tiene el poder, la que azota el látigo y te deja marcas rojas que duelen y provocan gemidos. Mantén la boca abierta. ¿Sientes mi lengua rondar tu nuca? Tu piel está salada, mezcla de sudor y lágrimas. Hay una vena gorda que cruza como una lombriz tu cuello. Palpita. Si la observo bien puedo imaginar la corriente desatada que lleva dentro, el caudal rojo que se precipita furioso y desbocado cuerpo abajo. Parece llamar a mi lengua. Tu piel se pone en alerta, tus poros se levantan asustados. Cierras los ojos, y yo también. Rodeo tu vena con mis labios. Su latido tibio choca con mis dientes, se endurece aún más. La capa de carne que la separa de mi boca es tan delgada que podría abrirla con sólo un mordisco. ¿Ya te hablé de lo difícil que es encontrar placer? ¿Te comenté lo desesperante que puede ser montar el escenario, las luces, abrir el telón de la noche y tener que cancelar la obra porque nada sucede, porque una vez más el actor principal no llegó, te dejó esperando, el maldito placer, ese dolor exquisito, se fue con otra, con otro, te despreció y no cumplió su promesa... Tu vena me está hablando, prisionera entre mis labios. Me dice que todo esto te gusta, que estás aprendiendo a gozar el miedo. ¿Es cierto? Siento el leve estrangulamiento que provoco cuando aprieto un poco más, imagino la sangre haciendo un esfuerzo mayor para cruzar ese tramo más apretado de la vena gorda. ¿Te gusta? A mí sí. Me gusta tu cuello, me gusta haberlo descubierto esta noche. Tal vez ahí... Tal vez esa zona de tu cuerpo me dé lo que estoy buscando. Mi boca se adhiere aún más, la abro un poco para volver a cerrarla. Te quejas y gimes, pero yo sé que es de placer. No muevas las piernas, es inútil, las amarras no se van a soltar. Mi boca es un topo abriéndose camino, un animal buscando madriguera en la tierra húmeda, salada, y toda yo me cierro en torno a tu cuello, en torno a ese trozo de carne que nunca había gozado y que esta noche por primera vez estoy conociendo. Y dejo que esta oscuridad entera me llene los ojos por dentro, abro, cierro, quisiera meterme entera dentro tuyo, y mis uñas de alimaña hacen también lo suyo, mis dientes enormes, mis garras abren los surcos que necesito para hacer un nido, para darle un nido al placer, y sigo ciega, sorda, cavando hondo, profundo, en medio de la más completa oscuridad pero sigo el rastro de la sangre, del olor húmedo de tu cuerpo por dentro, de la tierra virgen que voy sintiendo en la yema de mis dedos, y grito, grito fuerte porque mi espalda entera se curva, un corrientazo brutal estalla al final de mi espina dorsal, allá abajo, y trepa como una araña por mis vértebras, y aúllo, relincho, ladro frenética mientras el dolor exquisito que siento se hace ola en mi cuerpo mojado entero, cubierto de rojo tibio, de sangre fresca que me lava por dentro y por fuera, y muerdo, y aprieto, y desgarro, y grito yo también y sigo gritando aún cuando tú ya dejaste de hacerlo, y sigo afirmando tus brazos aún cuando tú ya dejaste de moverlos, y sigo ahí, ensangrentada en tu cuello, tratando de conseguir que esa noche valga la pena, que tan sólo un momento, aunque sea sólo un suspiro, pueda ser feliz. Que ese instante me dé fuerzas para sentirme viva, para esperar de nuevo, para seguir buscando, para no darme por vencida, para superar el miedo que todo esto me da aunque no lo reconozca… Lástima. Falsa alarma.

¿Y ahora qué hago conmigo?

¿Qué hago contigo?

LUNA LLENA

Para mi papá.

Los médicos dijeron que había que tener esperanza, que en casos como éste era lo último que se perdía. Que contaban con los mejores equipos, el más especializado personal, que había medicinas nuevas y tan buenas. Así dijeron. Algo agregaron de la voluntad de Dios, pero para esos entonces él ya no estaba escuchando. El entendimiento se le había ido lejos, junto con las lágrimas que ya no le quedaban, el sueño que se fugó para siempre y sus deseos de volver pronto a casa.

La sala de espera se quedó desierta. La máquina de refrescos en lata, en una esquina, emitía un zumbido de insecto metálico que por momentos era lo único que lograba escuchar. Se sentó, tratando de hacer las paces consigo mismo, de hacer presente su cansancio para poder conjurar algunas horas de sueño. Pero no pudo. La culpa. La culpa aparecía otra vez ahí, entre esas paredes color verde pálido, saltando de sillón en sillón como una bailarina hipócrita, refregándole en la cara que si esa noche estaba ahí, en ese hospital, era por su culpa. Sólo por su culpa.

Se puso de pie y se acercó a la ventana. Afuera la ciudad continuaba una vida normal. Desde la altura, las calles le parecieron las venas abiertas de un enfermo. Las avenidas las arterias. Los autos con sus luces los glóbulos rojos, o blancos, que circulaban histéricos de un punto a otro. Pegó la frente al vidrio. Se arrepintió de no haber aceptado entrar al cuarto cuando la enfermera le dijo que podía hacerlo. Pero era demasiado doloroso. Nunca le han gustado los hospitales, ni siquiera cuando iba a ver a alguna amiga recién parida, o a alguien que se había hecho una cirugía menor. El olor que ronda los pasillos lo marea, lo asusta, le recuerda su propia vida, su propio pasado, lo lleva irremediablemente de regreso a aquel día, ese día que marcó para siempre su existencia. Sacude la cabeza. La marca de sudor de su frente parece un dibujo de agua en el vidrio impecable.

Tal vez si busca a la enfermera pueda entrar al cuarto. O a lo mejor puede simular que va al baño, atravesar ese pasillo como de hotel —puertas idénticas a cada lado, todas verdes, cerradas— y llegar hasta la 345. Abrir despacio, sin hacer ruido. Asomar la cabeza, mirar hacia adentro. Tal vez dar un paso, acercarse a la cama. Se lleva una mano a la cara y se frota los ojos, la nuca. De sólo pensarlo se le altera la respiración. La culpa otra vez. Es su culpa que esté en esa cama, con esa maraña de tubos plásticos, venas artificiales, pulmones mecánicos y quejidos agónicos que lo único que hacen es invocar a la muerte a gritos.

Le están latiendo las sienes. Lo mejor será sentarse. Él se lo advirtió, le dijo la verdad desde un comienzo y así aclararon las cosas. Jamás pensó que viviría este día, jamás se imaginó que estaría en vela noches enteras, enterrado en una sala de espera verde, con una sola ventana abierta sobre la ciudad que ahora se ve indiferente, ajena a las lágrimas que lo martirizan, a esos quejidos débiles que vienen de la habitación 345.

Hay luna llena. Grande, un plato brillante en medio de un mantel negro. Se ve tan tranquila, tan feliz de estar suspendida en medio de la nada, por encima de todo y de todos. La siente su cómplice desde la noche aquella, la de la playa. Estaban los dos de vacaciones aunque a los pocos días se convirtió en improvisada luna de miel. Les dio un arranque de locura. De amor en bruto. Salieron corriendo de la cabaña que habían arrendado, así, como estaban, y llegaron hasta la orilla del mar. También había luna llena, la misma, la misma cara de señora gorda y pálida que los observó cuando se tomaron de las manos, cuando se juraron amor eterno a pesar de todo, cuando imaginaron un futuro juntos, cuando decidieron envejecer codo a codo, vencer enfermedades y cuidarse y amarse para siempre. La luna selló ese pacto, y se dedicaron el resto de la noche a contar las estrellas y a besarse.

Y ahora está aquí, de pie en una sala de espera, incapaz de cumplir su promesa de amor y cuidados. Tiene miedo y culpa. Y el miedo también tiene forma: es una piedra enorme que crece dentro de su pecho y que intenta lanzarlo de bruces hacia el suelo. Y esa piedra ocupa a cada momento más espacio y aplasta órganos. Por eso ya casi no puede respirar bien. Y la culpa... La culpa baila a su alrededor, da brincos de una esquina a otra, aplaude cada vez que ve su espalda curvarse un poco más, producto del miedo.

La luna celebró con ellos aquella noche de compromisos. Tiene que ser fuerte. Después de todo, las cosas llegaron a este punto por amor. No hubo una gota de maldad, o de premeditación. Sólo amor.

El pasillo se le hizo más largo, angosto y oscuro que la última vez que lo vio. Ni siquiera sus pasos tenían ruido. No quiso mirar las otras puertas, para evitar así pensar en qué ocultarían al otro lado. Caminó hasta el final. Un número tres, un número cuatro y un número cinco detuvieron su andar. Alargó la mano hacia la manilla, que estaba fría como los dedos de un muerto. Cuando se abrió, tampoco se emitió sonido. Dudó unos segundos. Las sienes parecían dos corazones a punto de reventar. Podía sentir una gota de sudor resbalar desde su cuello espalda abajo. La piedra de su pecho creció otro poco y arrinconó aún más sus pulmones. Y la culpa... definitivamente la culpa venía tras él, aplaudiendo muda y perversa. Dio un par de pasos. La luz de la luna había convertido el suelo en un charco luminoso. Los bordes metálicos de la cama, ubicada al centro de la habitación, brillaban como las olas aquella noche. Los quejidos que se escapaban del interior de ese cuerpo sostenido en vilo por sueros y mangueras le recordaron sus propios quejidos de placer, también aquella noche.

Sintió partirse en dos su propio pecho. Y cayó de rodillas, mojándose el pantalón en aquella luz irreal que entraba por las ventanas. La luna era su cómplice. Y está seguro que lo oyó gritar su perdón, ese perdón que rebotó en los muros de ese cuarto con olor a muerte. Y como lobo herido aulló que todo había sido por amor, que él no tenía la culpa de haberle regalado junto con su corazón ese virus que había convertido en veneno su sangre, ese virus que lo había echado todo a perder, que se lo había advertido, pero que juntos habían resuelto seguir adelante, que jamás se imaginó que las cosas llegaran hasta este punto, que si pudiera cambiaría los papeles, que desearía estar él en esa cama, abierto y crucificado de sondas y agujas intrusas, que ya no soporta esa piedra dentro del pecho que definitivamente lo derribó al suelo, y que por más que lo intenta no consigue sacarse a la culpa de encima que ahora le baila pisoteándole la espalda y las piernas. Perdón, suspira desde abajo. Perdón, repite con la boca apretada contra las baldosas frías y lunares. Perdón, dice por última vez, cuando su voz calla al darse cuenta de que los quejidos se han silenciado para siempre. Como la luna, allá afuera.

DESPUÉS DE ESO, EL MAR

La voz suena a la derecha:

—Está muerto. Vámonos.

El otro seguramente hace un gesto, porque no se oye nada. Debe estar mirándolo, inmóvil.

—Lo matamos.

La cortina de agua baldea la carretera y deforma los cuerpos que se sostienen apenas bajo el peso de la lluvia; el camión lame los charcos de barro que salpican la tierra y más atrás el azote de las aguas del río contra las riberas y los pilares del puente, termina de inundar el valle con su desborde sucio y descontrolado.

Y él sigue ahí, muerto. Bajo un cartel desteñido que la lluvia se ha encargado de blanquear.

El agua escurre pendiente abajo y hace remolinos en el puente, el mismo puente donde se detuvo a mirar ese cordón oscuro en que se había transformado el río. Aferrado a la baranda, la visión de las casas cediendo ante la tierra carcomida le detuvo los pies y lo obligó a contemplar lo que no quería ver.

Eso era perder tiempo, pensó, no le importaba que el valle desapareciera a su paso, que se anegara, que la carretera quedara convertida en un tesoro de asfalto al fondo de las aguas.

Frente a él estaba el último cerro.

Y después de eso, el mar.

El camión sigue caliente y evapora las gotas apenas rozan las latas.

—No lo vamos a dejar aquí.

—¿Qué? ¿Te lo quieres llevar?

Una oreja presiona el pecho en busca de algún latido. Se desplaza sobre la camisa empapada. Después, una mano le gira cabeza casi calva.

—Ya te dije que está muerto.

Nunca supo cuánto tiempo se quedó en el puente, con los ojos sumergidos en el chocolate revuelto que hacía vibrar el valle. De pronto, el motivo de su viaje se pintó de azul dentro de la cabeza y las palabras le salieron solas de la boca:

—El mar.

Por eso empezó a correr hacia ese último cerro que le tapiaba el horizonte y que lo obligaba a imaginar lo que estaba esperando: su nuevo refugio, lejos de todos.

No le importó que la pendiente lo lanzara hacia atrás. Que sus zapatos se le hundieran en lagunas de barro. Que tuviera que seguir a tropezones.

Iba riéndose. A gritos.

Y se olvidó del río y de los troncos que galopaban convertidos en peces de madera. Se olvidó del hambre y de los kilómetros.

Sólo tenía tiempo para reírse y trepar pendiente arriba.

Alcanzó a pensar que el ciclista tenía razón: desde el puente se lograba ver el último cerro que protegía la playa.

Le habría gustado gritarle gracias, que todo era verdad, que ya estaba llegando, que sólo le faltaba colgarse de la cima para dejar que la mirada se le anegara de tanta agua azul y arena caliente. Que casi había llegado, que el mar sería su última solución. Sólo pudo seguir riéndose.

Por eso no escuchó el camión a sus espaldas, ni la bocina que desordenó las gotas en el aire, ni el chirrido de los neumáticos secando la carretera mojada. Sólo el impacto y sentir de golpe que su cuerpo volaba catapultado hacia adelante, a un costado del camino.

—No fue nuestra culpa.

—¿Y quién te va a creer?

De nuevo una oreja se esfuerza por perforar el silencio de la piel muerta. Las manos desabrochan la camisa, investigan algún soplido que interrumpa lo inmóvil.

No había querido demorarse tanto, pero la lluvia se desató a medio camino.

Fue una sombra pasajera en el suelo. Después, una mancha que oscureció el horizonte de la carretera y que lo hizo levantar la vista: el cielo se apretó en un rosario de nubes negras.

La primera gota lo alcanzó en la oreja.

Pensó que no valía la pena detenerse, que ya estaba cerca, que en el mar todo sería distinto. Que pronto el sol sacaría brillo a las piedras y que ese valle vibraría de tantos reflejos y espejismos.

Siguió andando, pero la lluvia le pegó los ojos y todo se volvió una mancha de agua y tierra. Descubrió a un costado de la carretera una construcción en ruinas: sólo muñones de paredes en el suelo, cubiertas de polvo, musgo y orines de los que por ahí circulaban. Una lata del techo aún hacía equilibrio entre él y el cielo, y un cuadrado de sombra seca era lo único donde ovillarse y dormir.

Soñó con ruidos marinos. Con manos transparentes que lo cogían de las piernas para arrastrarlo por la tierra y que insistían en estrellarlo de golpe contra un muro caliente y amarillo. Las manos del mar lo levantaban del suelo para volver a lanzarlo hacia adelante y dejarlo desvencijado boca abajo.

Despertó porque el mar estaba esperándolo.

Tenía la ropa pegada al cuerpo y el techo de lata crujía encima de su cabeza. Alcanzó a salir antes de que se viniera al suelo con un chillido oxidado y líquido para perderse entre los escombros de muros.

El camión tiene seco un círculo a su alrededor. Los zapatos van y vuelven, desde el cuerpo hasta algunos pasos más allá. Después giran y una mano se desliza hacia los bolsillos. Los dedos atraviesan las costuras, desordenan la ropa.

—¿Encontraste algo?

—No tiene nada. Súbete porque nos vamos.

El valle está desierto.

Se escuchan unas voces que llaman a gritos, pero el torrente del río se encarga de sumergirlas al instante.

Él pensó que ese ruido nuevo, pero desconocido, era del mar. Así se imaginaba las olas: un ir y venir de espuma, una mano de miles de dedos rastrillando la arena cuando quiere retirarse hacia adentro. Y ahora lograba escuchar claramente el golpeteo del agua contra la arena. Después comprendió que sólo era la lluvia que había transformado al río, al otro lado de ese nuevo cerro, en un largo y sucio mar de barro.

El ciclista se había detenido porque lo vio jadeando a un costado del camino.

—¿Agua?

Bebió tragos largos y fríos. Después se secó la frente con la manga.

—Busco el mar.

El hombre lo miró sin entender.

—Siga derecho.

Le dijo algo de varios montes, de valles que se repiten iguales unos tras otros hasta que la playa interrumpe la línea del horizonte. Le habló de un río, de un puente. Que después de eso se llegaba al mar.

Siguió caminando, y unas mujeres que venían en sentido contrario le dijeron lo mismo:

—Se cruza el río y llega. Derecho nomás.

El primer cerro lo atravesó sin darse cuenta. Iba pensando en distancias, metros, pisadas. Calculó el tiempo por el trayecto del sol en el cielo, y cuando la carretera se hizo nuevamente horizontal bajo sus pies se dio cuenta de que ya estaba en otro valle.

Fue ahí cuando empezó a llover: miles de agujas líquidas le pincharon la cara y le hicieron brillar la sombra de pelo en la cabeza. Pensó que así debía ser el mar: una mano enorme y fría cosquillándole la espalda, después el cuello, recorriéndole las piernas. Una mano que después lo cubriría para siempre.

Se estremeció de frío.

—Lo vamos a echar al camión.

La mano deja de intrusarse en los bolsillos y se vuelve hacia la voz.

—No voy a llevar un muerto.

—Tendrán que entender que no fue nuestra culpa.

El agua les había deformado la visión: vieron un bulto impreciso en la carretera, y sólo comprendieron que era un hombre muerto cuando se acercaron a ver.

El mar.

Lo único que valía la pena.

Hundirse en él para escapar de los hombres que lo encerraron.

Iba pensando en eso, en las caricias transparentes.

En la arena, un cuerpo de mujer.

Volvió a oír a su compañero:

—El mar es como una mano que se te mete en el cuerpo.

Estaban en una esquina de esa nueva habitación, la de las ventanas en el techo, la de los muros blancos y lisos. Esa habitación que siempre fue amenaza de castigos.

—¿Una mano?

No le iba a hacer caso, porque ese día su amigo había amanecido creyéndose poeta. Pero siguió hablándole, con los ojos cerrados y las manos bien firmes en la espalda.

—Y te toca entero. Dan ganas de quedarse ahí para siempre.

Tuvo que callarse porque azotaron la puerta de la habitación para que se durmieran. Pero esa noche sus sueños fueron diferentes a los otros: ahora todo se le volvió tacto, ruido y cuerpos de manos enormes.

Al día siguiente, los muros acolchados tenían olor a sal.

Llevaba cuatro cerros trastumbados.

Encontró al viejo apoyado contra una baranda de madera, entumido por el agua que le atravesaba el poncho.

—Siga derecho. Después del túnel, un puente. Después del puente, un cerro y el mar.

Se acordó de los dibujos que insistía en pintar en la habitación: grandes bocas de túneles, enormes agujeros negros que si no fueran de tinta podrían ayudarlo a encontrarse en el jardín desierto y arbolado. Círculos en los muros y en el suelo que nadie parecía comprender.

Las pisadas se alejan, hacia el camión. El ruido de las puertas traseras interrumpe por unos segundos la lluvia, y un aliento verde alcanza a perfumar el aire antes de lavarse y caer en la carretera.

—Lo vamos a echar atrás.

—No voy a llevar un muerto en mi camión.

La voz grita junto a las puertas:

—Sí, entre los sacos de verduras.

El cuerpo sigue bajo el cartel desteñido, con la cabeza dentro de un charco de barro.

No esperaba el túnel tan pronto.

Después de una curva del camino, apareció la boca negra y alta. Pensó que sería distinto. Que este túnel era verdadero. Que por fin podría atravesar uno de lado a lado. Que no había nadie esperándolo al otro lado para llevarlo de nuevo a esa habitación de paredes acolchadas.

De todas formas lo cruzó sin respirar, con los ojos cerrados, las mejillas infladas a cada lado de la cara, una mano tapiando el aire de la nariz. Y cuando de nuevo la lluvia le cayó en la cabeza rapada, pensó en voz alta:

—El primer túnel de mi vida.

El nuevo valle era idéntico a los anteriores: verde a cada lado y la carretera al centro, interminable y recta, como un tajo de plata separando cerros y montes. La lluvia lo tenía todo difuso.

Y el río se escuchaba cada vez más cerca.

Una escandalera de pájaros dividió el cielo en dos y lo distrajo por un instante. Se imaginó, así como siempre lo hacía mientras intentaba dormir en la habitación, que tenía alas para sobrevolar el valle, que podría seguir su propia sombra como un lunar en el suelo, atravesar las nubes y emerger en un cielo claro y soleado. Se habría evitado el túnel, los mareos que siguió sintiendo después, ese cansancio que lo tira hacia abajo y que le hunde los pies en el pavimento sopeado de agua. Vería el mar desde lo alto y, como un pájaro, se dejaría caer en picada en medio de las olas para entregarse a las manos que esperan por su cuerpo. Manos que no le harán daño, como todas las otras que sólo lo persiguen para cortarle el pelo o para amarrarle los brazos contra la espalda. Manos que lo dejan en el suelo, mirando la esquina de esa habitación.

La carretera no tenía intenciones de terminar: cuando lograba alcanzar ese punto titilante del horizonte, un nuevo trecho, tan infinito como los anteriores, brotaba en un espejismo ante él.

Por eso, cuando al fin vio el puente no pudo dejar de reír.

Recordó las indicaciones: primero el puente sobre el río, después el último cerro y atrás el mar.

Y empezó a correr, sujeto de su aliento para no morir en cada paso, la vista fija en esa avalancha de agua turbia que ya ahogaba los árboles, en las casas de los bordes que desaparecían con cada trago, en ese nuevo cerro que le escondía el mar.

En el vértice de la carretera, en la cima, podría al fin zambullirse, olvidar para siempre la celda, los túneles de tinta, la puerta entreabierta que nadie vio excepto él, la carrera desenfrenada hacia el jardín, los enfermeros derribados en el suelo, el ciclista, las mujeres en la carretera, el viejo del poncho estilando.

Y no deja de correr, aunque la pendiente lo tire hacia atrás y lo obligue a demorarse en su apuro.

El mar.

Ya viene.

Al fin.

Las manos que van a tocarlo. Las manos que van a cuidarlo.

Y se ríe. Y está en eso, de rodillas, luchando contra esa escalera de agua que deshace sus peldaños una vez puestos los pies en ellos y no escucha el camión por detrás, la bocina, el chirrido de los neumáticos que secan la carretera mojada. Sólo su cuerpo catapultado hacia adelante que cae a un costado del camino, bajo un cartel desteñido, y él que escurre lento, sin saberlo siquiera, en el segundo túnel más negro que todos los que imaginó para llegar al mar.

SALIDA DE EMERGENCIA

Protegido por la oscuridad del cuarto, no puede verlo pero alcanza a sentir su cuerpo. Está caliente. Hay verdaderas lagunas de sudor que se encharcan en aquellas zonas donde las dos pieles se tocan. Tiene los ojos cerrados, tan apretados que se siente otra vez niño, como cuando jugaba a las escondidas con sus primos y a él le tocaba contar en medio de una negrura total para luego salir a buscarlos. En aquellos juegos apretaba los párpados con fuerza, hasta que el interior de sus ojos se llenaba de luces y estallidos. Esta vez también ve las luces, los chispazos de corriente. Pero ahora son de miedo, o tal vez de exceso de valentía que finalmente es la misma cosa. Si Iván pudiera verlo. Hay un par de manos aferradas a sus caderas. Estas son manos ásperas, algo torpes, no acostumbradas a su cuerpo y que dudan de dónde agarrarse mejor para seguir con su tarea. Siente sobre su espalda ese pecho tan distinto, alcanza a notar el dibujo de los músculos apretarse contra sus propios músculos, mientras esas manos siguen ahí, en el nacimiento de sus piernas, anclándolo en aquella cama ajena, en aquel cuarto ajeno. Tiene calor. Pero no quiere interrumpir la noche, quiere que todo termine pronto, que se cumpla lo que se tiene que cumplir, que no le hablen, que lo dejen regresar a su casa, a ese departamento del que no había salido en meses. Hasta que hoy en la tarde decidió abrir las ventanas, asomar la cabeza hacia afuera. La tarde estaba tibia, con ese viento que termina de barrer el invierno y que instala por las siguientes semanas una tímida primavera. Se sentó en la escalera de emergencia, esa débil armazón que como una zigzagueante columna vertebral subía de suelo a techo por el exterior del edificio. La misma a la que Iván nunca lo dejó salir, ni siquiera cuando quería limpiar por fuera los vidrios de las ventanas. Era peligroso, decía Iván. Y él pensaba: peligroso es vivir contigo. Esta tarde encendió un cigarrillo y se quedó ahí, hasta que la brasa le quemó los dedos, hasta que el humo se le metió garganta adentro, hasta que el mismo viento que le había parecido primaveral le arremolinó de frío los poros del cuerpo. Para ese momento ya había tomado la decisión. Y cuando se metió de nuevo al departamento, sabía exactamente lo que tenía que hacer.

No quiere abrir los ojos. Tiene miedo de que una náusea le suba desde el estómago y le sacuda la garganta, como una bofetada de castigo. No tenía otra alternativa. No podía seguir así, en ese pantano de horas que se convertían en días, en esa laguna de días que se convertían en semanas, en ese océano de semanas que se convertían en meses. Casi un año. Hacía casi un año que había dejado de verlo. Casi un año de no compartir la cama, de no sentir su calor que como un sol se arropaba con él bajo las sábanas. Casi un año de recordarlo a toda hora, cada día, semanas enteras. La epidemia se lo había llevado. La epidemia cobarde que utilizó al amor para disfrazar venenos y dardos de muerte. La epidemia que pobló de lágrimas los mismos campos que antes se llenaban con risas. No quiere pensar en eso. No quiere volver a sentir ese zarpazo de odio, de rabia, de impotencia. Pero ahí están las lágrimas otra vez, y junto con ellas llegan recuerdos que creía olvidados: el rostro de Iván al otro lado de ese vidrio, de ese cuadrado que como una ventana se abría hacia las profundidades del ataúd. Su rostro convertido en máscara de cera. Ni siquiera estaba sonriendo como cuando se le fue, aún tomados de las manos en aquella cama de hospital. Su último aliento se escapó convertido en risa, pasó ligero entre sus labios, revoloteó unos instantes protegido por aquellos muros blancos y con olor a desinfectante, y voló ventana afuera impulsado por un viento que también anunciaba a gritos el cambio de estación. Y ahora estaba ahí, reducido a una cabeza exhibida tras un vidrio horizontal, dos ojos cerrados, una nariz opaca, un par de labios transparentes y mezquinos. Ese no era Iván, no podía ser el mismo Iván, el que conocía tan bien cómo aferrarse a su cuerpo, el que le enseñó que era posible burlar a la epidemia y conseguir amor a pesar de todo. El mismo que tenía siempre todo bajo control, incluidos los amores y los miedos. El que llamaba por su nombre a cada sentimiento porque, hábil y precavido, había pensado en ellos durante horas de reflexión. Le gustaba pensar a Iván. Buscarle la quinta pata al gato para luego desmenuzar al animal completo en la mesa de operaciones de su mente. Iván.

Ahora reflexiona que ni siquiera sabe cómo se llama aquel cuerpo que se aprieta sin vergüenza contra el suyo, que lo fornica con urgencia, con resoplidos, que aún no termina de acomodar sus manos en alguna parte para quedarse ahí y hacer el resto de su trabajo. Sigue con los ojos cerrados, al igual que la boca. No quiere ni siquiera oler el aire de esa habitación que no alcanzó a ver. Apenas entraron pidió cortar la luz, se sintió empujado de espaldas sobre aquel colchón que se quejó entero cuando cayeron los dos encima, y de inmediato su piel recibió la visita de aquella boca que todavía olía a la cerveza del bar donde lo encontró. No hizo preguntas, casi ni lo miró a los ojos. Ahora siente ese par de piernas ajenas aferrarse en torno a su cintura. El epicentro de aquel temblor se pasea suelto por sus muslos, y sube despacio, abriéndose paso hasta llegar al borde de sus nalgas. Cuántas veces le rogó a Iván que lo tocara así, con esa pasión que extrañaba tanto. Pero no. La enfermedad. El cansancio. Lo hacía por su bien, y ahí se acababa la discusión pues él ya lo tenía todo analizado, concluido y archivado en algún cajón de su mente. Cierra más fuerte los ojos. Está cerca, alcanza a pensar. Y se deja ir. Si pudiera verlo.

El amor se convirtió en epidemia, le dijo un día Iván. Y él pensó que tenía toda la razón.

Se siente empujado hacia adelante. Sus carnes se abren ante el avance irrefrenable de aquel intruso que parece hervir en cada gemido. Está resbaloso, mojado entero. Esa boca hurga en el nacimiento de su nuca, esconde los gritos de placer entre su pelo que también huele a cerveza y cigarrillo. Es un taladro que se hunde profundo, y aprieta con más fuerza los ojos, y cientos de chispas avivan el incendio al otro lado de sus párpados, queman las pupilas que se resisten a ver, a comprender, a juzgar. Lo está haciendo por amor. Por amor a Iván, para ser como él, para poder romper alguna vez ese vidrio que los separó para siempre, para reventar en mil astillas la madera de ese cajón que la tierra se tragó en un bostezo, para maldecir a gritos esa epidemia que los llenó de soledades y abandonos. Para que alguna vez le dijera que era inteligente, tan inteligente como él, que por fin había tomado la decisión correcta, que por fin había hecho lo que correspondía. Nunca se lo dijo. Él era el sano, Iván el enfermo. Y los enfermos han visto a la muerte cara a cara, han regresado desde el otro lado cargados de alguna sabiduría especial, y eso les da derecho de decirles a los demás que están equivocados y que ellos tienen la razón. Siempre. Iván se lo explicó así. Y él le creyó, y dejó de creer en sí mismo. El cuerpo se sigue moviendo, eufórico, apretado a sus carnes, estrujando sus carnes, azotándose contra él mismo y presiente el grito, presiente el final, presiente ese estertor último que liberará lo que tanto quiere y se deja hacer, piensa en Iván, en el amor, en las infecciones, en cómo será su propia muerte, en que se irá pensando en él, dejará que su último respiro también se eleve como un volantín transparente, que salga por la ventana hacia el cielo, que haga piruetas entre las hojas de los árboles, que se instale en alguna corriente de aire y llegue arriba, tan arriba que se encuentre con los labios de Iván que, de seguro, esta vez sí estarán sonriendo, esta vez su nariz sí estará brillante de esas perlitas de sudor que siempre le nacían cuando estaba alegre, esta vez sus ojos se abrirán aún más de gusto cuando lo reconozca, cuando se dé cuenta que vino por él, que efectivamente la epidemia les sirvió para rescatar el amor que aunque pareció interrumpido nunca lo estuvo, que esta vez sí tomó una decisión acertada. Mírame Iván, grita por dentro, mira cómo me tienen, abierto entero, clavado a una cama ajena, mira cómo él no tiene excusas para brincarme encima, para darme eso que quiero, para hacerme suyo como tantas veces te rogué con mi voz, con mis silencios, con la mirada. ¡Mírame Iván! ¡No tuve que negociar el cariño, no tuve que transar en nada! Y esto es amor, yo lo estoy escogiendo, tu contagio fue un accidente, un polvo de hace años del que casi ni te enteraste... Esto es amor. Es mi castigo y también es el tuyo por haberme negado tanto tiempo tu cuerpo. Ya viene el golpe final, siente crecer la marea entre sus piernas apretadas, su espalda recibe el golpeteo frenético de ese estómago ajeno, y parece subir, parece que la cama se eleva, que la cama se incendia junto con ellos dos, y tiene miedo, mucho miedo, pero intenta pensar en Iván para que todas esas imágenes de sombras y pesadillas se le escapen por la boca junto con ese grito que ya no puede seguir conteniendo. Y ya viene, ya casi llega, está terminando de subir, de trepar, de aguantar ese estallido, y de golpe siente su cuerpo llenarse de luz, un río que le rebota en sus paredes internas, que lo sacude entero, una oleada que le entra completa y que le moja la piel por dentro, una marejada que arrastra con ella la epidemia que acaba de adquirir, la epidemia que acaba de elegir esa noche con toda frialdad, la epidemia que veloz busca órganos sanos dónde hacer nido y echar a correr sus malas noticias. Y junto con el grito de ambos que hace eco entre esos muros que no ve, nace la llamarada ardiente, el chorro ácido que lo quema y lo hace abrir de golpe los ojos y ahí, frente a él está Iván, alcanza a verlo entre las lágrimas de dolor que le han anegado los ojos, e Iván niega con la cabeza, no está contento, no lo aprueba, y la lava volcánica sigue su curso, llena espacios internos, y el grito es más fuerte, el dolor es más agudo, Iván está enojado, otra vez tomó la decisión equivocada, no hay caso, no aprende nunca, qué hizo, qué está haciendo, e Iván sigue ahí, molesto, cada vez más furioso, y se despega de encima el otro cuerpo con desesperación, se baja de la cama que otra vez cruje al sentirse más liviana. Las piernas se le doblan. Fue un error. Todo fue un error. Por más que tiene los ojos abiertos no ve nada, sólo siluetas un poco menos negras en el negro que cubre la habitación. La luz, no hay luz. ¡¿Dónde está la luz?! Busca la puerta pero no la encuentra, las rodillas le duelen, le duele el cuerpo, se le quema el cuerpo entero. Grita que no tenía alternativa. Que sólo quería abrir la salida de emergencia, la única puerta que podía sacarlo del vacío y del dolor. La única puerta que no había cruzado. La única puerta que no permite el regreso. Sólo seguir avanzando hacia adelante, hacia afuera, cada vez más afuera. Fue por amor, para no sentir más aquel peso sobre su alma, la carga culposa de ser el sano, el que no se va a morir, el que casi tiene que pedir perdón por haber seguido respirando mañana tras mañana.

Siente la madera sucia del suelo contra su mejilla. Si pudiera ver estaría seguro que descubriría huellas de fuego en su piel. Las epidemias se convirtieron en amor, susurra con la boca llena de arrepentimiento. Cierra los ojos. Contiene la náusea. Una nueva salida de emergencia. Eso necesita. La puerta trasera para escapar de este error. Escapar de la condena. Una salida. Si pudiera ver la encontraría. Pero es de noche, está oscuro, y ya no va a amanecer.

NAUFRAGIOS

PARA LEER A ISABEL

Vivir sin leer es peligroso:
obliga a conformarse con la vida,
y uno puede sentir la tentación de correr riesgos.

Michel Houellebecq

1

La lluvia, aunque se piense lo contrario, es siempre un problema sin solución. Cambia planes. Irrumpe junto con un desorden de paraguas que se abren como capullos de flores impermeables. Las calles se mojan y encharcan. Hay que tomar atajos. Bajar la velocidad, ya sea de los pasos en las aceras o de los autos en las carreteras. Las miradas se elevan, maldiciendo nubes que no estaban en el itinerario. De inmediato se recuerdan goteras que no se arreglaron a tiempo, o ese tapón de hojas secas ancladas en los desagües que nunca se limpiaron como es debido. Es cierto, la lluvia puede ser un problema sin solución. Eso fue lo primero que pensó Greg cuando una gota de agua fría y sucia resbaló desde el borde de una de las cornisas del edificio que tenía a sus espaldas y le dio en una oreja. Levantó la vista y se preguntó a qué hora se habrían juntado tantas nubes negras sobre su cabeza sin que se diera cuenta. Es lógico, pensó. Caminaba las cuadras mirando el suelo. No, el suelo no: la punta de sus zapatos, cuidando de no pisar las fisuras del cemento y evitando los chicles estampados como piedrecitas de colores en las aceras. Se detuvo en el cruce exacto de la octava avenida y la calle diecinueve. Le faltaban aún tres largas cuadras para llegar hasta los muelles remodelados, a ese larguísimo y nuevo parque lleno de orden y diseño que había venido a reemplazar las antiguas bodegas del puerto, donde la noche no se acababa necesariamente con la llegada del día y los drogadictos se reproducían infinitos, siempre ocultos en los resquicios de las viejas maderas. Hasta el río Hudson se veía distinto ahora que todo ese sector de Manhattan había cambiado. De ser un espacio que todo el mundo evitaba como a una peste, se convirtió en un escenario perfecto para que los ejecutivos lucieran sus cuerpos de bronceado artificial junto a sus destrezas en los patines, o para que las familias pasearan a sus perros que de seguro quieren y cuidan más que a sus propios hijos, o para que los enamorados se besaran sin pudor al amparo de las puestas de sol que se extendían por innecesarios minutos al calor de sus besos. Basta, se interrumpió Greg. Ya estás siendo cínico. Precisamente lo que lo llevó a esto. A buscarse una enfermedad maldita que nadie había invitado al baile. A estar aquí hoy, a media tarde, con una tormenta arremolinada encima de su cuerpo y a punto de desaguarse sin piedad sobre esta isla tan chica y tan desproporcionada. Cinismo puro que lo llevó a una noche de insomnio, una noche infinita donde se tomaron muchas decisiones. Una noche que no sólo ocurrió al otro lado de las ventanas, sino que se le metió adentro, taladró profundo hasta llegar al alma, si es que eso existe. Una noche persistente que trajo junto con ella el frío del clima de otoño y que congeló huesos, órganos y tejidos. Porque el cuerpo de Greg no se entibió más. Ni con la ducha larga e hirviente que tomó esa mañana. Ni con el café instantáneo que le supo a mierda pero que se tragó completo, buscando un soplido de tibieza para sus entrañas gélidas. Pero nada fue suficiente. La decisión estaba tomada y firmada con tinta de hielo en su cuerpo.

Greg pensó en las tres cuadras que le quedaban hasta llegar al río. La imagen de agua cayendo sobre más agua le gustó. Y quiso apurarse para llegar antes que la lluvia.

No sólo su cuerpo débil se había convertido en un pozo de piedra fría. También el departamento. Ese departamento que hasta antes de la llegada de Isabel era una cueva oscura, polvorienta. Un terreno inhóspito, un campo de batalla perdida. Pero fueron hábiles. Sabían que un poco de pintura en los muros, un profundo aseo que abarcara hasta el último rincón de los clósets y el suficiente aliento de vida, como si fueran dos pequeños dioses jugando a inventar un paraíso, serían suficientes. Y claro que sabían de alientos, pensó Greg. Era cosa de cerrar los ojos para volver a sentir esa respiración mordiéndole la nuca, esa fogata de manos y dedos que tatuaban sus pieles, aquella lava ardiente abriéndose paso en sus cauces y sacudiéndole el cuerpo para dejarlo medio muerto pero más vivo que nunca. Ese mismo aliento que antes encendía chispas y provocaba incendios, se había convertido ahora en algo más parecido a un silbido de escarcha. Y de la pasión al cinismo hay un paso, pensó. Una imprecisa frontera que nadie quiere cruzar; pero siempre se termina cayendo del otro lado: el terreno de los amargados. Es inevitable. Del mismo modo que al verano siempre lo sucede el otoño.

Greg volvió a pensar en el departamento y en lo mucho que vivieron juntos ahí dentro. Por eso cuando hace un rato salió de ahí, dispuesto a llegar al Hudson lo antes posible, ni siquiera echó un vistazo por encima de su hombro al cerrar la puerta. Sabía exactamente dónde estaba cada cosa, cada adorno, incluso cada ausencia. Todavía estaban los espacios vacíos que hasta hace muy poco estuvieron llenos. El lado del clóset que antes le pertenecía a ella, ahora era un hueco enorme y despoblado. Incluso el otro lado del colchón conservaba una huella cada vez más imprecisa de su anatomía de mujer. Por eso salió sin mirar hacia atrás, porque si lo que buscaba era olvidar el pasado y evitar también la llegada del futuro, tenía que ser valiente y salir de ese departamento con firmeza y rapidez, evitando a toda costa que cualquier memoria lo anclara nuevamente a ese presente que estaba durando mucho más de lo que alguien podía soportar. Cuando iba bajando veloz las escaleras, escuchó la voz de un locutor de noticias que se coló a través de la puerta siempre medio abierta de su vecino. Hablaba algo de una inminente tormenta, pero en ese momento Greg no prestó atención. No fue sino hasta ahora, que el agua lo sorprendió a media calle y a tres cuadras de su destino, que recordó ese anuncio climático y se maldijo por no haber salido quince minutos antes. Y pensó en voz alta: cuánto me habría gustado llegar al río antes que la lluvia.

2

Fue antes, mucho antes que Greg conoció a Isabel. Antes, pensó. Antes. Y por un momento sintió una vez más ese martillazo de nostalgia en el pecho, un disparo de adentro hacia afuera, para de ahí desparramarse hacia sus piernas y brazos. Isabel era hermosa, aunque nadie lo dijera. Aunque el mismo Greg no pensó en ella como una mujer atractiva cuando la vio. Llovía, y el Barnes & Noble de la Union Square se había convertido en una suerte de refugio para los damnificados de aquel día que se anunció como soleado, pero que a última hora frustró a todos y se ensañó mandándoles un diluvio del que nadie pudo escapar. Es curioso, pensó Greg ahora: lluvia aquel día y lluvia hoy. Isabel entró corriendo, arrastrando con ella un desorden de gotas y un poco de ese vaho tibio de primavera húmeda que sopla por Nueva York en los meses de abril y mayo. Greg la sorprendió avanzar algo desorientada, destilando agua por el pelo y con una blusa de verano —demasiado ligera aún para la época— adherida al cuerpo como un parche de color. Sus pechos se marcaban, nítidos, pero a ella no le importó. Porque Isabel sabía que no era hermosa y que nunca coleccionaría miradas aunque sus pezones se dibujaran con precisión al otro lado de aquella tela. Es cierto, Greg no pensó en ella como una mujer atractiva. Pero había algo en su forma de caminar, en su desorientación, en esa mirada que parecía pedir perdón por estar mojando el suelo, aunque decenas de otras personas estuvieran haciendo lo mismo, que hizo que Greg no le quitara la vista de encima. No pertenecía al lugar y eso era evidente. Era una imagen sobrepuesta, un personaje de otra historia que la lluvia había hecho equivocar de escenario y que ahora, con pasos cortos y vacilantes, buscaba un lugar donde pasar inadvertido. Y eso se convirtió, para Greg, en algo que no podía rechazar: era la posibilidad concreta de escribirle, a su antojo, una vida entera a un cuerpo que no tenía dueño en esta orilla del mundo. La vio avanzar hacia la mesa de ofertas, esa montaña de libros que nadie quiso en su minuto de gloria y que ahora, meses más tarde, rebajados hasta casi el regalo, tampoco nadie quiere. Él no olvida que la vio hojear un libro de Feng Shui, y se sorprendió. Isabel no se parecía, en lo más mínimo, a aquellas mujeres que buscan en la posición de los muebles, o en el flujo de energías que no ven, respuestas a sus vidas aburridas. Por el contrario. Más bien tenía el aspecto de una estudiante de último año de maestría en ciencias políticas. Algo en donde lo que importa es el tamaño del cerebro, el uso de la palabra y la agilidad del pensamiento, y no la apariencia física o la búsqueda del último grito de la moda. Tal vez ese sea el secreto de la verdadera atracción: que la persona que tienes enfrente no cumpla con las expectativas que te formaste de ella, piensa ahora Greg. Que prometa algo con su sola presencia, y que no lo cumpla con sus acciones. De este modo, esa no concordancia te deja anclado ahí, pendiente de una nueva sorpresa, de un nuevo giro inesperado en la personalidad. Isabel era una mujer de cabellos mojados, de blusa casi transparente, y que parecía imposible de leer.

La vio avanzar ahora hacia la sección de libros recién publicados. En una de las estanterías estaba *Marea brava*, la novela más reciente que Greg había publicado. A pesar de que nunca le gustó la ilustración que su editor se empeñó en usar como portada, la novela en general había gustado mucho y se estaba vendiendo bien. Por algo seguía en el estante de los elegidos del Olimpo, se burló él, a pesar de los más de dos meses transcurridos desde su salida al mercado. Isabel se detuvo frente al libro. La vio escudriñar el dibujo de aquel cuerpo cubierto por una capa de agua que deformaba los contornos, azulando la piel, dándole a la modelo la apariencia más de una sirena extraviada que de una heroína de novela. Pasó un dedo sobre las letras blancas del título. Greg juraría que Isabel hizo un gesto de desagrado. Un leve movimiento de la cabeza, un reproche silencioso a la elección de esa portada, un *no* que se le escapó sin que se diera cuenta, igual que como se escapa un suspiro o un bostezo. Para esos entonces Greg había renunciado a la tarea de buscar una nueva novela que llevarse al departamento. Todo se trataba ahora de Isabel: de leerla a ella, página a página, poro a poro, de averiguar lo más posible antes de que las palabras llegaran a confirmar sus supuestos. Iba a escribirla: ella era perfecta para convertirse en personaje, para inventar a partir de las verdades de Isabel cientos de mentiras de ficción. Escribir a Isabel, pensó. De eso se va a tratar mi vida.

Cuando el diluvio cesó y el sol convirtió en nubes los charcos de las calles, Isabel salió de la librería y siguió su camino. Pero esta vez Greg iba tras ella, vigilándola algunos pasos más atrás, viéndola aparecer y desaparecer en medio de la neblina y de los jirones de vapor de agua, convertida casi en un espejismo que la humedad hacía reverberar allá enfrente. El cuerpo de Isabel brillaba entero, cubierto de gotas de lluvia y ahora de sudor. Una sirena extraviada en ese mar de cemento que luego del aguacero comenzaba a hervir, convertido en marea brava. Greg pensó en el juego de palabras, y sonrió de saber que ese día que no prometía nada había adquirido de pronto un significado casi trascendental. Isabel entera parpadeó, intangible, innecesaria, al detenerse frente a la luz roja de un semáforo, igual que un recuerdo que está próximo a evaporarse para siempre y del que nadie se acordará. Pero ya era tarde para poder olvidarla, concluyó Greg. Decidió seguirla justamente porque nadie parecía notar su presencia de astro luminoso, nadie volteaba a verla, nadie siquiera advertía su respiración descontrolada por la temperatura de esa isla convertida en horno. Sólo un par de ojos masculinos, adheridos a su cuerpo como su propia blusa, viajaban con Isabel sin que nadie los hubiera invitado. Y junto con ellos, una mente ya buscaba cómo iniciar la primera frase de un texto dedicado en su honor.

Sí, pensó Greg. La lluvia, aunque se piense lo contrario, siempre es un problema sin solución. Sobre todo para Isabel, que no tuvo posibilidad de elegir ni rechazar ese destino que Greg le regaló como una mala noticia. Sin saberlo, Isabel fue víctima del mar de todas sus obsesiones, del agua que cae del cielo, y del agua que se comparte a la hora de hacer el amor.

3

Isabel huele a rosas y ese olor le gusta mucho a Greg. Le recuerda algo que no logra precisar, pero a pesar del olvido su mente acarrea hacia las primeras filas de su percepción un estado de cómodo agrado, un estar seguro de que aquella fragancia se archivó bajo el rótulo de memorias positivas y satisfactorias. Y Greg sabe que ése es un archivo bastante despoblado dentro de su cabeza.

Los poros de Isabel están en alerta. Tal vez sea el aire acondicionado, o el miedo que siempre da entregar por primera vez el cuerpo a otro. Pero su piel completa es un manto de puntitos alzados hacia arriba, atentos a esas dos manos que buscan ganarse su confianza y aplacar así la rebeldía que han desatado. Ella cierra los ojos, echa el cuello hacia atrás. Greg la afirma contra su pecho mientras sus diez dedos se encargan de terminar de quitarle la ropa que ahora retrasa lo que ambos saben será el segundo paso. El primero fue irse a cenar a un restorán del Village, acomodarse en una mesita en la terraza, al aire libre a pesar de aquella primavera ardiente que no daba tregua, y conversar hasta que los botaron del lugar. Greg seguía pensando que ella no era atractiva, aunque era eso lo que la hacía única y necesaria. A la luz de las velas, sus ojos tenían el color exacto de la miel, o del caramelo en su punto. La nariz era más bien ancha y algo curvada hacia el suelo. El par de labios gordos y acojinados ocultaban por completo una hilera de dientes pequeños, de animalito asustado pero acostumbrado a morder por horas enteras lo que había elegido por presa. Greg supo que se llamaba Isabel y que era mexicana. Del Distrito Federal, sonrió ella con orgullo indisimulado. Una chilanga de tomo y lomo, agregó, y Greg no entendió de qué le estaba hablando. Él tenía la mente lejos, planeando el siguiente paso: convencerla de subir los tres pisos rumbo a su departamento, atravesar el campo minado de malos olores y manchas de humedad que poblaban los tramos de la escalera del edificio, abrir la puerta e invitarla a penetrar ese espacio tapizado de libros, papeles y revistas repartidas por el suelo. Ahora que por fin la tiene entre sus brazos, que siente caminar sus pechos en su tórax, que percibe su lengua hacer nido en el espacio tibio de su cuello, que la está escribiendo por fuera para luego leerla por dentro, piensa en su propio departamento como un tercer cuerpo. Un trío. Son ella, él y el departamento los que están incendiando la noche. La mente de Greg se dispara junto con el placer, se zambulle en el centro de aquel estallido de luces y gritos que rebotan entre los estantes de libros, son tres corazones que laten: dos humanos y la computadora que espera encendida sobre la mesa del comedor, y Greg trata de mantenerse anclado ahí, sobre el cuerpo de Isabel que se contrae y agita, que se abre entero para ofrecerle lo que él aún no ha visto, pero los pensamientos de Greg siguen escapándosele como agua de una cañería rota. Y con cada goteo Greg descubre algo nuevo: que su departamento tiene cara, y esa es la ventana que se abre sobre Manhattan y que la luna es el único ojo. Sí, su departamento es cíclope, un fabuloso animal mitológico de ojo redondo y blanco. Y que los libros que se acumulan como el polvo son células que, las unas junto a las otras, dan vida a ese cuerpo entero que los muerde y se los traga y que se enfría con el aliento gélido del aire acondicionado. Isabel y él se hacen uno dentro de ese enorme útero de cuatro paredes y muros despintados. Y la penetra, la goza, se hunde entero en ella, revisa sus paredes por dentro, lame tejidos que no conocen la luz, que sólo saben de oscuridades y vicios ocultos, e Isabel se deja porque nunca nadie antes la había mirado, nunca nadie antes había descubierto en ella esos temblores que ahora la perseguirán por siempre, nunca nadie había hecho música con su cuerpo. El placer fue tanto que durante una fracción de segundo se le convirtió en miedo, en pavor que dilata las pupilas y que brilla como un relámpago que ilumina el pasado entero, revisando cada hecho que la dejó sometida a ese otro cuerpo. Las horas se les acabaron en medio de una enorme laguna de agua dulce. Fue entonces que Greg la invitó a quedarse y ella aceptó. Y no sólo aceptó esa noche: siguió aceptando, hasta que no tuvo más remedio que escapar, hasta que la vida la obligó a hacerlo. Rota. Condenada.

4

El café le sabe a mierda, pero Greg se lo traga entero. Fue una noche demasiado larga, demasiado oscura, y hay que ponerle punto final de alguna manera. Aunque sea con una nausea de café barato y mal calentado. Greg sale de la cocina y se queda a mitad de pasillo, inmóvil, presintiendo lo que tendrá que ser su siguiente movimiento. Tiene que hacer algo para quitarse ese frío de invierno que no lo deja moverse. Por eso pensó en que una ducha hirviente solucionaría parte de las cosas. Pero también se equivocó, como suele hacerlo desde hace un tiempo. No hubo caso: sus huesos son de cristal ligero, tembleques e imposibles de calentar. Desde el departamento vecino llega el audio roto y deshilachado de un programa de televisión, uno de esos donde la gente va a contar sus penas y el animador los insulta mientras el público los abuchea. Pero Greg no lo oye. No es capaz de oír nada. Sólo ese silencio aterrador, el mismo silencio que delata que un cuerpo ha dejado de vivir y se ha convertido en cadáver. Su departamento es un cadáver. Lo único que se conserva vivo entre esas cuatro paredes es la computadora, despierta y atenta como siempre, luciendo en su pantalla un enorme FIN que Greg ha escrito poco antes. Terminó. Por fin terminó la novela. Pero está demasiado enfermo y cansado para celebrar el hecho. La ventana tiene los vidrios opacos, tan sucios y manchados que es casi imposible ver hacia el otro lado. Si aspira hondo aún logra rescatar jirones de ese maldito olor a campo artificial que a Isabel le gustaba tanto esparcir por la cocina. Flores silvestres anunciaba el frasco de aerosol. Flores plásticas, quizá. Flores muertas. Greg entra al dormitorio, donde el clóset que antes compartía con Isabel tiene las tripas abiertas y falta toda su ropa, la que ella se llevó junto con el ruido y el calor. El colchón todavía tiene su huella dibujada en la espuma: una silueta de mujer liviana y que siempre dormía en la misma posición. Greg fantasea con la idea de despegar aquella sombra de las sábanas, alzarla como se levanta un cuerpo enamorado, rodearla con los brazos y hacerle el amor ahí, de pie, junto a la cama. Después de todo era su mujer, aunque no era bella, pero esa suya. Pero es sólo el contorno de Isabel, son sus bordes pero no su carne, y él se siente tan enfermo que sabe que no tiene otra salida. Deseó tanto ser Dante. Él tenía las cosas claras, muy claras. A pesar de todos los excesos que había cometido, a pesar de los errores, de las humillaciones a las que se había expuesto, Dante no perdió nunca el sentido común y el respeto por su Lisa. Greg sintió envidia de él, de su calma imperturbable, de su sabiduría práctica. Nunca antes había deseado tanto ser otra persona. Pero supuso que ya era muy tarde. Dante ya había caminado a su propio destino, irreversible y definitivo. Bueno, pensó Greg, al menos él y yo vamos a terminar del mismo modo. Unidos en el final. Hermanos de camino. Ya es hora. Tiene que ser fuerte, abrir la puerta, y avanzar hasta el río. El Hudson sabrá qué hacer con él, dónde dejarlo, devolverlo a alguna orilla tan silencioso y tan cadáver como ese departamento del que tiene que huir pronto antes de correr el riesgo de arrepentirse y no morirse nunca. La puerta se queja como un herido cuando la abre. Tiene el impulso de mirar hacia atrás, revisar por última vez lo que fue su casa, primero solo y después con ella. Greg sabe que es nostálgico a pesar de sí mismo, que su mente a la menor provocación vuela en el tiempo, retrocede su cinta de grabación y se atormenta revisando una y otra vez escenas que sólo consiguen atormentarlo más. Si sólo fuera capaz de apretar la tecla de pausa, congelar por un tiempo aquella película, el tiempo necesario para caminar las cuadras que lo separan del Hudson. Por eso sale apurado del departamento, intentando no escuchar el grito de moribundo de la puerta al abrir y cerrarse. Baja corriendo las escaleras y en su apuro no alcanza a prestarle atención a la voz de un locutor de noticias que se cuela a través de la puerta siempre medio abierta de su vecino. Habían interrumpido las transmisiones para hablar algo de una inminente tormenta. Pero Greg ya no tenía oídos. Su cuerpo estaba frío. Convertido en hielo duro. Un cubo de hielo que muy pronto empezaría a deshacerse en el agua del río hasta nadar en esa nada que ansía con gritos mudos. Igual que Dante. Era cosa de seguirle los pasos, buscar como sabueso esas huellas que él había dejado como migajas de pan marcando un camino. Era la hora de poner el punto final, de tocar por fin fondo. Cuando Greg llegó al cruce exacto de la calle diecinueve y la octava avenida, le cayó en la oreja la primera gota de lluvia. Se le escurrió encima como si fuera una lágrima involuntaria: el cielo entero lloraba, igual que él por dentro. Y pensó en Isabel, en el departamento vacío, en que sólo le faltaban tres cuadras para llegar al Hudson y que hubiera dado cualquier cosa por haber partido antes que la lluvia, por no estar enfermo, por no haber perdido a Isabel, pero así son las cosas, no se pueden controlar, no hay poder humano que sea capaz de someter al destino, a la ley de causas y efectos, a las casualidades, a los dioses si es que alguno existe, no hay poder humano que pueda vencer a la naturaleza, al instinto. Eso fue precisamente lo que Isabel no entendió, ésa era su naturaleza, su forma de vivir, de darle un sentido a esa existencia que de tan conocida y repetida ya estaba perdiendo todo interés, yo jamás hubiera querido que las cosas llegaran a este punto, se dice mientras alza la vista al cielo, a ver si esa agua que cae de las nubes le puede lavar el rostro y el cinismo, pero el cinismo no se me va, claro que no, se me clavó adentro y como una manzana podrida fue pudriendo el resto de mis órganos. Mírame, Isabel, mírame, mojado como tú el día que nos conocimos. Mírame, caminando apenas el trecho de nuestro departamento hasta los muelles de la avenida once. Mírame, Isabel, pero no me miras porque estás lejos, quién sabe dónde, tan lejos como me dejarán a mí las aguas del río y como deben haber hecho con Dante. Sólo quiero que todo acabe pronto, que hagan conmigo lo mismo que hice contigo. Lo siento, Isabel, pero es mi naturaleza, igual que la naturaleza del agua es correr, horadar y mojar lo que se le ponga por delante. Esto es lo que hay, lo que soy, yo sólo buscaba escribirte una buena historia, y grita hasta que recupera parte de la voz que sale tan mojada como la calle que lo rodea, y ese nuevo *esto es lo que soy* se le escurre húmedo por la boca y gotea hacia la vereda, se hace un charco que de inmediato es devorado por otro charco, uno más grande, uno que también habla de cinismos y de escritores en búsqueda, pero en la calle ya no queda nadie, todos han corrido a refugiarse de la lluvia que se derrama como una cortina que no termina nunca de caer al suelo, y el pavimento está repleto de charcos, son cada vez más los charcos y los gritos, y Greg está solo, inmóvil en la esquina, yo sólo buscaba una buena historia en tu honor, Isabel, y antes de que nadie pueda detenerlo, antes de que alguien le pregunte que por qué no se mete al Starbuck's en busca de un techo que lo proteja, o que por qué no busca asilo bajo el techo de la marquesina del Teatro Joyce, antes de que incluso le gane el arrepentimiento y el dolor que lo atenaza, Greg se echa a correr rumbo al río, fuerte, cada vez más fuerte, desafiando a la lluvia y a la enfermedad que hasta este momento lo tenía convertido en un cuerpo quejumbroso e inútil, y no deja de gritar perdóname hasta que por fin aparece el filo del Hudson, allá al final de la calle, una serpiente de agua, un cordón escamoso tan mojado como el cielo, como el aire, como la isla entera de Manhattan. Idéntico al que Dante tiene que haber visto en su delirio, ése que Greg conoce tan bien porque él mismo lo creó.

5

Obediencia al vicio. Le gustó la oración y decidió escribirla en su libreta de anotaciones. Después de todo era un escritor y por más que sonara a cliché barato, Greg tenía un cuadernito donde iba dejando huella de sus ideas, de algunos sueños y, de vez en cuando, de alguna frase ajena que servía de punto de partida para seguir con talento propio. Obediencia al vicio, volvió a leer ahora desde su letra. Estaba hojeando un reportaje en el Village Voice, un artículo que hablaba del descontrol que sacudía Nueva York al caer la noche, del exceso que se cometía al amparo de las sombras, de los cientos de hombres y mujeres que se precipitaban por las calles en busca de alguna emoción que despertara sus cuerpos después de jornadas agotadoras de trabajo. A todo el mundo se le olvida que Manhattan es una isla, y el único modo de sobrevivir al hecho de pasarse la vida en un pedazo de tierra rodeado de agua es escaparse de vez en cuando: por eso los aeropuertos siempre están repletos de neoyorquinos ávidos de treparse a un avión y dejar atrás el aislamiento. Es curioso, piensa Greg: no se había dado cuenta que la palabra "aislamiento" contiene "isla" en su interior. Y el periodista agregaba en su artículo que de una isla se huye por mar, por aire, o por medio de las drogas: cristales de vértigo e infierno que se mordían, aspiraban, inyectaban o fumaban, que de un plumazo barrían con la realidad circundante para reemplazarla, a todo color, por un universo propio y desarticulado. Y claro, después de ese regalo de la química y los excesos, los habitantes de la ciudad inhumana le rendían obediencia al vicio. ¿Qué otra cosa sino obediencia y servilismo se le tiene a algo que te hace feliz aunque sea por instantes y te recuerda que sigues vivo sólo para tener la posibilidad de volver a repetir la experiencia?, piensa Greg doblando el periódico. El vagón del *subway* se sacude y las pocas luces encendidas en el techo titilan, amenazando con dejarlos a oscuras en los intestinos de la tierra. Obediencia al vicio. Greg repasa los suyos: un par de cigarrillos durante el día, mucho café en las mañanas, sexo de vez en cuando con Isabel, aunque a veces ella ponga cierta resistencia. Pero él sabe cómo derribar esos pretextos con el toque preciso de su mano o la presión exacta de su cuerpo contra el de ella. Isabel lo ama. Se sabe amada, además, incluso Greg sabe que ella se reconoce como una mujer atractiva cuando se mira en el espejo. Tiene que ser atractiva para que un hombre así esté a su lado, no hay otra explicación. Así de fuerte ha sido el poder de Greg. Definitivo.

El tren se detiene en la estación de la calle catorce. Greg quiere caminar lo que queda hasta su departamento, así es que se baja y atraviesa el andén subterráneo. Los muros están recubiertos de baldosas blancas, sucias y delineadas por el insoportable polvillo metálico que levantan las ruedas al pulir los rieles. Hay afiches de películas pasadas de moda y de algunas que aún no se han estrenado. Muchos anuncios publicitarios: un modelo de Calvin Klein semi desnudo tirado en un pasto en blanco y negro, luciendo tanta piel y deseo que lo último que se percibe es el pantalón de temporada que se pretende vender. Greg se detiene frente al póster. No logra distinguir si aquel cuerpo fotografiado pertenece a un hombre o a una mujer. Los rasgos son demasiado suaves, el pelo rubio cubre parte del rostro y sólo deja a la vista la mitad de un ojo y un par de labios hinchados, como si acabaran de ser besados con furia y excitación. La espalda está partida en dos por el camino perfecto de las vértebras y la cintura estrecha queda rápidamente atrás cuando las caderas se hacen cargo del centro de atención. Tiene que ser una mujer, concluye Greg para poder seguir caminando. Aunque cuando comienza a subir los peldaños que lo devolverán a la superficie, nuevamente la duda le revuelve las conclusiones y la sola sensación de haber encontrado atractiva una espalda masculina lo hace sacudir la cabeza. Confundido.

Isabel y él irán esa noche al departamento de Stephanie, editora de una revista alternativa y amiga ocasional de Greg. La noche promete, reflexiona, porque ella siempre ha sabido dar buenas fiestas que con el tiempo se convierten en material para cuentos y novelas. Y Greg sabe que la vida cotidiana atenta contra la creatividad como el más cruel de los enemigos. No puede quejarse de su vida con Isabel: cada día se ofrece con excesiva amabilidad apenas el reloj los despierta. Las horas jamás han puesto resistencia, nunca han provocado un sobresalto ni tampoco han necesitado una corrección en su rumbo. Isabel es feliz de ese modo: protegida en una burbuja de orden y sincronismo donde cada segundo cae en tiempo y ritmo. Perfecta directora de orquesta, conduciendo a su antojo esa sinfonía que a veces a Greg le parece más una somnífera canción de cuna. Nunca desafinó una nota, eso sí, y para Greg aquello era mérito suficiente para seguir queriéndola y bailando al compás de sus pasos. El problema comenzó cuando la vida dejó de ser suficiente para seguir inspirando las mentiras de las que él escribía. La falta de aventuras hizo crisis cuando aquella nueva novela, la que reemplazaría a *Marea brava* en las librerías, la que él deseaba dedicarle a su mujer, dejó de llamarlo por las mañanas y era más interesante salir a comprar el pan al deli de la esquina, o a buscar la ropa a la lavandería, o incluso dar vueltas por el barrio, antes que sentarse a la mesa del comedor y dejar que sus dedos se hicieran cargo de las teclas y de sus pensamientos. La historia no arranca, se queja. Las mentiras que su mente puede urdir ya no son suficientes: necesita con urgencia una dosis extra de vértigo, un temblor de cuerpo y alma que le despeje la mente, que alborote las letras que pueblan su imaginación, que por fin le dé ese puntapié inicial que no consigue. Al menos había conseguido bautizar a la pareja protagónica: Dante y Lisa. Ella se parecía peligrosamente a su Isabel: una mujer no muy atractiva pero fácil de querer, extranjera en esta tierra, buscando con desesperación un nido donde echar raíces. Y Dante... Bueno, se justificó Greg, en el fondo todos los personajes tienen mucho de uno mismo. Dante era todo lo que Greg hubiese querido ser: aventurero, arriesgado y asertivo. Era capaz de dejarse ir en medio de la acción por más vertiginosa y desconocida que fuera. El mayor atrevimiento de Greg consistía en haber escrito una novela, haberla enviado a diferentes editoriales y asumir, cuando le dijeron que iban a publicarla, que su vida estaba a punto de cambiar para siempre. Pero esta vez todo era distinto. Isabel vivía a su lado y él deseaba escribirle una novela: un regalo de papel y tinta en donde la pareja protagónica se pareciera a ellos. Un libro, que una vez que estuviera listo, fuera la historia de sus vidas. Escribir a Lisa era fácil: vivía con ella, era cosa de transcribir su existencia diaria. Pero Dante... Greg concluyó que necesitaba algo para poder inventarlo como correspondía. Mentir en literatura siempre ha exigido la mayor de las veracidades.

Greg se detiene junto a un teléfono público, en la esquina de la calle catorce. Era necesario llamar a Isabel, recordarle lo de la fiesta, pedirle que saliera a comprar una botella de vino, quizá, o un ramo de rosas para llevarle a Stephanie; algo que demostrara que habían pensado en ella camino a su departamento y que estaban felices con la invitación. La cabina telefónica estaba tapizada de pequeños anuncios, papelitos de diferentes colores, algunos escritos a mano, otros en computadora, fotocopias de avisos de toda índole: limpio departamentos a domicilio, mujer dominicana, honesta y cumplidora. ¿Cansado de tanta fiesta y desenfreno?, te esperamos los martes en los salones de la Y.M.C.A. ¿Buscas acción sin límites?, llama a cualquier hora, te estaremos esperando. Greg se detuvo en ese último: escrito con perfecta caligrafía, sólo un par de palabras y un número de teléfono. Nada más. ¿A qué clase de acción sin límites se referiría? Intentó echar mano a su registro de aventuras, algunas verídicas y otras que de tanto soñarlas frente a su computadora había terminado por creerlas, pero algo, algo le decía —quizá era la simpleza del anuncio, que de tan obvio no necesitaba hacer ninguna clase de aspaviento para funcionar como una perfecta tentación— que aquella clase de aventura que le ofrecían no se parecería en nada a las que él estaba acostumbrado. De un corto tirón despegó el papel y se lo echó a un bolsillo. Cuando comenzó a marcar el número de su departamento, descubrió que tenía la espalda del modelo de Calvin Klein cosida al otro lado de sus párpados. Aquel trozo de cuerpo, lampiño y brilloso, una delgada capa de piel que cubría apenas los ángulos y esquinas de un esqueleto aún demasiado joven y que poco sabía de ejercicios y músculos trabajados. ¿Viviría ese modelo aventuras como las que ese aviso ofrecía casi en un susurro de letras? Tal vez por eso el muchacho —ahora estaba convencido de que se trataba de un hombre y no de una mujer— tenía esa mirada ambigua y lánguida, aburrido ya de ver tantas cosas prohibidas y reservadas sólo para aquellos que saben dónde buscar, dónde gastar, dónde perderse. Greg los había visto alguna veces, bajando en puñado desde limosinas brillantes como felinos recién encerados, borrachos en sus sonrisas y gestos, escupiendo burbujas de champaña y polvos de cocaína mientras, a su paso, un ejército de lameculos les despejaban el camino, les abrían las puertas traseras de los antros de moda, vengan, por aquí, no es necesario que hagan la fila, les seleccionaban las mejores botellas, ¿prefieren un etiqueta negra o un reserva especial?, ustedes piden y nosotros obedecemos, siempre tienen los mejores asientos, los mejores halagos ajenos y todo para que por fin, y de una vez por todas, abran sus carteras, para que derramen sus billeteras, para que corten el aire viciado con el filo de sus tarjetas de crédito. Greg los había visto y también los había envidiado. Vivían mejores vidas que la de él, que tenía que inventar sus propias fantasías —sentado a la mesa del comedor en su estrecho departamento, robándole tiempo a las madrugadas, al cansancio y a sus horas con Isabel— en lugar de abrir la ventana, saltar al vacío y salir a la calle a buscarlas.

Greg se echó a caminar calle abajo. Metió la mano y apretó el anuncio con fuerza dentro de su bolsillo. No supo nunca —ni siquiera ahora, tanto tiempo después, mojado mientras corre rumbo a la avenida once— por qué en ese preciso instante se sintió parte de aquel tropel insolente de vividores ruidosos, como si ese trozo de papel fuera el pasaporte perfecto para convertirse en Dante un par de horas, las justas y necesarias para conseguir una buena historia que contar. Todo por el trabajo. Obediencia a la vocación, se dijo, pero de inmediato corrigió: no, obediencia al vicio, le gritó un recuerdo de unos minutos antes, leyendo el Village Voice en un vagón sucio del *subway*. Qué suerte que él siempre había sido obediente, concluyó Greg. Ahora era tiempo de seguir, con el mayor rigor posible, los pasos de su Dante. Ya sabía por dónde empezar.

6

El departamento huele a limpio. A medida que se avanza por el pasillo, un persistente aroma a flores se le mete nariz adentro: un largo dedo invisible le provoca cosquillas en la parte baja de la garganta, una cierta molestia por ese inequívoco aire artificial que Isabel esparce buscando tal vez los campos de México entre los muros de un departamento de Manhattan. Greg tose con disimulo, sentado ante la mesa del comedor, una mano en el mouse de la computadora, la otra descansando sobre las teclas, los ojos fijos en esa pantalla fluorescente que vibra y le hace daño a sus pupilas. Odia ese olor. No lo deja pensar en calma. Tampoco los pasos de su mujer que van del cuarto a la cocina, y luego al baño, y regresan a la cocina. Y su voz que le pregunta si quiere otro café. Escribir *Marea brava* fue mucho más fácil. El departamento sólo lo cobijaba a él, olía a él, los muebles tenían una disposición lógica y no estética, disponía por completo de las horas del día y de la noche. Ahora, en cambio, sus responsabilidades habían aumentado tanto, eran demasiadas las cosas que tenía que hacer bien. Era un autor con una publicación en las estanterías de Barnes & Noble. Y tal como le dijo su editor: es el segundo libro el que hace a un verdadero escritor. El primero puede ser sólo un golpe de suerte, un acierto de principiante. Era la hora de demostrar que ya no era un aprendiz de oficio, era un profesional de tomo y lomo. ¿Lo era? Greg bebe el vaso de agua que Isabel le dejó esta mañana junto a su teclado, y busca así despegarse ese olor de campo artificial que lo atormenta. El cursor de la pantalla parpadea, inflexible, es un latido que no descansa, una rayita vertical y delgada como un cabello que le dice apúrate, apúrate, piensa, inventa, aquí estoy, esperando por ti, no puedo hacer mi trabajo porque tú no te decides, ni siquiera pones tus dedos sobre el teclado, empieza de una buena vez, dale gusto a tu mujer que espera con ansias que le demuestres que la amas y que su presencia a su lado te ha cambiado la vida, te ha convertido en un ser creativo, y Greg odia ese maldito olor de mierda que Isabel sigue desparramando ahora en la cocina, pero no quiere decirle nada, ella es feliz tratando de convertir en hogar lo que se suponía sería la cueva de un escritor. Sus manos son dos garras de piedra, las manos de una gárgola petrificada al borde de un abismo, con terror de caerse por culpa del viento, por culpa de un temblor o por su propia culpa, que no es capaz de afirmarse como debe. Quisiera que sus diez yemas sintieran la tibieza plástica de las teclas, que por fin entablaran un diálogo locuaz, verborréico, pero son diez dedos mudos y muchas, muchas teclas hostiles. Greg escucha su propia respiración que choca en la pantalla y se le devuelve otra vez al rostro. Sus pulmones. Qué tendrán que ver con su proceso creativo. Pero siempre que está a punto de empezar una frase, los oye resoplar allá adentro, igual que dos fuelles desafinados que a duras penas pueden cumplir con sus obligaciones. Es hora. Tiene que comenzar, escribir una palabra, una idea, una primera oración que lo tome por un brazo y lo arrastre por el párrafo entero. ¿Qué pasa con sus dedos? Siguen fríos y temblorosos. Quiere que Isabel lo oiga desde la cocina teclear con entusiasmo, que ella piense que no le mintió, que sí es un escritor de oficio y trayectoria, que inventar personajes e historias ajenas es algo que se le da con naturalidad. Ella está leyendo *Marea brava*. La novela está ahí, en la mesita junto a la cama, y ella cada noche antes de dormirse se hunde en esas páginas y rescata un trozo del alma de su hombre, le saca lustre, se enorgullece y se enamora un poco más. Muy pronto ella leerá el último capítulo y necesitará más, una nueva historia, nuevos personajes, algo que la siga atando a ese hogar, a ese colchón que comparten, y él no puede dárselo porque no sabe, no es capaz, sus manos están muertas sobre un teclado, su mente paralizada en la frontera exacta del terror más hondo e insondable que Greg ha conocido. Entonces comienza, no lo piensa dos veces y se lanza con una frase que habla de Dante y Lisa, y que borra de inmediato. No pasó su propio filtro. El agua también tiene olor a flores plásticas. Está seguro que la computadora también debe oler del mismo modo, incluso su piel, su ropa. En su bolsillo algo arde, una brasa ardiente y tentadora. Greg saca el anuncio que acaba de despegar de la cabina telefónica. ¿Buscas acción sin límites?, llama a cualquier hora, te estaremos esperando. No, no busco acción, piensa. Busco talento, pero ese no se regala, no se vende ni se transa. Busca aquella valentía irresponsable que durante un año lo tuvo anclado a una silla incómoda, sumergido horas infinitas en esa marea literaria que fue construyendo con dedicación y paciencia. Pero esa agua de vida ya no existe, se evaporó, y la necesita con urgencia para que Dante por fin trague una bocanada y comience a existir. Inventa una nueva oración, que relee con cara de asco y borra antes que la computadora la guarde involuntariamente en algún archivo. Greg se mira las manos: diez dedos que son diez cadáveres alineados y cuyo siguiente paso es comenzar a convertirse en polvo. Cierra los ojos. Quisiera llorar, dar un grito que reventara vidrios y espantara vecinos. Ya no sabe si la náusea que le amarga la boca es por culpa del aerosol de mierda que su mujer sigue vaciando en la cocina, o es por la repulsión que está empezando a tenerse a sí mismo. Un escritor que no escribe. Un creativo que no inventa. Cuando se hizo de noche e Isabel se asomó, contenta y orgullosa, para decirle que era hora de irse a la casa de Stephanie Ames, Greg supo que había perdido nuevamente la batalla. Recogió su orgullo hecho pedazos, recompuso nuevamente su mejor sonrisa, le mintió a Isabel, se mintió a sí mismo, y ante la pregunta de cómo había estado el trabajo, contestó que mejor que nunca. La misma respuesta de los últimos meses. Pero eso fue antes, antes de la fiesta, antes de que se decidiera por fin y llamara al número telefónico que había conseguido en la cabina, en la calle catorce, hace apenas un par de horas. La sequía pronto se convirtió en maremoto. Y sin que nadie pudiera evitarlo, los arrastró a todos en su camino: escritor y personajes.

7

A Greg nunca se le ocurrió juzgar lo que estaba sucediendo. Nunca se le ocurrió buscar un adjetivo que calificara la situación, o su conducta, o incluso lo que le estaba haciendo a Isabel. Su mente estaba en otra parte: incrustada en ese espacio alternativo que construía cada noche, ahí donde vivía Dante que lo esperaba con perversa ansiedad para tomarlo de la mano y llevárselo a esos sitios que sólo él —personaje de ficción— conocía tan bien. Era al otro lado del mundo donde cruzaba cuando la luz se iba, cuando Isabel se dormía arrellanada en sus sábanas de hilo, esas carísimas que se empeñó en comprar un domingo de excesos cuando ir a Saks en la quinta avenida parecía una alternativa válida. Greg se dejó ir sin hacerse preguntas, sin buscar respuestas y sin evitar que Dante fuera inclinando la pendiente para hacerla cada vez más vertiginosa y resbaladiza. Cada madrugada regresaba a su departamento con la mente en blanco y los dedos dispuestos a quemarse las diez yemas en las teclas de la computadora. Isabel estaba feliz: veía con entusiasmo que la nueva novela aumentaba su número de páginas y, no sólo eso, también exploraba mundos tan opuestos a los que ella conocía e incluso suponía. Mientras Greg se metía a la ducha, a lavarse el cuerpo y refrescar la mente, ella se sentaba a revisar aquellas letras que daban forma a párrafos tan intensos y oscuros que le costaba asumir habían sido escritos por su hombre, tan diferente a ese Dante que estaba inventando, enamorado de una Lisa que por algún motivo que no tenía muy claro le resultaba familiar. Pero el talento todo lo puede, pensaba ella. Lo que no se conoce, se inventa. Tiene que ser por mí, por mi ayuda silenciosa y desinteresada, por haber llegado a poner orden a este departamento de espantos, por haberle regalado un sentido a sus días. Isabel era feliz. Musa. Esposa.

Greg piensa, ahora a la distancia, que le parece increíble haber sido él quien vivió aquel período de tiempo. Apenas se atreve a mirar hacia atrás, temeroso, como si echar la vista por encima del hombro fuera a exponerlo al zarpazo brutal de un animal en celo. Prefiere mantenerse a salvo desde la distancia del tiempo, aunque ahora Nueva York le caiga encima convertido en lluvia y esté acercándose al Hudson con pasos vacilantes. Cualquier cosa será mejor que retroceder a ese fragmento de vida, aprisionado entre dos hechos que desviaron el rumbo de su existencia: la fiesta de Stephanie Ames y la visita al médico. Un bloque de días, compacto, un fenómeno aislado que podría ser una película aparte, un conjunto de semanas que lo amarraron por los pies y lo hundieron sin la posibilidad de nadar de regreso a la superficie. Greg no parece notarlo, pero las gotas de agua le pegan el pelo al rostro, le adhieren la ropa al cuerpo como un lengüetazo lascivo, entorpecen sus pasos. Si fuera valiente, si tan sólo se atreviera a mirar hacia atrás, sería capaz de volver a revivir aquella fiesta en casa de Stephanie Ames, cuando la noche subió de temperatura y, por más que abrieron ventanas y echaron a correr el aire acondicionado, un incendio de infierno terminó por quemarlos a todos. Si fuera valiente podría regresar a aquel departamento situado en Park Avenue y la calle treinta. Pero no lo es. Se está reservando su último aliento de valor para mirarle la cara al río, para enfrentarlo de igual a igual, su cuerpo de agua buscando más agua donde hundirse. Necesitaba terminar de golpe con esas dos vidas que estaba viviendo: la suya propia y la de Dante, dos superficies opuestas, separadas por una enorme brecha que había aprendido a brincar tan bien. Durante un tiempo fue cómodo moverse de una a otra, luminosa y agradable la del día, oscura y perturbadora la de la noche. Mezclarlas había sido un error. Un error que estaba costando demasiado caro. Durante sus jornadas laborales vivía en paz, sabiendo que su trabajo creativo se nutría con potencia de todo aquello que salía a buscar de noche. Almorzaba con Isabel, por lo general en algún restorán de la octava avenida, uno de esos locales de comida mexicana que tanto le gustaban a ella, y ahí le platicaba de los avances de su historia. Por las tardes hacía un poco de ejercicio, avanzaba en las páginas de un buen libro, quizá de pronto se ocupaba de Isabel, la buscaba en sus quehaceres para llevarla a la cama, acariciarla del modo que a ella le gustaba, buscar su sexo y anestesiarlo de caricias. Y más tarde... Greg se detiene. Puede sentir los pasos de su propia memoria correr a sus espaldas. La imagina como si fuera un cuerpo largo, puro contorno y boca, una boca enorme que le grita maldiciones y groserías, una boca que trata de morderlo, la boca de su pasado lo persigue con esos labios enormes que no existen, con esos dientes de roedor enfermo, su memoria es un monstruo de pesadilla que baila y gira como una libélula humana, un cuerpo que se sacude igual que una sábana al viento. Y viene tras él, pero Greg ya no tiene fuerzas para correr. El río está ahí, al final de la calle. Es cosa de dar un par de pasos más, atravesar ese breve espacio donde el pasto y las flores anuncian una ribera de paseo, afirmarse en la breve baranda de madera que divide la tierra del agua, y dejar que el cuerpo se vaya hacia adelante y que la fuerza de la gravedad haga el resto. Ya no tiene fuerzas. Hace frío, su piel está congelada. Por eso la maldita memoria lo alcanza con facilidad, restriega su cuerpo sin piedad contra Greg, le susurra al oído todo aquello que ya no quiere oír, le cuenta paso a paso cómo fueron las cosas: la fiesta de Stephanie Ames. Ocho y media de la noche, Park Avenue y la calle treinta. Departamento amplio de terraza ventosa y cristales de techo a suelo.

Al otro lado de las cortinas, el perfil de Nueva York y su arrogancia de rascacielos y ventanitas cinematográficas. Él buscaba el baño porque después de muchos cosmopolitans necesitaba con urgencia hacer un alto en la conversación, tenía el vientre lleno de agua, con cada paso podía sentir el líquido moverse en sus paredes internas. El alcohol lo obligaba a esforzar un poco más la vista. En un barrido de ojos comprendió que tendría que aventurarse a algún pasillo y dejar atrás esa enorme estancia completamente iluminada por velas, cientos de velas blancas, altas, chicas, gordas, flacas, cirios goteando, candelabros enteros convertidos en una sola llama parpadeante. Se sentía flotando en el espacio, sí, convertido de golpe en astronauta rodeado de luces que titilaban a su paso, sacudidas con el viento de su cuerpo al moverse. Un profundo olor a sándalo ayudó a su sensación de ingravidez. Greg alcanzaba a ver manojos de varitas de incienso en cada esquina, quemándose despacio, desparramando con calma su olor y humo por la estancia. El baño. Él sólo buscaba un baño. Él sólo quería despejarse la mente, para olvidar por un rato su condición de escritor fracasado, creativo en sequía, poder jugar un rato a que todo estaba bien, que las palabras seguían siendo sus aliadas, hacerle creer a todos en esa fiesta que su vida después de *Marea brava* era tan excitante como la de sus propios personajes. Pero no. Tenía el vientre a punto de reventar, los sentidos bastante aturdidos por el alcohol y una inminente sensación de derrota trepándole por las piernas rumbo al corazón.

Greg se pasa la mano por la cara, intentando borrar la lluvia que parece cachetearlo una y mil veces. Voltea, enfrenta a su memoria que sigue ahí, bailoteando insensible, cruel, desgraciada, refregándose a su espalda como una amante lasciva y sin corazón. ¿Qué querrá?, se pregunta. ¿Volver a contarle, acaso, cómo fue que avanzó por entre rostros que no alcanzó a divisar del todo por la falta de luz? Greg recuerda perfectamente que vio manos que le palmotearon la espalda, bocas que le sonrieron, cabezas que se inclinaron a modo de saludo. Era popular en ese espacio: un escritor publicado. Si supieran, se quejó en silencio. Si supieran. Se llenó de murmullos y brindis y pequeños discursos de salud. Al fondo, en la trastienda de los sonidos, percibía la música brotando de las bocinas: electrónica, pulsaciones casi orgánicas, un solo tono repetido hasta el infinito marcando el ritmo de todos los latidos de todos los corazones encerrados en este departamento. Él sólo quería un baño. Cuando salió al pasillo tuvo la sensación de haber entrado en un túnel, un camino protegido y a la vez intrigante. Se sintió de golpe el único habitante de ese lugar, un náufrago abandonado en una isla perdida, un cuerpo encaramado apenas en un trocito de tierra flotando en un mar de soledades. La fiesta entera había desaparecido, incluso su prisa, sus ansias de orinar. La memoria es maldita, reflexiona, ella jamás olvida nada. Dio un par de pasos, cuatro, cinco, no sabe cuántos, algunos. Escuchó una puerta cerrarse a sus espaldas. Al voltear, tuvo la sensación de distinguir el rastro de un cuerpo terminando de diluirse en su carrera, era capaz de percibir el desplazamiento del aire, el desorden del oxígeno luego del paso de alguien por ese pasillo. Por un segundo creyó reconocer en esa huella la figura de Dante, su Dante. La borrachera puede complicar la mente de un escritor. ¿Qué estará haciendo ahí? Él no lo había invitado. Era cosa de estirar la mano para empujar la puerta y corroborar si estaba en lo cierto. Y lo hizo. Asomar la cabeza hacia el interior fue aún más fácil. El cuarto estaba oscuro, sólo algunas velas repartidas sobre una mesa que parecía un escritorio. Algunas siluetas humanas se movían en una esquina, ajenas, indiferentes a su intrusa osadía que al parecer interrumpía algo importante. Algunos ojos se volvieron hacía Greg. En lo que parecía una camilla médica, una mujer desnuda se dejaba manosear por un enorme hombre de manos aceitosas. Ella se quejaba despacio. ¿Era ella o los cuerpos que estaban en la esquina, esos que se movían en las sombras? Cuando intentó dar un paso hacia atrás, alguien ya había cerrado la puerta a sus espaldas. Pensó en Isabel, allá afuera, hablando sin mucho interés con una actriz del *off* Broadway que parecía tan borracha como él. Pensó también en su novela, en esas páginas de computadora que exigían a gritos una buena historia que justificara la existencia de Dante y Lisa. A pesar de la falta de luz sacó de su bolsillo su libretita, aquella libretita con la que jugaba al cliché del escritor que observa, que rescata verdades para hacer con ellas mentiras. Apoyó su espalda en la puerta y afinó la mirada. La luz de las velas dibujaba de amarillo intenso el filo de la piel de aquella mujer aceitada. El lápiz comenzó a moverse sobre la página en blanco: es un paisaje hecho de poros, dos pezones como lunas negras, y un abismo donde perderse entero, escribió sin pensar en lo que estaba haciendo. Si sólo Isabel pudiera verlo, se sentiría orgullosa de su hombre en acción, en pleno proceso creativo. Entrecerró aún más los ojos: todo se volvió una gran sombra habitada por otras sombras que se desprendían de una oscuridad ficticia, una penumbra que Greg creaba a su antojo con sólo abrir o juntar los párpados. El lápiz corría veloz por los renglones: el calor era intenso, un soplido de fauces abiertas, el cuarto entero era una gran boca que tenía toda la intención de tragarnos al menor de nuestros errores. Si tan sólo tuviera su computadora ahí, a un costado de aquella camilla donde la mujer ahora se permitía ser tocada por varias manos, más de las necesarias para un simple masaje. Él sólo buscaba distraerse esta noche, pero la vida le estaba regalando esto: una escena perfecta para comenzar por fin su historia. Tal vez era cierto que Dante se escondía entre los invitados de esa fiesta, burlándose de su cobardía por no seguirlo en sus ocurrencias. El lápiz escribía todo lo que veía. ¿Qué estaría sintiendo aquella mujer? ¿Cómo poder resumir en palabras lo que no se puede decir, lo que sólo se percibe con los órganos internos, lo que las palabras no conocen porque no les corresponde a ellas? Greg quiso jugar a dios, a lanzarse en picada contra la mente de aquella mujer, violar el espacio privado de sus propios pensamientos y escuchar así, de primera mano, lo que ese cuerpo entero deseara transmitirle. La libreta se le hizo estrecha, imperfecta, para contener ese caudal de información que deseaba conseguir. Recordó el día que conoció a Isabel, esa tarde de lluvia inesperada y de persecuciones por los pasillos de Barnes & Noble. Él había querido leerla por fuera y escribirla por dentro. Y lo había hecho. Cada noche de amor con ella era una nueva página que llenaban juntos. Greg deseaba con todas sus fuerzas repetir aquel ejercicio de creación, aquí, ahora, soltar la libreta, dejarla caer al suelo, convertirse él mismo en el lápiz, en la página virtual de la computadora, en la herramienta y en el soporte, ser él la escritura, la letra, la tinta, la mente inventora. Tenía que ser capaz de convertirse en esa mujer que gritaba sin pudor alguno sobre la camilla de masajes. Y si no podía ser ella, tendría que vivir lo que ella estaba viviendo para acercarse lo más posible a ese lado del mundo que deseaba explorar. Es lo que hacen los escritores, ¿no?, se dijo, es lo que Dante haría, y dio un paso hacia el frente. Valeroso. Alguien le preguntó si quería también un masaje, que Stephanie estaba por ahí ofreciéndoselo a sus amigos, y él tuvo el impulso de ser cobarde y contestar que sólo buscaba el baño, que estaba ahí mirando, buscando material para su nueva novela, pero no dijo nada. Nada. Un par de manos se aferraron a su camisa, mientras alguien se empeñaba en desajustar su cinturón. Greg no sabe por qué comenzó a reírse, era una situación tan absurda, quizá algo infantil, pero volvió a pensar en Dante, en Isabel y no puso resistencia. Era el momento. Dejarse ir, convertirse por fin en un autor que no sólo inventa mentiras sino que también ensaya vidas, sobre todo la de sus personajes. Y fue entonces que sucedió. Sucedió que su cabeza empezó a escribir, como si su corteza cerebral fuera un papel en blanco, todo lo que estaba ocurriendo. Aquellas manos que ahora le quitaban la camisa no eran sólo manos, eran también letras que, una junto a la otra, formaban la oración: manos que ahora le quitaban la camisa. El chasquido del cinturón al caer al suelo quedó escrito como: y entonces el cinturón cayó al suelo en un chasquido. El cuarto entero fue un enorme párrafo que contenía todas las letras que su mente disparaba, frenética, para regalarle por fin una historia. El resto fue cosa de seguir el hilo del cuento que se estaba contando. La inútil libreta de anotaciones quedó por ahí, a mitad de camino, tirada sobre la alfombra. Él mismo, el personaje, Dante, se dejó recostar en aquella camilla tibia por culpa del cuerpo anterior que la había usado. Un par de siluetas circularon alrededor, trozos de piel que quedaron a la altura de sus ojos bien abiertos, intentando perforar aquella oscuridad que lo rodeaba. Las letras formaron ahora la frase: dos manos lustrosas de aceite cayeron sobre los hombros de Dante. Se estremeció por el contacto casi hirviente de esos diez dedos ajenos que se hundieron en su piel mojada. Tuvo un instante de miedo, de terror hondo por lo que se venía a continuación, pero algunas letras negras vinieron a su rescate y él pudo asirse a ellas como un sobreviviente que flota en un mar de peligros. Muchas letras negras, cientos de ellas armando oraciones, frases sueltas y otras fundamentales, párrafos que el cuarto ordenaba en perfectos renglones, con puntos aparte, comas y signos de exclamación. Cerró los ojos. Sus brazos descansaban, muertos a cada lado de su propio cuerpo. Aquellas otras manos avanzan espalda abajo, rodean su cintura, regresan a los hombros. Alguien acerca una boca a su oreja: siente un aliento entibiar el caracol, la nuca, le muerden despacio el lóbulo. Un gemido se le escapa, incontenible y delator. Tiene miedo, pero se aguanta. Isabel aparece por ahí, pero es sólo producto de su imaginación, porque la que de verdad circula en el dormitorio es Lisa, que viene al encuentro de Dante. La imagen de su mujer lo asusta menos que saberse vacío de experiencias. Esto es trabajo, se repite, es sólo trabajo. Que no se le olvide nada, tiene que llegar a escribirlo todo, palabra por palabra. La ansiedad casi no lo deja respirar, le bloquea la garganta. Ahora no está seguro si son las mismas manos las que le recorren las piernas desnudas mientras otras se le hunden en el pelo, le rascan con suavidad el cuero cabelludo y son más quejidos los que inundan esa habitación que no da abasto para la cantidad de letras y palabras que está escribiendo con su mente. Sus párpados pesan tanto como si estuvieran cerrados bajo el agua. Sus músculos arden. Separa los labios cuando una lengua busca la suya, aventurándose al interior de su propia boca. Es sólo trabajo. Dos manos fuertes, tal vez las del inicio, giran su cuerpo y lo dejan mirando al techo, pero la imagen se cubre de inmediato por más piel que se le viene encima, allá afuera está Isabel hablando con una actriz borracha, qué hora es, será mejor irse a escribir porque tiene que empezar por fin un capítulo, pero tiene miedo, esto no estaba en los planes, él sólo quería mirar, aprenderse de memoria emociones ajenas y no propias, jugar a ser su propio personaje, cómo escapar de ahí, y ahora una sensación caliente, un agua de volcán le nace en el vértice exacto de sus piernas y grita, gime, se queja ya no sabe si de dolor o de placer, sólo escucha el rechinar de la camilla bajo el peso de tantos cuerpos trenzados, urgentes, insaciables, incendiados, tantos miembros y trozos y órganos que se tocan, se mojan, desaparecen y se cubren de aguas, de jugos, de salivas que no se sabe a quién pertenecen. De pronto cae aunque no se ha movido de dónde está. Se precipita hacia adelante, al vacío enorme que se abre dentro de su pecho, un corrientazo brutal lo ejecuta y lo deja medio muerto aunque más vivo que nunca. Anhelante por más. A medio camino de una nueva existencia que sabe que nunca, nunca, volverá a ser como la de antes. Después, el vertiginoso vientecillo que produce un brazo entrando en una manga de camisa. Pisadas recuperando zapatos. La puerta que se abre varias veces. Y se vuelve a cerrar. La memoria, antes de echarse a correr calle abajo, le recuerda a Greg que la siguiente escena tuvo de protagonista a Isabel, cuando lo encontró derrumbado sobre la camilla, borracho, con los pantalones goteando orina y una expresión de animal satisfecho tatuada en cada ojo. Fue fácil convencerla de que tanto alcohol le había pasado la cuenta. Antes de dejarse ir, Greg hizo un breve recuento de lo escrito por su mente. Aquí hay una buena historia, se dijo. Una historia que apenas estoy comenzando, y que es mi deber continuar. Es sólo trabajo. Y se terminó de hundir en el agua negra de aquella noche.

8

La piel está en alerta, cada poro es un soldado en pie de guerra, insurrecto, agresivo. Dante ha perdido la noción del tiempo, ya no tiene muy claro si acaba de llegar o debería empezar a irse y recoger su ropa repartida por el suelo. No hace mucho, eso sí, estaba en su casa, cenando con Lisa que le preguntó por la novela que estaba escribiendo. No recuerda qué le contestó. Probablemente le dijo que todo iba bien, siempre decía eso cuando no sabía qué responder. Un poco antes estaba en un vagón del *subway*, leyendo un artículo del *Village Voice* que hablaba del exceso latiendo en las venas de Nueva York, algo de rendirle obediencia al vicio. Después aparece la espalda desnuda de un modelo de Calvin Klein, un muchachito de labios enormes y melancólicos, tan distinto al rostro del hombre que ahora tiene enfrente, éste que le está ofreciendo compartir una pipa de cristal que despide humo prohibido, que embriaga conciencias, que deja a Dante como un títere desarticulado en aquella cama ajena. Detrás, otro hombre se deja hundir en el cuerpo de Dante, lo penetra sin cuidado alguno, pero ya no importa porque Dante está dilatado entero, abierto como una fruta que de tan madura se deshace al contacto de una mano que busca comérsela. El colchón se hunde bajo el peso de un nuevo cuerpo que llega hasta ahí: una mujer se une al grupo. Dante pide más, porque aún no ha terminado el párrafo que está buscando, ese párrafo que dará sentido a la página entera que escribe y que proyecta contra el muro que tiene enfrente, un muro sucio, de un blanco polvoso, un muro donde cuelga un póster viejo de Janis Joplin y donde alguien ha dibujado con pintura púrpura un enorme símbolo de paz. Una mano lo coge por el pelo y le levanta la cabeza. Dante abre la boca mientras siente el golpeteo frenético de un vientre contra sus nalgas. Un chispazo de fuego estalla en la superficie de su piel. Aspira un poco más de aquella pipa, para soportar lo que falta. Aún quedan un par de frases más que no han llegado. El personaje salió esa noche en busca de un buen cierre de capítulo, uno que obligue al lector a seguir con avidez las siguientes páginas, que no den tregua, que eleven la acción en intensidad, que sacudan y se hagan inolvidables. Alguien se está viniendo dentro de él, siente el camino del semen ajeno entibiarle por dentro y por la cara oculta de sus muslos. La mujer le ofrece sus pechos y él los acepta feliz, los muerde despacio porque le recuerdan a Lisa, dormida de seguro a esa hora, satisfecha de saber que su marido es un escritor de verdad, de los que viven sus propias historias, de los que escriben a partir de sus experiencias, con las tripas y el alma en las manos, untándose en la propia sangre la pluma que los hará inmortales. La mujer se le pega y puede oler ese aroma ácido y metálico que le nace a ella entre las piernas y que a él tanto le gusta. Dante aspira profundo. Ya no tiene miedo. Ese se quedó lejos, junto con su pudor y sus reclamos morales. El que lo escribe, Greg, ya no piensa en eso. Aún no coordina lo suficiente para saber si llegó recién o ya tiene que irse, pero sabe con certeza que haberse quedado con el anuncio de la cabina telefónica fue lo mejor que pudo hacer. Luego de la noche en casa de Stephanie Ames su cuerpo entero le pidió más. Y no sólo fue su cuerpo. Fue también aquella computadora ubicada sobre la mesa del comedor la que le exigió más, dictadora implacable dedicada a no darle tregua. Ella quería mucho más. La historia del personaje que comenzaba a vivir de noche, esquivando a su propia esposa y su mundo ordenado, le quedó gustando. Había que seguir escribiendo, cumplir con su talento, con las órdenes de la pantalla y del teclado. Había que salir a la calle en busca de letras ocultas pero que él sabría encontrar. Muchas letras. Muchísimas. Aprendió rápido a ser valiente, a no asustarse ante una nueva puerta cerrada, un nuevo sótano al cual bajar, una nueva trastienda a la cual deslizarse sin llamar mucho la atención. Cada noche una cara distinta, un cuerpo diferente, una sensación recién inventada. ¿Buscas acción sin límites?, llama a cualquier hora, te estaremos esperando, decía el anuncio que despegó de la cabina telefónica. Y eso fue lo que hizo: apretar las teclas de un teléfono, dejar que sus palabras llenas de preguntas corrieran a través del tendido de cables de la ciudad, y permitir que una voz le contestara con precisión dónde ir y a qué hora. Ya no recuerda cuándo comenzó este viaje, esta bajada a los infiernos de la ciudad. Meses, tal vez. No muchos, eso sí. Cierra los ojos con más fuerza. Su piel está en alerta, erizada como un campo de semillas que aún no se hunden en la tierra. Alguien lo obliga a doblarse hacia adelante, para comenzar un nuevo turno de cabalgata. Tiene en sus manos los pechos de la mujer, que le pide más y no le importa que ya casi no tenga fuerzas. Él sólo tiene en mente la frase que todavía no termina de construir, esa que como tres puntos suspensivos está en ardiente espera de la palabra precisa, de la buena idea que remate la acción y deje en alto el concepto. Si esa pared polvosa no sirve como página en blanco sobre la cual leer, pues tendrá que salir en busca de otra. Alguien vuelve a entrar en él, separando aún más sus tejidos que ya ni sienten después de tanta fricción. Y Greg escribe con los ojos cerrados: *si Dante tuviera los ojos abiertos, vería lo que tantos extraños hacen con su cuerpo.* Pero la verdad, ese cruel concepto que nace a partir de la realidad concreta, no forma parte de la historia de ambos.

9

La lluvia, aunque Greg a veces haya pensado lo contrario, es siempre un problema sin solución. Cambia planes, obliga a improvisar alternativas que no se tenían en mente, desordena ideas y modifica el rumbo. Si existía un culpable en esta historia, un villano a quien desearle el mal, ese sin duda era la lluvia. Llovía también la mañana ésa, cuando Greg despertó con un lado de la garganta en llamas, un nudo de fuego que le impedía tragar con normalidad y que le espantó la voz. Isabel le preparó un té de limón y miel. Él se lo bebió despacio, maldiciendo al frío que de golpe se había dejado caer sobre Manhattan, como suele suceder cuando el breve otoño se aburre de retener al mal tiempo en sus espaldas. Durante el resto de la jornada se entretuvo escribiendo la última experiencia de Dante la noche anterior: un matrimonio lo había recibido en la sala de su casa, un fastuoso departamento cercano a Central Park, donde terminó amarrado de pies y manos sobre la mesa del comedor, con una manzana en la boca, simulando ser su cena de celebración. Luego de eso, le pagaron el taxi de regreso a su casa, casi a las cinco de la madrugada. Cuando Isabel se asomó desde la cocina para

175

preguntarle si ya quería comer, el dolor en aquella amígdala volvió a surgir como una mala noticia que sigue asustando a todos los que se encuentra en el camino. Greg no tenía hambre y por primera vez en mucho tiempo consideró la idea de irse a dormir en lugar de esperar a que su mujer se metiera a la cama para salir a hacer su ronda de vagabundo intelectual. Obediencia al vicio, recordó. Y su vicio mayor era la literatura. Y en este momento, la novela que escribía con devoción para Isabel. Es curioso, piensa Greg ahora, mientras atraviesa la avenida once y se acerca al borde de pasto y flores en que consiste la ribera del Hudson. Una vez que conoció el diagnóstico, la garganta dejó de molestarle. Aquel dolor sirvió de punto de partida, de excusa perfecta para que fuera al médico, para que se decidiera de una vez por todas a hacerse esa lista interminable de exámenes que le solicitaron y que si no fuera por Isabel no se habría hecho. Hasta ese momento Greg podía vanagloriarse de una salud de hierro e imbatible. Pero resultó que las amígdalas no eran el problema, sino los ganglios. Y el diagnóstico fue aún más preciso: el origen de todo no estaba en el frío, ni en el clima, ni en los desvelos ni el exceso de trabajo. Greg siente el cambio de pavimento a pasto bajo la suela de sus zapatos. También la presencia caudalosa del río, tan ancho como un mar de embuste y tan turbulento como su final lo merece. Echó un vistazo a la zona: efectivamente, el lugar había cambiado tanto. Y en tan poco tiempo. Hasta no hace mucho los muelles lucían las maderas astilladas y siempre a punto de pudrirse. Hoy, en cambio, la ribera entera florecía como si siempre hubiera sido un parque familiar. La verja que corría a lo largo del cauce era bastante pequeña, perfecta para sentarse con los pies hacia el agua, quedarse ahí unos instantes, alcanzar a hilar un último pensamiento, o tal vez no, tal vez quedarse con la mente en blanco, dejar que el viento helado hiciera una caricia final, que el ruido de la lluvia cayendo sobre el agua del Hudson apagara el fragor del tránsito, cerrar los ojos, respirar hondo, muy hondo, y botar todo el aire del cuerpo, vaciar los pulmones por completo hasta dejarlos convertidos en dos bolsas inútiles y arrugadas, y echar la cabeza hacia adelante. Eso mismo había hecho Dante un par de horas antes, Greg lo tenía clarísimo. Al personaje de su novela le bastó sólo ese breve movimiento, una afirmación un poco más enfática que las anteriores, para que el cuerpo entero perdiera el equilibrio, para que la verja no fuera suficiente para sostenerlo, para caer hacia adelante igual que un barco se echa a navegar. Pero Greg no sería un barco. Por el contrario. Su intención no era flotar, sino hundirse, igual que Dante, bajar lo más hondo posible, deslizarse lento e ingrávido hasta tocar fondo, hasta hacer un nido entre las algas y el moho, entre la basura negra del fondo de esas aguas peligrosas. Y quedarse ahí, quieto, inofensivo, y dejar que el río se le metiera dentro, ocupara todos los espacios, mojara sus órganos y, quién sabe, incluso lavara su sangre contaminada y donde la enfermedad se había desencadenado con fuerza. Pero para esos entonces él ya no estaría ahí. Su cuerpo sí, si es que las corrientes no habían decidido entretenerse un rato con él, lanzándolo de lado a lado, de puerto en puerto. Si todo salía como tenía que salir, Greg muy pronto estaría avanzando rumbo al infierno, si es que era verdad que existía, o por último al lugar donde van las almas que se han equivocado el camino y que le han hecho mal a los demás. Ese fue el final de su personaje en la novela que terminó esa misma mañana. Greg le hizo mal a Isabel. Muy mal. Dante le hizo mal a Lisa. Y por más que quisieron pedirles perdón, por más que trataron de explicarles que eran un escritor, un ser peligroso, ellas no quisieron escuchar. Isabel comenzó a llorar a gritos, primero sola en una esquina del comedor. Luego se le fue encima, golpeándolo con ambas manos en la cara, en el cuerpo. Greg la dejó hacer, porque no tenía ánimos para defenderse. Lisa siguió llorando mientras hizo la maleta, mientras vació el clóset a manotazos, las manos convertidas en garras al desprender la ropa de los ganchos, al hurgar en los cajones para arrancarles sus pertenencias y llenar su escaso equipaje. Un buen escritor sabe cuándo acabar la historia. Primero fue el personaje el que vivió su propio fin. Ahora le tocaba el turno al escritor.

10

Greg no dijo nada. Los ganglios le latían en cada vértice del cuerpo, la sangre sucia de epidemias le corría desbocada en un circuito vertiginoso de venas. El médico fue cuidadoso al darle el diagnóstico, esperando una reacción más apasionada de su paciente. Pero Greg no se inmutó. Se mantuvo idéntico, el rostro convertido en piedra, o tal vez muerto hace ya algunos meses. Greg pensó en esa teoría. Tal vez ya se había muerto en vida y nadie se había atrevido a decírselo. Eso haría mucho más fácil lo que estaba a punto de hacer, pensó. Y pasó una pierna por encima de la reja de madera que bordeaba el río. El médico hizo preguntas con delicadeza, bajando la voz al máximo, otorgándole a ese momento una atmósfera de pésame, de complicidad máxima entre el sano y el enfermo. Le preguntó si sabía dónde podía haberse contagiado. Greg no contestó. Quiso hablarle de un anuncio que una vez rescató de una cabina telefónica, de una fiesta en casa de una amiga, pero no dijo nada. Su mente estaba demasiado concentrada en escribir ese momento, en grabarlo en letra de molde y mayúscula en su corteza cerebral, para que se quedara ahí y él pudiera regalárselo a Dante con la exactitud que merecía. Un buen final de historia, pensó ahora, trepando la otra pierna y sentándose de cara al Hudson. Basta de cinismo, se dijo. La lluvia arremetió con más fuerza apaleando sin descanso su cuerpo y la ciudad entera. El médico le preguntó si tenía pareja estable. Greg tampoco contestó, pero fue en ese momento que el cuerpo de Isabel, caminando con la ropa mojada por entre los pasillos de una librería, apareció tras sus retinas y un grito de horror le hizo reventar su silencio. Isabel, chilló, y el médico asintió despacio, sombrío. Pensó en cada una de sus noches de amor, en las aguas que compartían por el sólo hecho de saberse un matrimonio de almas. Greg no recuerda qué más dijo el médico. Sabe que habló algo de un tratamiento de urgencia, inminente, de un conteo de células, de intentar reducir el virus y de exiliarlo al confín más hondo del sistema inmunológico. El peligro estaba en el descuido, en la situación de riesgo, agregó, pero Greg a esas alturas ya estaba saliendo de la consulta, mojado por dentro, llorando lágrimas internas. No reconoció la isla donde vivía cuando salió a la calle. Todo había cambiado. El norte no estaba hacia arriba, como siempre, y el sur a sus pies. El sol no servía para entibiar ese aire de invierno recién llegado. Isabel. Ella era feliz, esparciendo aerosoles de pesadilla en su cocina reluciente. Era feliz con un hombre que jugaba a escribir historias de ficción. Era feliz convertida en reina de cuatro paredes pintadas de blanco no hace mucho. Era feliz. Era necesario decírselo, contarle la verdad de aquella enfermedad que había venido a cambiarlo todo. Ella también tendría que hacerse la prueba, salir de dudas, empezar el tratamiento. O tal vez no. Tal vez la suerte estaba de su lado y podría seguir reinando muchos años más, reina viuda probablemente, pero reina viva al fin y al cabo. Cuando se metió a la boca del *subway* pensó que Lisa ya tenía un final: infectada involuntariamente por el descuido de Dante. Ahora era cosa de saber si Isabel, la Lisa de la vida real, le iba a seguir los pasos a la mentira.

11

Dante la oye circular por el interior del departamento. Ella es hacendosa, eficiente en sus quehaceres. En sólo un par de minutos es capaz de conseguir que el desorden más rebelde luzca impecable. Dante la ama por eso, y quisiera ser capaz de decirle lo que lo atormenta. Decirle: Lisa, me estoy muriendo. El final será pronto, lo sé, la intuición me lo susurra al oído cada mañana, cada vez que vomito en silencio, cada vez que me extraen sangre y me cuentan las células. El mal avanza rápido. Y yo sólo vivo para terminar la novela que escribo en tu honor. Por eso bauticé Isabel al personaje de mi historia, porque sé que es un nombre que te gusta mucho. Una vez que soñamos con hijos y una familia y una casa propia y todo eso, tú me dijiste que Isabel se llamaba tu abuela, ¿lo recuerdas? Y a mí no se me olvidó. Y cuando llegó la hora de comenzar a escribir, esas tres sílabas sonoras volvieron a mí, I-sa-bel, y fue cosa de apretar las teclas correspondientes y el nombre apareció frente a mis ojos en la pantalla. Isabel eres tú, mi amor, me imagino que ya te habrás dado cuenta. Y si yo me mantengo vivo, sujeto apenas por el impulso de terminar lo que ya empecé, es sólo para cumplirte, para hacerte el único regalo que un escritor puede hacer a un ser amado: un texto salido de lo más hondo de su corazón. Todo eso quisiera decirle Dante a Lisa. Pero no puede. Las fuerzas sólo le alcanzan para abrazar el mouse, para mantener la vista fija en su computadora, para obligarse a seguir respirando un día más, y otro más, a pesar del enemigo que se lo come por dentro.

Greg se pasa la mano por la frente brillosa. Otra vez volvió la fiebre, imbatible a pesar de la batería de pastillas que se traga a escondidas todas las mañanas, antes de sentarse a escribir. La oye circular por el interior del departamento. Ella es tan hacendosa, tan eficiente en sus quehaceres. Isabel es la mujer perfecta, y él quisiera morirse antes sólo por evitarse el momento de horror de tener que decirle la verdad. Isabel no es tonta y él lo sabe. Desde hace un tiempo ha comenzado a hacer preguntas: quiere saber el motivo de esa tos que no alcanza a convertirse en aguda, pero que no lo deja en paz. O por qué le tiemblan las manos. O esa falta de energía durante las últimas semanas. O el rechazo casi brutal cuando ella lo busca, ansiosa de su cuerpo que antes era tan de ella. Isabel sólo tiene preguntas que Greg no ha podido responder. Pero ella sabe que los escritores son así, al menos eso es lo que imagina. Son huidizos cuando están sumergidos en sí mismos, pensando día y noche en seres que no existen más que en el interior de sus cabezas. Eso debe ser agotador, se tranquiliza Isabel y abre el refrigerador en busca de algo que preparar de cena. El ruido de las manos de Greg tecleando allá afuera, en el comedor, la tranquiliza: es lo único que le advierte que está haciendo bien su trabajo de esposa, de inspiración silenciosa pero efectiva. Un suspiro de orgullo se le escapa cuando abre el microondas para descongelar un paquete de carne molida. Aquella Lisa, la que Isabel lee ahora en las paginas de la novela, es su mejor premio. Lástima que Dante se haya equivocado tanto en su modo de demostrarle el amor. No era necesario perderse entero en busca de inspiración. Más fácil hubiera sido conversarlo con Lisa, enfrentarla, lanzarle a la cara que estaba pasando por un horrible período de sequía creativa. Ella hubiera entendido, claro que sí. Las mujeres siempre entienden, esa es su mejor cualidad. Pero bueno, esa fue la decisión de Greg como el autor de la historia, concluye Isabel. Estaba ansiosa por leer el final. Su intuición femenina le decía que no debía faltar mucho.

Afuera, en el comedor, Greg se quejó despacio. Supo, sin necesidad de un termómetro, que la fiebre le había subido un poco más. Era un hecho: se había convertido en un cuerpo en trance de desaparición.

12

Es curioso, pero Greg nunca había pensando en los seres humanos como islas. Pero ahora lo ve claro: todos las personas, hombres y mujeres, son trocitos de tierra —barro, costillas, lo que sea— repartidos azarosamente en una inmensidad que los rodea. Y cada uno viaja así, a la deriva, encontrándose de pronto con otro, juntando sus geografías para sentirse menos solos, para escapar a esa sensación de permanente naufragio que sienten los humanos cuando los expulsan de aquel mar en el cual nadaron durante nueve meses. Todos somos islas, todos flotamos sin destino en un agua que se encarga de guiarnos a su antojo y voluntad. Isabel es una isla, sí. Pero es su isla. La isla en la cual él encalló por fin, en la que hundió el ancla en busca de una buena historia. Bendijo a la marea brava que lo arrojó a esas costas, medio ahogado y moribundo, pero en las cuales él supo echar raíces. ¿Y para qué?, piensa ahora. Para terminar de igual modo condenado a muerte.

Greg tiene los ojos cerrados. No necesita abrirlos para saber que el dolor sigue ahí, viviendo a su lado, esperando cualquier momento de debilidad para hundirle con crueldad una uña, hacerlo sangrar por dentro, recordarle lo de las horas contadas y hacerlo partícipe de la reproducción acelerada del virus en sus órganos. Dante respira a su lado, tan enfermo como él. A lo lejos escucha a Isabel hablar con su familia, allá en México. Algo dice: que está muy preocupada, que no es normal tanto desgano, que ya no cree que sea exceso de trabajo. Greg tiene que seguir con la novela. Intenta lanzar hacia atrás el cobertor que lo cubre pero la tela pesa más que un cuerpo moribundo. Quiere llamarla, Isabel, ven, ayúdame, pero su voz se ha ido lejos, al mismo lugar donde se ha ido la de Dante. Y Dante, en la novela, también escucha a Lisa quejarse con sus parientes tan extranjeros como ella, y les cuenta que su hombre está irreconocible, ese libro que está escribiendo lo está matando poco a poco y ella está desesperada porque ya no sabe qué hacer para regresarlo a su lado, como antes, cuando Nueva York era una ciudad de buenas noticias y promesas por cumplir. Greg piensa muy bien el siguiente paso, con la espalda cosida a ese colchón donde la huella de Isabel aún está en las sábanas. Sabe que el desenlace está ahí, a la vuelta de la página. Y entonces le basta imaginar a Lisa colgando el teléfono y regresando al dormitorio para que todo suceda. Por fin. El clímax que los lectores estarán esperando hace un buen rato. Dante sigue en la cama cuando ella entra. Sus ojos ya no sonríen, como antes. Al contrario. Sus pupilas oscuras hablan en silencio, pero son lo suficientemente agresivas como para que él se incorpore, arrinconado, y le parezca que incluso enojada no pierde nunca ese aire de madre devota que siempre la acompaña. Lisa se queda inmóvil bajo el marco de la puerta. Isabel repite lo mismo a este lado del mundo y Greg sabe que tampoco tiene escapatoria. Entonces el silencio hace eco unos instantes, los cuatro esperando una pregunta que no llega y una respuesta que no se da. Ella lo presiona al acomodar sus manos a cada lado de la cintura, la clásica pose del que está a punto de comenzar a discutir o preparándose para defenderse. Greg hace el esfuerzo de sentarse en la cama, de mirarla por encima del sopor que le nubla la mirada. El cansancio de pensar para sí mismo y para Dante, todo al mismo tiempo, lo aturde más de lo necesario. Isabel está asustada. Ya nada es normal. Los últimos meses su marido ha bajado de peso, la piel se ha vuelto tan frágil como un papel de arroz. ¿La literatura les hace eso siempre a los escritores? Greg se sube de hombros, porque no sabe qué contestar a eso. Tiene clarísimo lo que la literatura le hizo a él, a su vida, a sus ganas de contar un buen personaje. Isabel avanza hacia la cama, rompe el hielo, busca las manos de su hombre. Lisa hace lo mismo, tal vez un poco más decidida. Será acaso porque Dante no se ve tan mal como Greg: la ficción y la voluntad del escritor han ayudado a que conserve el brillo en la mirada, el pecho erguido y que su rostro no refleje tanto sufrimiento como el de su creador. Dime la verdad, Greg, suplica ella, pero él está pensando en llegar hasta el comedor, despertar a la computadora que debe estar extrañando su presencia tanto como él la extraña a ella, y convertir en letras esta misma escena de la que está siendo parte. Baja los pies al suelo frío. Ya sería hora que encendieran la calefacción, piensa, o acaso nadie se ha dado cuenta que llegó otro otoño a Nueva York. Isabel le cierra el paso. No, no vas a salir del dormitorio hasta que me cuentes la verdad, le grita a la cara. Afuera el cielo no presagia aún la lluvia que se desatará al día siguiente, justo cuando Greg vaya atravesando la octava avenida rumbo al río. Pero para eso faltan varias horas, veinte para ser exactos. Ahora la escena transcurre bajo techo, en el dormitorio que alcanzaron a compartir tanto tiempo y que ahora se ha convertido en un terreno peligroso. ¿Qué está pasando, Greg?, Isabel es enfática, esta vez no se va a ir sin una respuesta, porque ya no puede más, no sabe qué esperar, no tiene explicación para aquel fantasma oxidado que ha venido a reemplazar al que era su hombre. Me estoy muriendo, se oyen a sí mismos decir Greg y Dante. Dos bocas que pronuncian al unísono la misma frase y que causan la misma reacción en la mujer que tienen enfrente: un silencio aún más espeso e incómodo, un silencio que esta vez es necesario romper como sea porque si no habrá más daños de los necesarios. Y Greg se pone de pie, exponiendo el pecho ante el pelotón de fusilamiento, y encara lo que hace mucho estaba escondiendo: me muero, Isabel, y esta vez, sin que nadie le pregunte, explica cómo fue que se contagió, con lujo de detalles hace un repaso de su vida en los últimos meses, y ella recuerda y reconoce de inmediato en esa confesión cada uno de los capítulos que leyó en la computadora que odia a partir de ese momento, comprende exactamente de dónde nació Dante, o Greg, ya no sabe y no importa cuál es cuál, y piensa en ella misma, en su propia sangre que hasta ese día no representaba un peligro y ahora, a lo mejor, es una nueva enemiga de la cual también cuidarse. Y Greg sigue explicando, narrando este final de escena que ella jamás soñó, y corre hacia el comedor, desesperada, el pasillo se le hace eterno, no termina nunca de atravesarlo, la mesa allá al final, con las dos sillas, la computadora encima, su enemiga, no la alcanza nunca, no llega, cuando cree que por fin podrá cruzar la línea de la meta el horizonte se le escapa, escurridizo, una pesadilla que sueña despierta, igual que como Greg soñó a Dante, a Lisa, a ese Nueva York de vicios y virus en las venas. Su marido viene tras sus pasos, intentando calmarla, pero ella se le va encima, lo golpea con ambas manos, ciega, descontrolada, y él se deja, no opone resistencia, sabe que esto es lo único que hay, Isabel, esto es lo que soy. Isabel sólo buscaba ser la musa, no la protagonista de un drama que, hasta este momento, no está teniendo un buen final. Greg cierra los ojos. Cuando los abre, Lisa está haciendo su maleta mientras Dante la observa ahora bajo el marco de la puerta. Ella va del clóset a la cama, abre cajones y los vacía por completo. El silencio ha vuelto a apoderarse de ese departamento que todavía tiene olor a campo florido de aerosol. Afuera se ha hecho de noche y siguen sin encender la calefacción. En el muro del cuarto se termina de escribir el remate de la escena: ella cerró la maleta haciendo un esfuerzo por controlar el temblor de sus manos. Con toda la intención del mundo, evita que sus ojos encuentren los del hombre que no ha vuelto a pronunciar una palabra. Pasa por su lado, dejando tras de sí ese calor de hogar que su cuerpo despedía hasta en las noches más frías. Se le está yendo. La puerta se queja como un moribundo cuando la abre, dispuesta a salir para siempre. Pero él sabe que volverá. Tal vez no regrese al departamento, tal vez se la encuentre en la ribera del río, o bajo el agua, porque ella lo ama demasiado para dejarlo solo. O, lo que es peor, para quedarse sola. El portazo es la bomba final que riega desolación. A pesar de todo, Greg hace lo que tiene que hacer: regresar a la computadora, despertarla apretando una de las teclas, sentarse en la silla, hacer a un lado el dolor infinito de su cuerpo y de su alma, y escribir lo que sabe es el final. Al día siguiente, luego de una larga noche de insomnio, un enorme FIN llenará la pantalla, él buscará en una ducha hirviente o en un trago de café barato el calor que su cuerpo ha perdido para siempre. Huirá de ese departamento sin oír el anuncio del tiempo que se escapará por la puerta mal cerrada de su vecino, atravesará cuadras para llegar lo antes posible al Hudson. Pero la lluvia va a interrumpir su camino: lluvia que no se anunció, que fue imposible de presagiar. Igual que el final de esta novela.

13

Greg encara al río, a ese monumental y desordenado cuerpo de piel verdosa y gris por momentos, monstruo enorme y deforme, un lecho interminable de agua que lo llama, que abre espacios como una madre tierna para que él se acune dentro, ven, déjame cubrirte de espuma blanca, o si prefieres de tela color mar, y Greg descubre que su memoria viene acercándose, infatigable y burlona, mueve la boca lanzándole frases que explotan en su mente y le traen escenas que ya no quisiera volver a ver. Es hora de acabar con todo. Ya basta de historias ajenas y propias. Un buen escritor se detecta en su capacidad de saber poner el punto final a la hora precisa, se repite.

Y Greg entonces deja que su cuerpo se vaya hacia adelante, él no pone resistencia, en la computadora de su departamento vacío la palabra FIN abarca la pantalla entera, llegó la hora, la memoria aplaude la lenta caída al agua, grita vítores que nadie escucha porque nadie más que Greg puede verla, la calle ni siquiera echará de menos su sangre contaminada, el Hudson lo recibe amable, agua entrando al agua, un cuerpo buscando su propio espacio dentro de otro cuerpo, y allá abajo, donde la luz cede terreno a la oscuridad azul de las profundidades, Greg abre los brazos. Deja que las burbujas lo acompañen hacia el punto final. Es hora de tocar fondo. Antes de perder el sentido de la orientación, alcanza a pensar que en su novela, esa que quedó escrita en un lejano departamento de un lejano edificio de un aún más lejano Nueva York, Lisa seguía a Dante al corazón del río. Isabel debe estar aquí. Ella vendrá tras sus pasos, está seguro. Atravesará calles y avenidas. Para hundirse con él. Para calmarlo. Para escribir juntos esta nueva historia, la que nace a partir del fin. Pero no la ve. No ve nada. Sólo siente que lo rozan algas, o basura, o tal vez los brazos de otro ahogado, pero está oscuro, el aire se le está acabando y por más que grite, sacuda las manos o trate de frenar el naufragio, el punto final, ése que él nunca pudo dominar, ya no vendrá a su encuentro.

VIDA DE MUERTOS

¿Vuelve el polvo al polvo?
¿Vuela el alma al cielo?
¿Todo es, sin espíritu,
podredumbre y cieno?

Gustavo Adolfo Bécquer

El sol en Londres nunca cae en forma vertical. Siempre pega de lado, a ras de suelo, alargando las sombras hasta el borde mismo del horizonte. En este caso, mi horizonte es el muro que delimita este espacio. La tierra que piso es la misma tierra que me esconde tu cuerpo, Tom. No te preocupes, no me voy a poner poético, ni voy a buscar metáforas en esta vegetación silenciosa que me rodea. Para mí, un cementerio no es un buen lugar para arranques emocionales, contrariamente a lo que piensa todo el mundo. Esos momentos los reservo para el escenario, sobre todo si voy a conseguir un aplauso como retribución. En la vida no, no se sufre para que otros lo vean. Tal vez por eso no lloré cuando trajeron tu cuerpo metido en una caja. No lloré tampoco cuando pedí que me dejaran solo contigo, unos minutos antes de que empezaran a echarte tierra encima. Y sigo sin llorar, tiempo después.

Tu tumba tiene una lápida en mármol blanco. Las letras —Thomas C. Parker, 1966 -2005— son negras, todas mayúsculas, tal como las pedí. Es un hermoso lugar, no puedo negarlo, aunque la botella de vino que me bebí en casa para rescatar el valor que se me había perdido no me permita apreciar el paisaje en todo su esplendor. Mejor. Ya no quiero ver las cosas con total claridad, ¿para qué? Ojos que no ven, corazón que no siente. Eso dicen en mi país, Tom. Un país que está muy lejos de este país, donde estoy ahora, este país donde me dejaste solo, donde enterré tu cuerpo, donde está situado el Cementerio Brompton, tu nueva casa. Junto a tu tumba hay una hermosa cruz de piedra, añosa y atacada por un musgo que a estas alturas sería imposible de extraer. Un poco más allá hay un ángel, creo, aunque también podría ser un niño algo andrógino con un ramillete de flores en las manos y una túnica en congelado movimiento, que algunas ardillas trepan y brincan.

Cierro los ojos unos momentos, tratando de rescatar algún sonido que me recuerde que yo sigo vivo. No existen. En mi mundo, Tom, en el mundo de acá arriba, el ruido se apagó de golpe. Tu muerte fue un bombazo final que evaporó las risas y la música. Para mí, al menos. Tampoco volvió a salir el sol y se me hizo de noche para siempre. Disculpa, sé que estoy hablando en metáforas, pero no estoy muy hábil con las palabras y tampoco me sale elegir las más frías e impersonales. ¿Pero qué hago, entonces? ¿Cómo puedo seguir vivo si allá abajo, al otro lado de esa lápida de mármol blanco, yace junto contigo mi corazón? Perdón. No quiero sonar cursi, no pretendo formar parte de ese círculo de amantes viudos que no son capaces de sobreponerse a una partida, que deambulan por cementerios y calles tan cadáveres como el ser que han perdido y que reemplazan por llanto cualquier posibilidad de conversación. Pero es cierto, Tom. El hueco en mi pecho es palpable. Un hoyo profundo. Un eco de abismo ha venido a reemplazar los latidos que antes marcaban el pulso de mis días. Apenas despierto sólo quiero volver a cerrar los ojos. A veces sueño que soy un animal rastrero, que en lugar de manos tengo dos garras: pezuñas afiladas que me sirven para horadar la tierra, para separar terrones y piedrecitas y escarbar profundo. Y en lugar de buscar alimento, o de atacar a alguno de mi especie, corro al cementerio Brompton, mi cuerpo peludo y elástico atraviesa calles e irrumpe en la Fulham Road, evade las reacciones asustadas de los otros humanos que se aterran al ver mi apariencia de pesadilla, trepo los muros de este parque de reposo eterno y olfateo el aire en busca de tu olor. Y cuando doy con tu sepultura se me hace tan fácil enterrar las uñas en la tierra, cruzar la barrera del pasto, hundir el hocico para seguir olisqueando el rastro de tu cuerpo tan mío que de pronto empiezo a ver allá abajo, carcomido e irreconocible. Siempre despierto en ese momento, ahogado, como si tuviera la boca llena de barro o de un puñado de hojas secas, y con la imagen de tus costillas a la vista espantándome los ojos.

Busco un poco de vino, me llevo la botella a la cama, y así llamo otra vez al sueño. No te asustes:

esto tampoco pretende ser un diario de vida. Ni siquiera sé por qué lo empecé. No tiene lógica ni sentido, y probablemente termine en el fondo de algún basurero. Son sólo escritos sueltos, un recuento de lo que está ocurriendo aquí, en mi vida, para que cuando regreses a mi lado te pongas al día lo más rápido posible. Porque vas a volver, Tom. Yo tengo que volver a verte. Tengo que volver a tocarte, a oírte. Si no, ¿de qué se trata esto? ¿Qué crueldad infinita sería eso de condenarnos a la ausencia? Estábamos en el mejor momento: crecíamos. Hacía poco habíamos hecho nuestra lista de nuevos planes, ¿recuerdas? Esto de tu funeral, de tu cuerpo muerto dentro de un cajón de madera, mis pesadillas de animal cavando en tu tumba, todo tiene que ser un error. Tiene que ser un error. Si no… si no, no me explico entonces para qué sigo aquí arriba, escribiéndote mientras te miro hacia abajo.

* * *

La llamada de mi hermana sucedió así:

—Alejandro, hola. Soy la Patricia.

—¿Qué hora es?

—Allá no sé. Aquí son las nueve de la noche.

Saqué la cuenta: en ese momento la diferencia era de seis horas entre Londres y Chile. Las tres de la mañana. Busqué a tientas la botella de Merlot que había dejado junto a la cama, en el suelo.

—¿Qué pasa, Patricia?

—¿Estás borracho?

—Dormido. ¿Qué pasa?

—Necesito que te hagas cargo del papá. Yo ya no puedo.

El trago de alcohol bajó directo por mi garganta anestesiada. No quise encender la luz: eso sería como enfrentarme a un espejo, cosa que yo mismo me había prohibido. En la oscuridad el desorden no se ve, así como tampoco veo tu cuerpo en la oscuridad de la tierra. Al menos evito que no me asalte tu rostro sonriente en la fotografía de mi mesita.

—Ya no puedo, Alejandro. Carlos me está presionando, los niños no se llevan bien con él. Está cada día más difícil.

—Lo siento, pero yo no...

—El lunes sale para Londres. Carlos y yo le compramos el pasaje.

Abrí los ojos, pero el negro del interior de mis párpados era el mismo de afuera. Antes, cuando despertaba a mitad de la noche, podía escuchar tu respiración por ahí, cerca, tranquilizadora. Y era fácil asirse a ella, que venía al rescate de cualquier insomnio, de cualquier asalto de inquietud, de esos estados de ánimo que siempre acechan de noche. Me gustaba arroparme en tu aliento, acomodarlo cerca de mi rostro, alrededor del cuello, una bufanda tibia y cariñosa. Ahora, sin embargo, lo único que oía era la voz de mi hermana hecha jirones por el aparato telefónico.

—Es justo, Alejandro. Llevo años haciéndome cargo de él. Ahora te toca a ti. Anota los datos del vuelo.

Después no recuerdo bien qué fue lo que ella dijo, ni lo que yo contesté. Tú nunca me escuchaste hablar de mi padre, Tom, ¿habías reparado en eso? De hecho, era la primera vez que Patricia y yo mencionábamos su nombre en más de quince años. Quince años: el mismo tiempo que llevo aquí, viviendo en tu isla enorme.

Tuve que encender la luz para escribir esto. Tu fotografía me brinca encima desde el velador, intentando hacerme daño. Derrotado, dejo que tu recuerdo abuse de mí. Y por más que sigo buscando al sueño de mil maneras, sé que esta noche seguirá de largo y no se va a detener aquí, en esta habitación que ahora me queda demasiado grande.

* * *

El muerto soy yo, no siento, no soy nada. Soy un cuerpo que sigue funcionando porque nadie ha tenido la decencia de decirle que ya basta, que llegó la hora de renunciar. Yo no era así. Y lo que es peor, no quiero ser así. Pero supongo que cambiar exige una fortaleza o, al menos, un gasto de energía tan titánica que ni siquiera hago el intento de acercarme a esa posibilidad. Mis fuerzas se consumen completas en mantener mis pulmones bombeando aire. O en desparramar mi sangre por todo el cuerpo. Lo que antes se hacía en forma orgánica, ahora se ha convertido en una tarea descomunal que cada día me cuesta más.

Una inesperada noche el telón de nuestra vida se alzó de pronto, dejando a la vista una escenografía completamente nueva: todo estaba oscuro y había mucho humo flotando a ras de suelo. Ese preludio de completa ausencia y vacío pareció alargarse varios minutos. De pronto, la orquesta irrumpió con un vibrante redoble de tambores, sonidos hondos y subterráneos, quejidos guturales que sólo conseguían acentuar la atmósfera tétrica que las cortinas de terciopelo rojo habían dejado expuesta. Fue entonces que Ella hizo su entrada: cientos y cientos de metros de tela negra convertida en una capa que desaparecía tragada por ese humo persistente, una capucha que velaba por completo las facciones de su rostro, dos manos delgadas como varillas de junco. La Muerte tomó posesión de su papel con brillante maestría. Silenciosa, irrumpió en escena dispuesta a quedarse con el aplauso de la noche, dejándonos a todos los demás actores convertidos en comparsa de tercera categoría. Esa noche inesperada la Diva Mayor visitó nuestro departamento y se llevó tu vida. Quién sabe por qué a mí no me hizo nada. Pero desde su lugar en el escenario me clavó los ojos y junto con un nuevo redoble de tambores me señaló con un dedo hecho sólo de huesos: tú serás el próximo aunque, mientras, me quedo con tu alma. Eso fue lo que sucedió. Aspiró hondo y se tragó en un silbido invertido todo aquello que me convertía en ser humano. Dejó el exterior, eso sí: este cuerpo condenado que se ha transformado en una cáscara que funciona porque sus órganos aún tienen memoria y siguen haciendo lo que han hecho durante treinta y cinco años. Yo debería estar contigo allá abajo, acunado por esa tierra fragante a flores blancas. Tu cementerio huele igual que el patio de mi casa en Chile. Era un patio grande, cuidado, lleno de macetas que mi madre insistía en pintar de rojo, para que se vieran más bonitas, decía ella. Ya basta. No quiero recordar. Eso significa que sigo vivo, que hay mucho por vivir todavía, cosa que no quiero. Mi padre había construido una casa al fondo del terreno, eran sólo cuatro paredes de madera y un techo de zinc. ¿De qué se trata esto? Hay quienes dicen que antes de morir, en el segundo exacto que precede a la muerte, la vida entera pasa como una película al otro lado de los párpados. Tal vez aquella actriz de túnica negra y dedo de hueso esté próxima a llegar, esperará que las cortinas de terciopelo vuelvan a alzarse y que el escenario entero esté reclamando su presencia de huracán, y yo saldré de las sombras, alborotaré el humo que siempre la precede, eufórico me lanzaré a sus brazos porque esos mismos brazos sin carne son los que me dejarán en la tierra, contigo, en Brompton. Escucharé de lejos los aplausos por aquella escena final mientras me acurruco a tu cuerpo blanco y sin vida. Recordar es empezar a morir. Por eso mejor voy a cerrar los ojos, Tom, para volver a vivir todo aquello que me va a matar pronto, que hará caer el telón de esta obra patética y sin sentido en que se ha convertido mi vida. Dejarme ir para volver a mi cuerpo convertido en otro. Siempre recordar fue tan cruel, porque el que salía desfavorecido era yo. Incluso en la tragedia salí perdiendo: luego de la escena de tu muerte, tú te fuiste con la actriz principal en medio de un rotundo aplauso. En cambio yo me quedé ahí, en una esquina del escenario, actor de tercera línea sin una nueva obra que interpretar.

* * *

Los árboles son altos y frondosos como nubes verdes. La sombra que proyectan abarca un enorme trecho, el patio entero, pintan en la tierra oscura un camino negro que va desde la casa principal hasta la otra casa, esa construcción de madera que hay al fondo del terreno. Los pies del joven juegan a seguir esa sombra, descalzos, sigilosos. Atrás van otros pies, también descalzos. Sólo se oyen los canarios en las jaulas que llenan la terraza. El patio entero está invadido de matorrales, macetas con flores, tarros metálicos que la madre ha pintado de rojo para que se vean más lindos, como ella misma dice, y les ha hecho crecer enredaderas, ha sembrado rosas, margaritas, hortensias, azaleas, incluso un arbolito de azahar que se equilibra apenas en lo que antes era un recipiente de leche en polvo. Los cuatro pies pisan la sombra echada de los árboles grandes, gigantes delgados y altos, de melenas tupidas y ramas que no dejan nunca de mecerse. Un olor a tierra mojada flota a medio camino entre el suelo y el cielo, a la altura de las narices de los dos muchachos que siguen la ruta hacia la casa del fondo. Es una construcción simple: cuatro muros de madera, un techo de dos aguas, una puerta cerrada con un candado y una ventana que nadie nunca ha abierto. Adentro hay cajas, muchas cajas viejas, herramientas de jardinería del padre, un profundo olor a humedad y con toda certeza algunos ratones. La llave que abre el candado brilla húmeda en una de las manos. Son dos pares de manos: veinte dedos de hombre joven, impacientes y secretos. Abrir el candado es tarea fácil. Afuera quedan el perfume de la tierra en flor, de la media tarde de domingo en siesta, del enjambre multicolor de pétalos y nervaduras. El patio entero se cuece a fuego lento bajo el sol del verano. Adentro los recibe la eterna sombra de ese cuarto que no conoce la luz del día, culpa de esa ventana que siempre está tapada y de lo poco que se ventila el lugar. Las cuatro manos ahora se dan a la tarea de recorrerse el cuerpo, siempre en silencio, mordiéndose las pocas palabras para asustarlas y evitar que se escapen por las bocas. Las cuatro manos se orientan, buscan el camino en la piel que tienen enfrente y transitan esa geografía que tanto se parece a un paisaje de lomas, cerros y lagunas. No hay ruido. Apenas el susurro que suena como un quejido, pero que no lo es, de unos labios que se abren aunque no quieran. En el patio, allá afuera, los árboles también se mecen de lado a lado. Algunas abejas prosiguen su recorrido de corolas húmedas y pegajosas de miel. Los rosales no se dejan despeinar por ese viento que recorre las cuatro esquinas del terreno. La puerta de la casa principal se abre, pero no se oye. Dos zapatos cruzan junto a las jaulas de los canarios y bajan de la terraza a la tierra, dejan una huella bien dibujada del tacón, de la suela. Son dos zapatos grandes, de un hombre adulto. También sigue el camino señalado por la sombra de los árboles. Avanza con paso decidido hacia la construcción del fondo, esa donde ahora la puerta no tiene el candado y adentro hay dos cuerpos sin ropa que brillan a pesar de la falta de sol. De golpe, las cuatro manos son ahora seis. Dos de ellas son rudas, muy distintas de las otras. Tienen un par de callos y durezas, justo ahí donde se acaba la palma y comienzan los dedos. Por eso sus golpes duelen tanto: en vez de manos son dos herramientas implacables, acostumbradas a arrancar árboles con un solo tirón, o a mover piedras enormes en busca de una mejor tierra para sembrar. El cuarto se llenó de gritos, de llantos, de maldiciones que nadie oyó porque, allá afuera, el patio fragante y colorido se encargó de ocultarlos.

* * *

9:55 a.m.

No voy a hablarte de mi padre, Tom. Ni siquiera preparé la casa para su llegada. No va a llegar. Me niego a que ponga un pie en nuestro mundo. Esta mañana, a primera hora, vino Jacques Cousteau a dejarme el pedido de la quincena. A diferencia de otras veces, en esta ocasión casi no habló. Y tampoco me miró a los ojos, ni hizo algún comentario respecto al clima y a la falta de sol. Incluso sus manos parecían vestidas de luto. No me pidió que te enviara sus saludos y no aceptó la propina que traté de darle, como siempre hacíamos. Sus palabras llenas de su orgullo francés en el exilio, con esas erres tan arrastradas, no me provocaron ganas de reír. Está triste, muy triste. Tu partida nos afectó a todos. Supongo que él y yo cada vez hablaremos menos y nos quedaremos sin saber cuál era su verdadero nombre. Será por siempre un Jacques Cousteau cualquiera, vestido con delantal de almacén en lugar de traje de buceo.

Escribo esto metido en el vagón del *underground*. Tomé la Jubilee *line* hasta Green Park para, desde ahí, cambiar a la Piccadilly, ese trazo marcado de azul en los planos. Y aquí voy: directo a Heathrow. Me tiemblan las manos. Son tantos los motivos para que me tiemblen: necesito un trago, no dormí bien y me he cansado de suplicar a quién quiera escucharme que mi padre haya perdido el avión. Pero ya nadie me hace caso. Tengo miedo de verlo aparecer al otro lado de las puertas de vidrio, enorme, con ese par de ojos que siempre me miraban desde allá arriba, ese cuerpo tan alto como los árboles del fondo del patio, proyectando una sombra oscura de la que tuve que salir escapando. Si pudieras ver cómo me tiemblan las manos. Mierda. Prometí que no te hablaría de él y es lo que estoy haciendo.

Frente a mí hay una familia completa de turistas que, de seguro, también van camino al aeropuerto.

Son españoles. Papá, mamá y tres hijos. Todos con cara de satisfacción, de misión cumplida, de qué dineral nos gastamos en estas vacaciones tan merecidas pero no nos importa porque somos tan felices juntos. Acarrean muchas maletas que, aparte de estar nuevas, hacen juego entre sí. El padre le pasa la mano por la cara al niño, en un gesto de complicidad masculina. No puedo evitar sentir un brinco en el estómago. Por un instante mi boca está a punto, a un instante de gritar cuidado, te va a golpear, pero me callo y alcanzo a darme cuenta de que aquella mano no golpea, sólo acaricia el filo de la mejilla y pellizca casi con cursilería la punta de la nariz. No va a llegar, Tom, estoy seguro. Mi padre no va a llegar. Patricia no habrá podido convencerlo de tomar ese avión. Puedo ver la escena de los dos gritando, ella reclamándole todos estos años de apoyo y de cuidados, él diciendo que un padre merece respeto, que él es un adulto hecho y derecho, pero papá, es por su bien, hace tanto tiempo que no ve a Alejandro, va a ser tan saludable para usted un cambio de aire, salir de aquí, de la rutina, de los niños que según usted lo único que hacen es molestarlo, yo no necesito cambiar de aire y si tus hijos me molestan es porque son unos monstruos, porque ni tú ni tu marido supieron educarlos bien, los dejaron así, a la buena de Dios, sueltos como dos animales salvajes, y de ese hermano tuyo mejor ni me hables, tú sabes que él está muerto para mí, muerto, porque un hombre que se porta como se porta tu hermano es un ser aberrante, sucio, papá ya basta, la decisión está tomada, yo no me voy a ninguna parte, carajo, en qué idioma hablo, pero Alejandro lo está esperando allá en Londres, que te calles la boca te dije, que él no existe para mí, el maricón de tu hermano está muerto porque yo mismo lo maté dentro de mí hace muchos años y así se va a quedar.

El tren se detiene y yo trato de volver a respirar. La familia de españoles se pone de pie con el mismo entusiasmo como si fueran a sacarse juntos una última foto para el álbum de sus vacaciones inglesas. Yo quisiera moverme, dejar de escribirte, salir al andén y buscar la terminal de vuelos provenientes de Sudamérica. Pero mi padre no me lo permite, Tom. Me tiene sujeto por un brazo, para que no me escape. Cierro los ojos y con el brazo libre me protejo la cara, pero aún así alcanzo a ver —o a adivinar quizá— cómo aprieta los labios para coger impulso, para aumentar la fuerza, para lanzarme al suelo y hacerme trizas. Por eso mis lágrimas siempre tuvieron el sabor de la sangre.

* * *

2:20 p.m.

El departamento está en completo desorden. Junto a la entrada quedó la cesta que trajo Cousteau por la mañana y que yo abandoné ahí, a mitad de camino entre el recibidor y la cocina. En el pasillo, frente a mí, alcanzo a contar cuatro, cinco, seis botellas vacías. A través de la puerta abierta de nuestra habitación veo el montón de ropa sucia que sólo ha crecido estos últimos días, y parte de tus camisas que saqué del clóset y que no volví a guardar. Hace falta que abra las ventanas para que una ráfaga de aire frío y puro, de ese que se levanta a veces del Támesis sobre todo por las mañanas, pase como una escoba hecha de vidrio y barra ese olor a pesadilla que se quedó encerrado aquí. Nada. Ni un ruido en el departamento. Sólo mi respiración agitada, ésa que se desbocó allá en Heathrow esta mañana y que no he conseguido apaciguar. No me atrevo a dar un paso. El roce de mi suela contra la madera del piso podría despertar a la bestia. Me quedo ahí, anclado en la sala, a la espera de que ocurra algo, un accidente, un sonido inesperado que cambie el curso de esta angustia.

Y ocurre:

—¿Dónde está el baño?

Llegué puntual al aeropuerto. Supongo que esa parte de la historia es la que quieres saber, Tom. Lo siento, pero ni yo mismo soy capaz de mantener el orden dentro de mi cabeza. Tú me lo decías siempre: un actor tiene que conocer la historia al revés y al derecho. Es el único modo de amar a un personaje, incluso cuando no se justifican o entienden sus acciones. Tal vez por eso siempre me he sentido un mal actor: porque hay historias y, sobre todo, hay personajes que nunca podría interpretar: no sería capaz de asumir como propios sus errores. O encarnar en mi carne sus vicios. Pero no voy a hablar de los escenarios ni de las obras que tantas veces me viste ensayar o representar. Voy a hablar de mi ida a Heathrow esta mañana. De cómo me bajé del *underground* en medio de una horda de turistas que avanzaban todos juntos y hacia el mismo destino. Un corre y corre de maletas, de empujones y de apurados de última hora me llevó sin que me diera cuenta a la terminal. Heathrow siempre tiene ese aire de que está a punto de terminar de ser construido, como un escenario al que aún le faltan un par de horas de carpintería y pintura. Siempre existe un desvío, un *Sorry about our appearance, but we are working for you*, que no estaba el mes pasado, un camino hecho de tablas, una pared provisoria que pronto será derribada y que dejará a la vista un espacio completamente nuevo, una sección recién nacida, y que mientras algún funcionario esté cortando la cinta que oficialmente inaugure esta construcción, al otro lado un obrero estará echando abajo a golpes un corredor mil veces transitado.

La sala de espera había cambiado desde la última vez que tú y yo fuimos a buscar a alguien. ¿A quién fue, lo recuerdas? Creo que eran Richard y Orlando, que venían de Roma a pasar un año nuevo con nosotros. ¿Cuándo fue eso? ¿Hace ya tres años? ¿Es posible que el tiempo haya volado de esa manera? Las manos me temblaban, Tom. Tuve que esconderlas dentro de mis bolsillos. Ubiqué en la pantalla gigante la llegada de mi padre: American Airlines, vuelo 0056, proveniente de Miami donde había hecho escala luego de partir de Santiago. Aterrizaba en Londres a las 10:45 a.m., y por lo visto venía a tiempo. Miré el reloj: las 10:30 a.m. en punto. Hubiera pagado oro por una cerveza, un poco de vino aunque fuera barato y no del caro que nos lleva Cousteau cada quince días, pero por más que busqué a mi alrededor no vi ningún lugar dónde poder comprar algo. Todo eran escombros removidos, tablones improvisando caminos para evitar un cemento recién fraguado, plásticos cubriendo agujeros por donde se colaba un frío de muerte. Ni rastros de ese olor a tierra húmeda, a parque en su mejor momento, que tanto me gusta de Londres. Por el contrario: sólo violencia de hormigón, sudor ajeno, peste humana de tanta gente en tránsito y con pocas ganas de bañarse. Por algún motivo tenía la imagen del patio de mi casa en Chile grabada en la memoria. Esa hilera de árboles que mi padre abonaba y protegía con más cariño que a un ser humano. La sucesión de tarros metálicos con sus rododendros en flor. Las herramientas que mi padre colgaba de pequeños clavitos en la casa del fondo: sus tijeras de podar, mohosas pero afiladas como un arma blanca; un rastrillo; una pala de mano que a mí me gustaba oler porque siempre conservaba esa fragancia a tierra recién mojada; un sombrero de paja con el que se podía pasar largas horas bajo el sol. Ese patio era su mayor orgullo. Su triunfo personal. Troncos erguidos y firmes, no como sus hijos. Raíces gruesas y potentes, no como sus hijos. Era el monarca de un reino cercado por cuatro paredes no muy altas, un territorio donde el pasto siempre lucía verde y donde jamás, nunca, hubo asomo de malezas o hierbas que sus manos no hubieran cultivado. Su sombra era la más larga en aquel patio: era capaz de atravesar el terreno entero, desde la casa hasta el muro del fondo, ese que estaba cubierto por una enredadera de hojas duras y que en primavera florecía en pequeñas manchitas amarillas.

El reloj dio las 11:15 a.m. Empezaron a salir los primeros pasajeros del avión que venía de Chile. Su cabeza iba a sobresalir por encima de todas las demás: siempre fue un tronco robusto, bien alimentado por una savia especial, una que lo transformó casi en un gigante de dos metros. Estaba seguro que lo vería desde lejos, destacado, cargando su maleta con esas manazas que eran capaces de partir en dos un leño para la chimenea. Estaríamos por fin frente a frente, yo tan chico y tan frágil, él tan grande, yo sin raíces ni abonos en el cuerpo, él tan roble y tan frondoso. Un bosque entero. No iba a ser capaz de mirarlo a los ojos. A lo más musitarle un discreto hola desde mi altura, hacer el intento de cargar su equipaje, darme cuenta que pesa demasiado para mis brazos, dejar que su sola presencia volviera a humillarme, a darle la razón, sí, soy débil, no tengo ni tu fuerza ni tu porte, no tengo callos en las manos ni esa voz que hacía saltar los cubiertos en la mesa a la hora de la cena. No merezco ser tu hijo, hiciste bien en echarme a perder la vida, en obligarme a huir de tu lado, porque mi presencia sólo iba a confirmar todos tus vaticinios, tus predicciones para este hijo maldito con el que la vida te había castigado. Yo no iba a ser capaz de hablarle, Tom. No tenía ni una honda ni una piedra para hacerle frente a este Goliat que me había dado la vida y que después me la cobró tan cara.

—¿Dónde está el baño?

No soy capaz de moverme. Señalo con la mano, un gesto vago e impreciso que mi profesor de actuación jamás me habría permitido en escena. Ni siquiera en un ensayo.

—Sigue por el pasillo, al fondo.

Pasos que no son los míos ni los tuyos en nuestro departamento. Zapatos que se alejan, que de pronto resuenan contra las baldosas blanquinegras. La puerta que se cierra. Todo queda nuevamente en equilibrio precario, yo puedo seguir escribiéndote, aferrado a esta libreta como si fuera un enorme escudo tras el cual esconderme cuando venga la explosión, el estallido ése que espero resignado.

Déjame seguir, Tom. Esta mañana. Heathrow. 11:35 a.m. y ya daba la impresión que todos los pasajeros del American Airlines habían salido. Por un instante tuve la esperanza de que mi predicción fuese cierta, que él no iba a llegar a Londres, que su orgullo se lo impediría, que mi miedo sería el responsable del naufragio de ese viaje, que el destino y la justicia por fin iban a hacer algo a mi favor. Cuando vi avanzar por el pasillo un animado grupo de azafatas y pilotos, supe que esta vez yo había ganado una pequeña batalla. Fue entonces que alcancé a ver un suéter color verde olivo medio oculto entre tanto uniforme azul marino. No. No es él. No puede serlo. Luego se dejó ver una bufanda, evidentemente tejida a mano. A mi madre le gustaba hacer prendas para el invierno. Tiene que haber sido ella. Reconozco su estilo. Pero él no vino. No puede ser él. ¿Dónde está? Muero por un vaso de cerveza, un poco de alcohol que me despegue la garganta, que acabe con este temblor. Diviso un par de manos pecosas que descansan una sobre la otra. Manos de hombre grande, de anciano, diez dedos derrotados por el paso del tiempo, de uñas amarillas y mal cortadas. Un resplandor metálico, que brilla entre las piernas de las azafatas, atrae mi atención. Mis ojos bajan desde allá arriba, donde esperaban verlo aparecer, a menos de la mitad de la altura. Una silla de ruedas. Alguien empuja una silla de ruedas. Me falta el aire, Tom. De seguro el aire acondicionado no funciona bien, como en este maldito aeropuerto siempre están haciendo arreglos de seguro el aire acondicionado no está funcionando bien. Hace calor. Mucho. No puedo seguir. No quiero ver. Por un instante recuerdo tu cementerio Brompton, el mismo calor que me dio cuando me anunciaron tu muerte, cuando me dijeron que no habías sobrevivido, que el ataque era masivo. Un calor que primero nace adentro, entre los órganos, que se desparrama por el cuerpo a través de las venas. Un calor que dobla las piernas, que languidece los brazos. Un grupo de azafatas, una silla de ruedas al centro. Un cuerpo vestido con un suéter verde olivo, abrigado con una bufanda hecha a mano. Tenía que salir de ahí. Necesitaba pasarle la mano a tu lápida, ir a quitarle las hojas secas, descubrir si el moho de la cruz vecina había comenzado ya a atacar tu mármol. Olor a tierra mojada, a sangre manchándome los labios. El frío del suelo en mis mejillas. Sus zapatos de hombre grande a la altura de mi mirada. Un par de ojos maquillados con exceso y una boca de rojo carmesí me cierran el paso.

—Guillermo Acuña´s son?

Era su nombre, casi lo había olvidado. Me enfrentan a su cuerpo. Y no estoy en la casita al fondo del patio, esa que olía a humedad y flores en primavera. Sigo en Heathrow, en una sala de pesadilla donde el escándalo de los obreros se escucha por encima del griterío de los pasajeros. La azafata pone en mis manos un pasaporte y algunos papeles. Luego señala hacia mi padre, que todavía no voltea a verme.

—*Look at him. It was a long trip, he is so tired.*

Yo clavé la vista en el pasaporte. No quería mirar hacia adelante. No podía hacerlo. Era capaz de sentir con toda claridad una vena latiéndome en la mitad de la frente. La misma vena que entibiaba el frío del suelo tiempo atrás, cuando caer era a veces mi única salida.

—*Take care of him. He is such a nice man.*

Tengo que dejar de escribir. Lo oigo salir del baño. Viene hacia acá, Tom. Esta vez viene avanzando directo hacia mí, arrastrando los pies y los zapatos. Pienso con temor que no he borrado tu presencia de esta casa, tus fotos y las mías están por todas partes, tu ropa aún sigue en el suelo, a la vista, mi piel todavía debe oler a ti, se va a dar cuenta, te va a reconocer en mi mirada, mi cuerpo está lleno de tus huellas. Y yo no tengo dónde esconderme.

* * *

Ven aquí, ven aquí, te digo, mocoso de mierda, ven aquí y no me hagas enojar. ¿Dónde está tu mamá? ¿En la cocina? Cierra la puerta. Que cierres la puerta, carajo. ¿Te das cuenta que eres tú el que me obliga a ponerme así, el que no me obedece? Tú, el que me avergüenza cada vez que me habla, cada vez que me mira o que me dice papá. No me mires. ¡Que no me mires, carajo! Me pones la mano caliente, y no te quejes, te voy a enseñar a ser hombre aunque me cueste la vida. Ponte de pie. Que te pares, maricón, que lo primero que haces es tirarte al suelo, como las cucarachas, como los ratones. ¿Y sabes qué hago yo con los ratones cuando encuentro uno en esta pieza? Los mato. Con la pala. No como tu mamá, que grita, que les tira veneno, que se sube a una silla y hace un escándalo que oyen en todo el barrio. Yo no. Yo me encierro aquí, solos el ratón y yo, agarro la pala y espero, espero tranquilo hasta que lo veo aparecer detrás de una caja, o en un hoyo en la pared. Y me acerco despacio, para que no se asuste. Piso apenas, con suavidad, para darle confianza, para que se sienta seguro. Y agarro con fuerza la pala, la levanto por encima de mi hombro. Y cuando ya tiene todo el cuerpo afuera, lo reviento de un solo golpe, preciso, escucho cómo se quiebran sus huesos, como si fueran una hoja seca que uno pisa sin querer allá afuera en el pasto, y lo remato con dos, tres golpes más. Me gusta mirar lo que queda debajo de mi pala. Una mancha. Suciedad. Levántate del suelo, te digo. Ven aquí. ¿Hace cuánto que te convertiste en un ratón? ¡Aprende a hablar, mocoso! ¡No, no me digas que te duele, porque no es cierto…! ¡La sangre no duele, lo que duele es la vergüenza que tú me haces pasar! ¡Mi propio hijo! ¡Pero yo te voy a enderezar! ¡Vas a ver cómo te voy a enderezar! ¡Ven aquí, carajo! ¿No te das cuenta que si te levanto yo del suelo va a ser mucho peor? ¿Me tienes miedo? ¿Me tienes miedo, basura, maricón…? ¿Acaso me tienes miedo?…

* * *

Le cuento ocho pecas en el dorso de la mano derecha y seis en la izquierda. Perdió el pulso. Ya no sería capaz de podar con precisión el tallo de una rosa, de afilar sus tijeras con esa piedra especial que también colgaba del muro, de levantar la pala como un Hércules sólo para matar un ratón. O tal vez sí. Quién sabe, no conozco a mi padre. Y supongo que él tampoco me conoce a mí. Por eso casi no ha abierto la boca desde que llegamos del aeropuerto. Sólo se ha dedicado a recorrer el departamento, con pasos cortos, vacilantes por tramos, afirmado de un muro, deteniéndose en cada mueble, en cada adorno, tratando de reconocerme en ellos. Los años han sido crueles. Sus ojos son dos ranuras azules que intentan no perder terreno frente a la caída de los párpados. La piel le cuelga bajo el mentón, derrotada, como me imagino que estarán las ramas de sus árboles allá en Santiago. Del tronco erguido ya no queda mucho: sólo una peligrosa curvatura hacia adelante, un sauce llorón tal vez, una eterna reverencia ante nadie. Sus ojos se detienen en la ventana que da a la Gainsford Street, la ventana para la que nunca supimos qué cortinas elegir y que terminó por quedarse así, tan desnuda como el muro de ladrillos que deja ver al otro lado de la calle. Se quedó inmóvil, considerando algo que no alcancé a comprender. Me sentí culpable, como si fuera una falta de respeto estar ahí frente a él, presenciando un momento de duda, un instante misterioso donde por primera vez no fui capaz de leer sus ojos. Alzó una mano, señaló los cristales sucios. Se volvió hacia mí. Hubiese querido dar un paso hacia atrás, dejarme caer, ponte de pie, que te pares, maricón, que lo primero que haces es tirarte al suelo, como las cucarachas, como los ratones, pero descubrir que su fuerza invisible seguía ahí —por más que su cuerpo se hubiera arrugado igual que un puñado de tierra en sequía— fue suficiente para congelar todos mis movimientos.

—No tienes plantas en este lugar.

Negué con la cabeza y busqué la primera excusa que encontré. La falta de tiempo, el clima que no ayuda mucho, son más de diez meses de invierno, se oscurece temprano, aquí los días no permiten mucha vida al aire libre, el espacio es poco, qué sé yo. No esperó una respuesta. Dio un par de pasos hacia la ventana, pegó su mano al vidrio.

—No me gusta. No me gusta nada.

Cuando retiró la mano, dejó un dibujo tibio en el cristal: una huella del poder de su piel y su energía.

—Si vine fue para que tu hermana dejara de molestarme. Tú sigues siendo un ratón y yo aún tengo la misma fuerza para matarlos de un solo golpe.

No estoy seguro de que haya dicho eso, pero lo leí con claridad en el azul inquisitivo de sus ojos. Luego de eso se metió a su dormitorio donde sigue encerrado hasta esta hora. Y aquí estoy, Tom: reventado bajo una pala. Seguía siendo una mancha. Suciedad. Siempre sometido por su mano, tatuada ya no sólo en mi cara sino también ahora en nuestra ventana.

* * *

Por primera vez desde tu partida preparé un desayuno. En la cesta de Cousteau encontré pan, queso suizo, huevos con los que intenté hacer una tortilla. Mientras escuchaba a mi padre circular en el baño, descorché una botella de Cabernet Sauvignon y de un solo trago me bebí prácticamente la mitad. Eso me hizo sentir un poco mejor. Su presencia era inaguantable. El silencio es algo que aprendes a soportar cuando te has quedado solo. Pero saber que hay otra persona por ahí —al otro lado de la pared o de una puerta cerrada— y que ningún ruido interrumpa esa calma, esa mudez absoluta, desespera a cualquiera. Mi padre no habla. No emite sonido. Sus pasos son tan decrépitos que apenas rozan el suelo. Sólo sus ojos parecen dirigirme la palabra, pero de otro modo. Con un grito mudo: un brillo feroz y dos pupilas que me paralizan porque no sé qué hacer con ellas, ni para dónde escapar. Y sostiene la mirada de gran ave de presa que me escarba hasta adentro, hasta los huesos, y yo por instantes vuelvo a ver sus ojos que se me vienen encima, los labios apretados y la mano en alto, una y otra vez, y cuando aguantar empieza a ser un asunto de vida o muerte, mira hacia otro lado, me deja medio muerto y rogando que ese par de pupilas nunca, nunca más vuelvan a tocarme.

Anoche él se acostó temprano. Yo no pude dormir. Me quedé de pie en la ventana sin cortinas, vigilando aquella huella de su mano hasta que terminó de evaporarse y yo recién entonces pude volver a respirar. La Gainsford Street cambió de color ante mi mirada indiferente. El sol retrocedió calle abajo, le cedió su lugar a la sombra angulosa que siempre se desprendía del edificio de la esquina, llegó la noche y yo seguí ahí, observándolo todo, deseando tanto que de pronto tu mano me tocara el hombro, me anunciaras que habías llegado de la agencia, que tus días estaban cada vez más estresantes, que la nueva campaña publicitaria iba a ser un verdadero fenómeno, que se lo habías prometido a los dueños de la empresa y más te valía que así fuera. Me dirías todo eso mientras te aflojabas la corbata y yo iba a la cocina en busca de dos copas, una botella, *Do you prefer Merlot or a Carmenere that Cousteau brought today?*, y tú entonces hurgarías en la colección de discos compactos hasta encontrar alguno preciso para la ocasión, la banda sonora perfecta para esa escena de fin de tarde entre dos enamorados. *Baby, play Caetano Veloso, the one that I gave you for your birthday*, te habría pedido yo, porque me gusta mucho y a ti también. Sonríes con los ojos cuando escuchas esa voz lejana que canta en un portugués que tú no entiendes ni yo tampoco, pero que estamos seguros debe hablar de amores parecidos al nuestro. Pero tu mano no llegó a mi hombro. Sólo la madrugada que me dio de golpe en la cara me recordó que el que seguía vivo era yo. Que el que había muerto de un ataque masivo eras tú. Que mi padre dormía en el cuarto de visitas, tan real y corpóreo como el miedo que me acechaba junto a su puerta cerrada.

Hago el intento de rescatar la tortilla que insiste en pegarse al fondo de la sartén que ni siquiera lavé antes de empezar a cocinar. Rompo un nuevo huevo encima de la mazamorra que he formado y bebo un poco más de vino. Mi padre ha salido del cuarto sin emitir sonido, como es su costumbre, y me mira desde el marco de la puerta. Evito sus ojos. Sólo asiento con la cabeza, un ligero saludo de buenos días que, me imagino, él repite desde su lado del ring. Me resigno a seguir jugando al cocinero. Apago el fuego de la estufa. Pongo un frasco de mermelada de naranjas sobre la mesa, meto un par de rebanadas de pan al tostador, enciendo la cafetera.

—No puedo comer azúcar, y me prohibieron el café.

Yo sigo sin mirarlo. Reviso el envase del jugo de naranjas: no es *sugar free*. Agua, supongo. Podría ofrecerle agua. O una taza de té, pero no estoy seguro que quede. Los panes saltan fuera del tostador y, por un momento, ese es el único sonido presente en la cocina. Los dejo en un plato, sobre la mesa. Tal vez con un poco de mantequilla se los quiera comer. ¿De qué se alimentan los viejos?

Mi padre se ha pegado a la ventana que está junto al lavaplatos, la que mira al estacionamiento del edificio. Una madeja de cañerías, los tubos oxidados de la escalera de emergencias y una verdadera red de cables eléctricos compiten por bloquear la visión y esconder un muro de ladrillos sucios y mal pintados. Frunce el ceño. Yo ruego para que no pegue una vez más su mano al vidrio y vaya poco a poco colonizando con la huella de su palma cada esquina de nuestra casa.

—¿Dónde está el mar aquí? ¿No se supone que este país es una isla?

Hasta a mí se me había olvidado. Cuesta recordar que Inglaterra entera es un gran pedazo de tierra rodeada de agua, una isla que me recibió sin muchas preguntas cuando mi vida en Chile no hacía más que naufragar. Es curioso, luego de un hundimiento los sobrevivientes siempre nadan como pueden hasta la costa más cercana y, casi siempre, esa pertenece a una isla. Ahí, medio muertos y con los pulmones llenos de agua, esperan a que alguien venga por ellos. Si tienen suerte serán avistados. Si no, tendrán que empezar de cero. Ese fue mi caso: a los veinte años me encontré de pronto con el cuerpo herido, botado en una playa del aeropuerto, con la firme voluntad de convertir ese día en el primero del resto de mi existencia. Pero a diferencia de un náufrago clásico, yo no quería ser rescatado. Deseaba con todas mis ganas perderme entre los nativos, aprender su idioma, sus costumbres, imitarlos con tanta precisión que nadie nunca volviera a dudar de mí. Mi padre fue un mal capitán de barco. Como parte de su tripulación, yo confié en él. En su habilidad con el timón. En su sentido para orientarse. En su valentía de superhombre. Él debía protegerme de tormentas, maremotos, de cantos de sirenas. Pero no. Cuando descubrió que mi verdadero interés no era calzarme su uniforme y seguir con él mar adentro, me lanzó por la borda. Y ahora, tanto tiempo después, me pregunta a quemarropa por el mar, recordándome mi pasado de náufrago y su condición de verdugo. No papá, así no se hacen las cosas. Uno no deja a un hijo a la deriva, navegando a pulso en un mar ajeno. No sé quién te habrá hecho creer que eras rey de un reino vegetal y frondoso, monarca de un patio trasero de una casa de clase media en Santiago de Chile. El olor a tierra húmeda me trae de regreso al padre de mi infancia, al enorme, al firme e imbatible igual que un tronco de roble adulto. Y me acuerdo de tu cementerio, del pasto que se derrama por Brompton como una sábana verde con almohadas de mármol blanco. Aroma a naturaleza. Aroma de nostalgia infantil y también de presente triste. Por primera vez levanto la cabeza. Me clavo a su mirada y entonces digo sin pensar:

—Sígueme. Vamos a salir de aquí.

Voy a enfrentar al padre de mi memoria, Tom. Y ya sé cuál será nuestro campo de batalla: la tierra de los muertos.

* * *

Son dos manos de hombre grande y ambas tienen callos ahí donde se acaba la palma y comienzan los dedos. Manos gordas, de piel apretada y brillosa, como un guante que queda un poco estrecho y que se calzó a la fuerza. Así son las manos del padre. De nudillos rojos y siempre en tensión, uñas cuadradas y con un eterno rastro de tierra en el borde superior. Huelen a patio, a fertilizante vegetal, al metal oxidado que heredan del mango de las podadoras. A veces también huelen a sangre. Estas dos manos arrastran a la fuerza a un cuerpo que se debate, que trata inútilmente de resistirse. Dos pies jóvenes lanzan patadas al aire, buscan golpear el cuerpo de su padre. Pero ese cuerpo es duro, de madera firme, sin astillas ni grietas de termitas. Es un cuerpo en su mejor momento, mientras que el otro apenas está despuntando, trasplantado del mundo infantil al mundo de los adultos. El padre no escucha, o al menos eso es lo que parece, porque sigue caminando sin detenerse hacia el automóvil que espera en la calle con el motor en marcha, un enorme animal que ronronea y tose humo por el escape, a punto de salir disparado con sólo una leve presión en el acelerador. El hijo grita, escupe fuerte para no tragarse la sangre que le inunda la boca, que le agria la garganta y los sueños, intenta zafar los brazos pero aquellas dos manazas se le han pegado encima como una enredadera de alambre, lo atenazan, lo levantan del suelo, liviano y enfurecido, y por más que la madre trata otra vez de hacer recapacitar, por más que algunos vecinos se asoman nuevamente de sus casas y niegan con la cabeza, asustados de intervenir, el padre sigue caminando hacia el auto llevándoselo como una carga. La madre suplica una tregua, invoca razones que van desde el abuso a la vergüenza del qué dirán. Pero al padre la vergüenza ajena no le importa. Suficiente tiene con su propia vergüenza, la que le duele adentro, en la hombría del orgullo, y ésa es peor porque se sufre en silencio, calienta las manos y nubla la vista. Y la sufre él y la sufre su hijo, ese mismo que lleva como un bulto de ropa sucia entre las manos, que lo muerde y lo maldice. A él no le importa. Hoy va a ponerle fin a este desvío, a este castigo del cielo que le cayó como una peste a la familia y al jardín entero que sin motivo alguno se llenó de pulgones, de larvas intrusas que devoran hojas y raíces, de enfermedades misteriosas que él no conoce pero que están desplumando sus árboles y matorrales. Su brazo feroz es capaz de matar ratones de un solo golpe. Es hora de demostrarles a todos, incluso a esos vecinos metiches que lo espían ocultos en los visillos de sus cortinas, de qué madera está hecho. El hijo cae dentro del auto. Cuando logra recomponerse para intentar abrir la puerta, el vehículo ya se ha puesto en marcha. Ni siquiera se detiene en las esquinas, sigue de largo, siempre hacia adelante, las dos manos de hierro ahorcando el manubrio que parece de juguete y que contiene apenas esa furia que lo guía. El hijo llora porque sabe que perdió una nueva batalla y que por más que luche siempre las perderá todas. El saberse un derrotado duele más que cualquier paliza porque ese es un dolor que no se pasa, que molesta incluso cuando no está ardiendo en la piel. La sombra del padre pesa mucho, tanto como sus manos que no lo dejan salir a la superficie. El hijo asume que seguirá hundiéndose sin haber nunca aprendido a nadar.

El auto se detiene. Ya ni siquiera pone resistencia cuando lo bajan a la fuerza y lo obligan a caminar hacia una puerta vieja y mal pintada. Adentro está oscuro y el cambio de luz confunde al hijo unos instantes, lo deja ciego y suspendido en un espacio que no entiende y que ni siquiera alcanza a sospechar. Inhala y un cosquilleo de incienso añejo se le mete dentro y le provoca estornudos. De pronto siente el jugueteo de las uñas de una mujer en su nuca, uñas que no sabe por qué pero imagina rojas y largas, uñas que no tienen pudor a hurgarle bajo la camisa, incluso más allá de los pantalones. El padre. ¿Dónde está? Lo escucha a lo lejos, se está riendo, reconoce su voz a pesar de la oscuridad, del humo con olor a hierbas, del escándalo de su corazón que se le trepa como un animalito asustado hacia la garganta para salir corriendo otra vez a la calle, a la casita del fondo del patio, a protegerse detrás del olor a tierra húmeda. Pero ahora otras manos lo retienen, lo acarician, aprietan su piel que ya no puede replegarse más, y quisiera gritar pero una lengua se le mete dentro de la boca, hurgándole las muelas, y no tiene más remedio que cerrar los ojos aunque la oscuridad es la misma y aprender ahí, todavía crudito y trasplantado, que a veces la muerte llega mucho antes del día en que se deja de vivir.

* * *

4:45 a.m.

Me arden los ojos. Me tiemblan las manos; no puedo mirármelas: todavía no me atrevo. No sé muy bien cómo voy a escribirte esto, Tom. Tengo dudas de ser capaz de poner en orden todo lo que sucedió —lo que hice— hoy. Ayer, más bien. Son casi las cinco de la mañana y yo todavía no descubro en qué instante el día se me hizo de noche, a qué hora dejó de ser martes para convertirse en miércoles, ahora, este momento azul de pura madrugada. Afuera hace frío. Mucho frío. La diferencia de temperatura empañó los vidrios de las ventanas, aislando con neblina la casa del exterior. Es que tuve que subir al máximo la calefacción para dejar pasar con total potencia el agua hirviente por los tubos de los radiadores. Fue una emergencia. Por un momento, Tom, durante algunos minutos, pensé que una vez más aquel telón de terciopelo rojo, ese que conozco tan bien porque lo he tenido frente a mis ojos, haciéndome cosquillas en la nariz, iba a alzarse en medio de este departamento. Ella, la Gran Diva, haría nuevamente su ingreso sacudiendo el polvo con el ruedo de su capa negra. Perdón. Ya ni sé lo que escribo. Pero hoy le tuve miedo a la muerte, Tom: ese miedo seco, frío, que nada tiene que ver con gritos o llantos de histeria. Miedo mudo, que no se puede esconder porque la piel entera es puro grito. Miedo que te hunde en un pozo solitario, de silencio que enloquece. Miedo que paraliza, que se dispara de golpe y que no le deja espacio a la esperanza, que borra de un plumazo años de preparación para situaciones de emergencia, que ataca sin piedad el memorial de oraciones a las que uno intenta echar mano sin éxito alguno. Y en ese estado de suspensión de los sentidos hay tiempo de sobra para repasar con lujo de detalles cada hecho, cada error, cada acción equivocada. Una y otra vez. Es el infierno, Tom. El verdadero infierno. Eso fue lo que descubrí hace un tiempo cuando sonó el teléfono y me llamaron de tu oficina para darme la noticia. Eso fue lo que me sucedió hoy con mi padre, luego de nuestra visita a tu cementerio.

Cuando salimos del departamento, bajamos por Lafone Street hasta Jamaica Road. Lo hice caminar, Tom. Pensé en tomar un taxi hasta Brompton, pero no. Cuando iba a levantar la mano para hacer que uno se detuviera junto a nosotros, un profundo olor a pasto húmedo me congeló las ganas. Olía a Chile. A patio recién regado. Mezcla de tierra mojada y olor a humedad del cuarto del fondo. Camina, pensé. Ahora vas a sudar. Y me eché a andar por la Jamaica hacia la estación London Bridge. Es un tramo largo, pero no me importó. Nada. Yo iba concentrado, olisqueando el aire como un perro sabueso. Ahora que lo pienso, más me parecía al animal ése con el que sueño a veces, esa fiera de pesadilla que atraviesa calles para llegar hasta tu tumba y comienza a cavar hasta dar con las maderas de tu ataúd. Debí darme cuenta de que iba a llover. No levanté la vista, ni siquiera cuando decidí apurar el paso. Lo oía tras de mí, acezando en silencio, del mismo modo que lo hacía cuando terminaba conmigo, su mano tatuada en mi cuerpo, su rostro allá arriba, enrojecido, esa respiración desbocada. ¿Resoplabas así por culpa, papá? ¿Sentiste remordimientos alguna vez? Pero no hice la pregunta, ni siquiera me volví a verlo: su respiración siguiéndome era la mejor respuesta. Dentro del vagón del *underground* lo vi sentarse con dificultad. Quise buscar sus ojos, rescatar en ese azul deslavado algo del brillo feroz que tanto temí. No cruzamos una sola palabra. Se hundió en el vaivén del tren, incluso lo vi acomodarse contra el muro y

cerrar los ojos unos momentos, tal vez dispuesto a
dormir un poco para ahorrase el trayecto. Fue entonces que avancé hacia la puerta, en la siguiente
estación, y bajé al andén. No lo iba a dejar en paz.
Lo escuché resoplar a mis espaldas, agitado por el
inesperado esfuerzo de ponerse de pie y seguirme
los pasos. Estábamos en Blackfriars. Un poderoso
olor a subsuelo, a aire mil veces respirado, me hizo
cubrirme la nariz y la boca. Me eché a andar por el
largo corredor, buscando ahora la District Line para
llegar hasta West Brompton. Qué estaba haciendo.
Es un viejo. Un viejo que ni siquiera tenía voz para
reclamarme lo que le estaba haciendo. Yo tampoco
tuve voz: el miedo siempre me la esfumaba. Nunca
he sido capaz de contradecirlo, ni de negarme. Ni
siquiera la primera vez que lo vi con la correa de
su cinturón en la mano, la hebilla vuelta hacia mí,
tan acerada y peligrosa como el relámpago de sus
ojos. Aquella vez no dije nada. Sólo atravesé el patio,
llegué hasta la casita de madera, abrí la puerta y le
ofrecí mi cuerpo para que una vez más se vengara
del destino por haberle hecho nacer un engendro
como yo. El ruido dentro del andén era ensordece-
dor: chirridos de ruedas metálicas contra los rieles,
el incesante griterío de los pasajeros, el retumbar de
los pies sobre las baldosas. Mi padre parecía enco-
gerse. Por un segundo pensé que se dejaría caer a mis
pies. Y lo siguiente sería un que te pares, maricón,
que lo primero que haces es tirarte al suelo, como
las cucarachas, como los ratones. Su voz me llega

desde el fondo del recuerdo junto a la imagen de sus zapatos a la altura de mis ojos… ¿O son sus ojos los que me miran así, ahora aterrados? *Mind the gap*, nos recuerda a todos una voz que no pierde nunca el entusiasmo. Pero ya no pretendo cuidarme de nada, ni de aquellos laberintos con olor a orines por donde vamos circulando, ni de la sombra enorme de mi padre que me persigue desde Chile.

Cuando salimos en West Brompton no escuché los truenos sobre nuestras cabezas. Supongo que él sí, porque se detuvo unos instantes, apoyado del pasamanos, y levantó con dificultad la vista. El cielo gris, tan cerca de la copa de los árboles, tiene que haber rebotado contra sus pupilas de viejo cansado. Yo no me detuve y me eché a andar hacia el cementerio. Estoy seguro que mi padre pensó que había sido una buena idea ir hasta allá cuando atravesamos el enorme portal y el parque se le vino encima. Es un lugar hermoso, creo que te lo he dicho en varias ocasiones. Apenas uno termina de entrar, el mundo entero queda en suspensión: el ruido del tráfico se apaga, las campanadas de las iglesias son reemplazadas por el piar de los pájaros, el viento es lo único que habla contra las hojas de los árboles. Mi padre debe haber aspirado profundo, como yo. Sus pulmones se habrán llenado con ese aire verde que emana de la tierra siempre fresca de tu cementerio. Su mente habrá retrocedido hacia el pasado. Respira, papá. Toca el pasto. Hunde tus dedos y recuerda cuánto te gustaba tu jardín, cómo gozabas al pasarte horas enteras alimentando raíces, espulgando matorrales, presenciando el lento desarrollo de lo que llamabas tu reino. Y acuérdate que ahí, en medio de todo, estaba yo: tu hijo, siempre herido, siempre imperfecto. ¿No te doy lástima? ¿No quisieras convertirte en polvo en paz? ¿No te gustaría que jugáramos a que estamos en Chile, que yo tengo quince años otra vez y que tú eres aquel tronco enorme que daba la sombra más larga del patio entero? Te estoy dando la oportunidad de empezar de nuevo. Mírame. Esto se parece tanto a lo que fueron tus dominios, esos donde yo era la víctima. Quise decirle tantas cosas, Tom. Él miraba en silencio, viéndome arrodillado junto a tu lápida, dedicado a pasar mi dedo sobre las letras que formaban tu nombre y tu fecha de muerto. Mi padre alzaba la vista hasta la cúpula de la capilla que divide en dos el cementerio, desviándola hacia la sucesión de cruces y lápidas que adornan el pasto. Era cosa de tiempo, Tom. Había que esperar un poco más para que aquella naturaleza se le metiera por los poros y le ablandara el corazón. Necesitaba fuerzas para hacer crecer el odio. Quería despreciarlo más que nunca. No iba a permitir que su vejez me echara a perder ese momento donde por primera vez, por única vez, soñé que podía ganarle una batalla. Perdón, hijo. Sólo eso. Ver dibujarse la palabra perdón en el filo de sus labios siempre mudos. Perdón. Era todo lo que pedía, escuchar un perdón. Pero las cosas no sucedieron así. De pronto comenzó a soplar el viento, ese mismo que antes ronroneaba atrapado entre las copas de los árboles. Una lluvia de hojas secas nos envolvió a todos, un telón que durante unos minutos interrumpió la calma del lugar. Yo veía a mi padre aparecer y desaparecer, oculto por fracciones de segundos tras el resplandor dorado que se nos vino encima. Era el momento perfecto. El escenario más hermoso de todos. Hubiera deseado tanto que Ella hiciera su entrada, emergiera de la tierra oscura, dispuesta a darle vida a una nueva escena, una de esas que ya conozco tan bien. ¿A quién habría elegido como su compañero de actuación? ¿A mi padre? ¿A mí? Era eso lo que pensaba mientras veía a Brompton entero esfumarse tragado por el enjambre de hojas, una nevada amarillenta que convirtió en oro puro lo que antes era sólo un cementerio de ciudad. Iba a aplaudir ese instante perfecto y me miré las manos, Tom: son dos manos de hombre grande, manos gordas, de piel apretada y brillosa, como un guante que queda un poco estrecho y que se calzó a la fuerza. Manos de nudillos rojos y siempre en tensión, uñas cuadradas. No son las suyas: son las mías. Entonces una náusea me sacude el cuerpo, porque aunque no lo quiera descubro que mi sombra ahora es la más larga en este jardín de otoño, corre desde mis pies hasta chocar contra el muro de piedra allá a lo lejos. Y él está empequeñecido, protegiéndose como puede de la lluvia que ha comenzado a mojar Londres. En cualquier momento mi padre va a caer al suelo, acunado por ese colchón de hojas que hará más suave su desplome. Ponte de pie. Que te pares, maricón, que lo primero que haces es tirarte al suelo, como las cucarachas, como los ratones, y yo tengo sus manos aunque no quiera. Te las devuelvo, papá. No quiero estos diez dedos de herencia, quítamelos ahora, estas manos tuyas sólo sirven para herir, dónde está la muerte para que intervenga y ponga fin a esta comedia de enredos en que se convirtió mi vida. Arriba el telón, es tiempo de comenzar la función. Y la lluvia siguió mojando y nos empapó por completo, Tom. Mi padre buscaba refugio donde no lo había, la ropa pegada al cuerpo, espantado de esta naturaleza inclemente, y yo sólo tenía ojos para mirarme las manos recién descubiertas. Tú no lo sabes, papá, porque no tienes cómo adivinarlo. Nunca más hablamos. Después de esa tarde en la que me subiste a tu auto y me llevaste a esa casa oscura, con olor a incienso barato y llena de mujeres tan viejas y húmedas como las paredes de los dormitorios, nunca más volviste a verme. Sólo tuve contacto con mi mamá un par de veces, las justas para que no siguiera rezando por mí creyéndome muerto en las aguas del río Mapocho. Fue en ese momento cuando supe lo de la beca a Londres, para estudiar arte dramático. Bastante sabía ya de dramas, así es que me inscribí. Y la gané, papá. Fui seleccionado de entre mucha gente. No celebré la noticia porque no tenía con quién. Me concentré en ese viaje que, estaba seguro, me cambiaría la vida. Y así fue. Llegué a Londres casi sin dinero, hablando apenas el idioma, con ropa de verano cuando aquí el invierno reinaba en las esquinas. Pero nada era peor que tu recuerdo, o que la huella de tu mano de hierro en mi cuerpo. Salud, papá. ¿Quieres brindar conmigo? Voy a seguir bebiendo, sí, porque es el único modo que tengo de soltar la lengua, de hablarte y mirarte a los ojos al mismo tiempo. No, no te quejes. Claro que no puedes levantarte de esa silla. ¿Te molestan las amarras? Qué pena. Pero no voy a aflojar los nudos. Sí, ese es el problema de tener las muñecas atadas. La piel se enrojece, sobre todo tu piel de hombre viejo, de piltrafa. Ahora el grande soy yo. El poderoso soy yo. El que hace daño soy yo. Ojo por ojo y todos quedaremos ciegos, dijo alguien por ahí. Un pacifista, seguro, un imbécil que probablemente nunca debió sufrir en carne propia la desventaja de un cuerpo más grande aplastando su cuerpo más pequeño. Y para tu desgracia, no me importa perder los dos ojos, papá. No me importa perder la vida, convertirme en polvo para regresar al polvo, polvo de muerto que abonará plantas y árboles, esos que siempre quisiste más que a mí. Brindo por eso. ¿Qué te estaba diciendo…? Londres. Mi llegada a esta isla. El primer año casi no lo recuerdo, si te soy honesto. Puse todas mis energías en aprender aquello que no sabía. Encontré una pensión inmunda, pero barata. Dormí meses en un sillón estrecho, roto, con un resorte que se me incrustaba en la cintura. Me abrigaba al caer la noche porque el lugar no tenía calefacción. ¿Quieres que te diga la verdad? Nunca me importó. Estaba lejos, fuera del alcance de tu sombra. Aquí el sol me daba de frente, la tierra olía tan bien como en tu patio, pero yo no tenía sangre en la boca. Era libre. No, no te voy a dar agua. Lo siento. Quiero que te seques, poco a poco. Que tus colores verdes se pongan amarillos, para que luego se resquebrajen tu piel y tus nervaduras, hasta que el sólo roce de mi mano convierta en astillas lo que antes fue un tronco saludable. Voy a abrir otra botella. Aunque el vino me haga verte cada vez más lejos. Aunque casi no oiga tus quejidos. Se siente bien así, en este espacio oscilante al que caigo cuando me emborracho. Y hoy me siento poderoso. Tú no lo sabes, pero yo sueño a veces que me convierto en animal. Uno que tiene garras, hocico, una nariz poderosa que olfatea a kilómetros de distancia. Puedo hacerte mucho daño con mis propias manos. Bastaría un manotazo para que mis uñas te abrieran la carne, un mordisco de mis mandíbulas para que perdieras un brazo o la pierna entera. Me reiría tanto. ¿Me tienes miedo? No te quejes, no voy a tener piedad. ¿Dónde iba?… ¿Qué te estaba diciendo? ¿Te hablé ya de Tom? Thomas C. Parker, la persona que más he amado en mi vida. Apareció de pronto, sin aviso, sin siquiera llamar mi atención, como suelen aparecer los grandes amores, esos que no se olvidan nunca. Fue la primera vez que una mano me arrancó quejidos de placer. Sus dedos no me hirieron nunca. Al contrario: curaron muchas cicatrices. Cállate. Ahora vas a escuchar. Vas a prestar atención a todas las palabras de tu hijo maricón, ese que se enamoró como un idiota de otro hombre y

JOSÉ IGNACIO VALENZUELA

que creyó, por un par de años, que su maldita felicidad sería eterna y que tendría música de Caetano Veloso todas las noches. ¡Que te calles, te digo! ¡Mira lo que provocas! ¡No voy a dejar de golpearte hasta que te calles! ¿Quieres que me quite el cinturón? Ven aquí, ven aquí, te digo, viejo de mierda, ven aquí y no me hagas enojar. Si pudieras caminar te pediría que cierres la puerta. ¿Te das cuenta que eres tú el que me obliga a ponerme así, el que no me obedece? Tú, el que me convierte en asesino cada vez que me miras o que me hablas. No me mires. ¡Que no me mires, carajo! Me pones la mano caliente, y no te quejes, te voy a enseñar a ser un buen padre aunque me cueste la vida. Mírame. Que me mires, viejo, que lo primero que haces es desviar la vista al suelo, como las cucarachas, como los ratones. ¿Y sabes qué voy a hacer cuando me encuentre con un ratón en este departamento? Lo voy a matar. Con mi mano. No como tú, que los aplastas con una pala. Yo no. Yo me le acercaré despacio, para que no se asuste. Así, como me estoy acercando a ti. Pasito a paso. Luego levantaré mi mano por encima del hombro. ¿Ves? Así como estoy haciendo ahora. Y cuando lo tenga ahí, cerca de mis pies, lo reventaré de un solo golpe. Sus huesos sonarán iguales a los tuyos, ¿oyes?, como si fueran una hoja seca que uno pisa sin querer allá afuera en el pasto. Mírame la mano, sucia, manchada de ti. Eso eres: una mancha. ¿Hace cuánto que te convertiste en un ratón? ¡Aprende a hablar, viejo de mierda! ¡No, no me digas que te duele, porque no es cierto...! ¡La sangre no duele, lo que duele es la venganza que tú me haces desear con cada poro de mi cuerpo! ¡Mi propio padre! ¿Me tienes miedo, papá? ¿A mí, a un pobre fantasma borracho que ni siquiera es capaz de dirigirte la palabra? ¿A mí, al cobarde que sólo puede imaginar que habla y hace lo que ha soñado hacer y decir por años pero ni siquiera es capaz de contradecirte? Sólo me atrevo a mirarte desde lejos mientras tú maldices porque se puso a llover, porque estás mojado, porque quieres regresarte a la casa, porque los zapatos se te llenaron de barro, porque yo sólo te miro con cara de estar pensando en tonteras, en amarrarte a una silla, en reventarte los huesos como a una nuez, y no abro la boca, no puedo, los ratones esos que tú perseguías con la pala en alto me comieron la lengua. ¿Cómo puedo pensar en perdonarte si a la menor provocación yo te haría lo mismo? Vamos, papá, déjame llevarte a la casa. Vamos a jugar por un par de horas más a que somos seres humanos y no animales. Porque en eso nos convertimos: dos perros con el hocico espumoso de rabia buscando el mejor momento para darnos dentelladas.

* * *

5:52 a.m.

Aún no me atrevo a mirar mis manos. Si sólo pudiera esconderlas, quitármelas como un guante, doblarlas, meterlas al fondo del cajón de mis calcetines y abandonarlas ahí, igual que se abandona un arma luego de un asesinato: en el lugar más improbable de todos. Pero no. Siguen inamovibles al final de mis brazos, recordándome con cada dedo lo que hice. Son diez memorias, todas señalando el mismo hecho: lo que sucedió hace un par de horas en este departamento. En el baño, para ser más exactos.

La madrugada empieza a pegarse a los cristales de las ventanas. No quiero que llegue la luz. La noche muchas veces ayuda a esconder lo que uno quiere olvidar, lo que se barre bajo la alfombra, lo que uno a veces hubiera deseado no hacer nunca. Tuve miedo, Tom. Miedo de acercarme otra vez al pozo de la desgracia. Por eso estoy aquí escribiéndote, lejos de él, hecho un nudo en el sofá de la entrada, viendo cómo la sombra del lápiz sobre el papel se estira y estira con la llegada del sol. Cuando llegamos ayer del cementerio, los dos veníamos estilando de pies a cabeza. Ya en el *underground* mi padre empezó a toser, un quejido hondo que le salía del hueco más oscuro del estómago. Cuando entramos al departamento, su condición empeoró por el cambio de temperatura. Extrañé tanto el silencio de antes, Tom. Lo prefería a este nuevo estado de presencia absoluta de mi padre, un eco que funcionaba al revés: no se iba extinguiendo, al contrario, su intensidad aumentaba con el correr de las horas. Se encerró en su cuarto. Yo podía seguir con toda claridad el ritmo descompuesto de su respiración, los débiles quejidos que se colaban por los resquicios de la madera, incluso los manoteos de desesperación cuando el aire se le iba de los pulmones. Me quedé en la sala, en el mismo sofá donde te escribo ahora. No me permití moverme, ni un centímetro, ni siquiera cuando se escuchó un ruido extraño en el cuarto, como si hubiera derribado la lámpara de la mesita. Era un hombre grande, que resolviera solo sus problemas. Suficiente tenía yo con alojarlo bajo el mismo techo. Las gracias debía darme de que tuviera la delicadeza de alimentarlo, de ofrecerle comida, o desayuno, que le hubiera facilitado un colchón con sábanas limpias. Yo dormí en un sillón por casi un año cuando llegué a este país, tú lo sabes, Tom, te conté tantas veces la historia. Y él… él viajó con un boleto que no pagó, llegó a una casa a la que no fue invitado, desordenó una vida que no le pertenece. Que solucionara solo su tos de mierda, o ese pitido desafinado que vino a reemplazar a su respiración. Pero no se calló, Tom. En toda la tarde. Su presencia invadió hasta la última esquina, y yo sabía con precisión cuándo inhalaba y cuándo exhalaba, y otra vez, con más dificultad eso sí, más hondo, una superficie de agua hirviendo, de burbujas reventando, su pecho convertido ahora en un pozo de ebullición, Alejandro, Alejandro, juraría que me llamó, pero no, él no me nombra, ya me olvidé cómo suenan esas cuatro sílabas pronunciadas por su boca, Alejandro, ahora estoy casi seguro que sí, que lo dijo, que su llamado se filtró bajo la puerta cerrada y vino a mi encuentro, medio oculto en las toses que rebotan contra las ventanas, y me pongo de pie, me asomo por el pasillo esperando oír con claridad, pero no, sólo escucho su asma, el serrucho fino de sus bronquios filtrando un delgado hilo de aire, y me vuelvo a la sala, Alejandro, esta vez mi nombre me golpea la espalda, Alejandro, Alejandro, ¿papá, eres tú?, ¿qué pasa…?, pero nadie me contesta, hasta el Alejandro recién pronunciado se ha quedado mudo, el silencio de golpe, un bombazo que evapora hasta el último sonido, ese silencio que se parece al miedo porque están hechos de la misma materia: incertidumbre pura. Y su puerta sigue cerrada pero no me atrevo a abrirla. Tampoco me atrevía a abrir la puerta de la casita del fondo del patio, sobre todo cuando él venía tras de mí, su mano temblando, conteniendo apenas su propia furia, pero tenía que abrirla porque si no el castigo era peor, y ahora estoy aquí, de pie en nuestro pasillo, tú no estás, Tom, te fuiste muy hondo, allá abajo, desde donde no puedes protegerme, y yo otra vez estoy solo frente a él, y golpeo, dos, tres veces, ¿papá?, ¿estás bien?, él debería preguntarme a mí si estoy bien, si pude solucionar todos los problemas que él sembró en mi vida, una selva de inseguridades, un bosque de temores, una plantación entera de complejos que me han acompañado cada día de mi vida. ¿Papá? Y mi mano que se parece a la de él empuña la manilla mientras la otra golpea una vez más, rogando que su voz, esa que tanto odio, me conteste desde adentro que todo está bien, que lo deje en paz, que sólo necesita descansar después de la caminata al cementerio. Pero no. Papá, voy a entrar, y entonces abro, y efectivamente lo primero que veo es la lámpara de la mesita en el suelo, los vidrios de la pantalla sobre la alfombra. Su mano yace a un costado, inmóvil, y son sus pecas de viejo las que me dan la voz de alerta, me brincan a la cara para decirme a gritos que esto es una emergencia, que tengo que reaccionar pronto o algo muy grave va a suceder. Me lanzo sobre él, busco su rostro hundido en el suelo, no, todavía no, era yo el que debía provocar tu caída, papá, no la lluvia ni esa tos que no estaban en los planes, mis manos aún no han hecho el trabajo sucio, y sus labios están tan oscuros como estaban los tuyos, Tom, azules por la falta de aire, piensa bien, me digo, piensa bien, pero no puedo. Le tengo miedo a la muerte: un miedo seco, frío, que nada tiene que ver con gritos o llantos de histeria. Miedo mudo, que no se puede esconder porque la piel entera es puro grito. Miedo que me hunde en un pozo solitario, de silencio que enloquece. Miedo que paraliza, que se dispara de golpe y no me deja espacio a la esperanza, que borra de un plumazo años de preparación para situaciones de emergencia, que ataca sin piedad el memorial de oraciones a las que intento echar mano sin éxito alguno. Entonces decido actuar. Lo tomo por debajo de los brazos, preparándome para arrastrar su cuerpo enorme y pesado hasta el baño. Para mi sorpresa es mucho, muchísimo más liviano de lo que imaginé. Así mismo debo haber sido yo: una carga fácil de levantar, de empujar, someter; un frágil cuerpo que se podía partir con sólo un apretón de manos.

Lo llevo hasta el baño, las baldosas blancas y negras lo reciben en silencio, heladas de sorpresa. Está cada vez más azul. Hay un par de venas que se le marcan con toda claridad, una a un costado de un ojo, que le atraviesa la sien y se le mete cabeza adentro. Otra vena le cruza el cuello, desesperada por la falta de oxígeno, la sangre apretada y a punto de reventar. Y comienza a temblar, no sé por qué, de frío supongo, culpa de la lluvia, de la caminata a la que lo sometí, de las horas que perdimos en el cementerio, y corro a subir la calefacción, al máximo, escucho los chorros de agua hirviente desbocarse por las cañerías y serpentear por los radiadores. El departamento entero se convierte en un horno que resopla vapor, que humedece el pelo y empaña las ventanas. Y vuelvo al baño, descorro la cortina plástica y empiezo a llenar la bañera. Tengo que detener sus espasmos, abrir su garganta como sea para que el aire le llene otra vez los pulmones, tengo miedo de la muerte, Tom, no quiero que haga su entrada una vez más, y entonces ruego para que el telón se quede abajo, aquí, a ras de suelo. Y mientras el nivel de agua sube y sube dentro de la tina, yo empiezo a desabotonarle la camisa. Mis manos se afanan en sus botones. Una gota de sudor me corre por el cuello, el calor es insoportable, siento las maderas crujir como si fueran a partirse en dos, levántate del suelo, papá, ponte de pie, carajo, ayúdame con esto, y entonces la piel de su pecho queda al descubierto y yo no puedo evitar un estremecimiento: por un instante recuerdo mi sueño de animal salvaje, cavando como un topo hambriento hasta hundirme en tu sepultura, y cuando doy con la tapa dura de tu ataúd lo reduzco a astillas para enfrentarme a tu cuerpo de cadáver. Tu cuerpo idéntico al de mi padre: piel opaca como un papel que ha estado demasiado tiempo guardado en la caja de los recuerdos, huesos dibujados con precisión, cubiertos apenas por esa tela amarilla que también se le ha llenado de manchas y pecas, un rosario de venas azules que trazan un mapa de años y decadencia. Tenía un cuerpo en estado de descomposición en el suelo del baño, Tom. Su olor ácido de hombre anciano me abofeteó la nariz y me apuré a quitarle el resto de la ropa. Seguía convulsionando. La visión de sus piernas lampiñas, de rodillas angulosas que sonaban contra las baldosas del suelo me llenó el pecho de algo parecido a la angustia. Maldito, le dije, yo te tendría que odiar. Para eso me educaste. Para desearte la muerte, no para estar peleándole como un ahogado que bracea en medio del mar en busca de un islote al cual asirse. Levantarlo fue tan fácil. Ponte de pie. Que te pares, maricón, que lo primero que haces es tirarte al suelo, como las cucarachas, como los ratones. Fue inevitable pensarlo. Volverme a ver entre sus brazos, lánguido y ya sin fuerzas de tanto llorar y aguantar el dolor con la boca apretada, tratando de concentrarme en el aroma mágico del patio y no en la herida abierta a la altura de mi ceja. Su cuerpo se estremeció con el contacto del agua. Su piel adquirió la luz de un espectro de neón en contraste con el fondo esmaltado de la tina. Mi padre se hundía despacio, los ojos desbordados de sus cuencas, la vena en el cuello gruesa igual que un cordón púrpura, sus diez dedos aferrados a mis brazos que lo sostenían en vilo en mitad de ese mar hirviendo, tan grande para su cuerpo tan pequeño y echado a perder.

—Relájate, papá —me oí decir.

Y lo hizo, Tom. Sentí claramente cómo sus diez yemas abandonaron la presión en mi antebrazo, demostrándome que le correspondía a mis manos hacer el resto del trabajo. Un niño viejo, un recién nacido senil, un cuerpo desnudo, hediondo a exceso de años, cianótico, débil, era el momento perfecto. El instante probable, ese segundo por el que rogué años completos, la situación con la que soñaba cada noche en aquel sillón, el del resorte salido a la altura de mi cadera. Lo tenía en mis manos. Podía soltarlo, dejarlo hundirse, verlo aplastarse contra el fondo blanco, gozarme su boca abrirse de espanto, ver la última gran burbuja reventar en la superficie, escuchar el eco de su grito sumergido estallar ahí, frente a mis ojos de triunfo. O podría tal vez acercar mi mano a su cuello, ese pellejo tembloroso que le cuelga bajo el mentón y que se derrama entre los hombros. Apretarlo sería apenas un trámite, bastaría la más mínima presión para provocar el estertor final, sus dedos crispados bajo el agua, un par de sacudidas de sus piernas, y ya. Yo brindaría con vino traído por Cousteau. Dejaría su cuerpo ahí, naufragado en mi tina blanca, como señal de mi máximo triunfo. El momento había llegado. Me muevo hacia un costado, para escapar de sus ojos que me piden ayuda con la voz azul de sus dos pupilas aterradas. Su espalda es tan lastimosa como el resto de su cuerpo: se ven con claridad las puntas afiladas de sus vértebras. Sin que me viera levanté el brazo, el puño en tensión, arriba, lo más arriba que pude. ¿Y sabes qué hago yo con los ratones cuando encuentro uno en esta pieza? Los mato. Su voz resuena desde el pasado. Y agarro con fuerza la pala, la levanto por encima de mi hombro. Cállate, papá. Ya basta. Ven aquí. ¿Hace cuánto que te convertiste en un ratón?, me sigue diciendo desde allá atrás, a mis quince años. ¿Me tienes miedo? El silbido agónico que se le escapa por los labios se hace cada vez más débil, más lejano, ni siquiera alcanza a arrugar la superficie del agua. Y mi brazo sigue arriba. Abro la mano y separo los cinco dedos, una estrella de carne y hueso que va a caer sobre esa isla que es mi padre allá abajo. Te llegó la hora. Es mi turno. Cierro los ojos. Pienso en ti, Tom. En lo injusto de tu partida. En Brompton. Respiro hondo. El cuerpo me arde por culpa de la calefacción que me sopla encima un aire caliente. Y mi mano sigue arriba: un pararrayos que se va a desplomar. Adiós, papá. Y comienza a bajar. Ahí va. Directo a su destino. La estrella fugaz de cinco puntas. Le rozo el pelo, el nacimiento del cuello, llego hasta el comienzo de la espalda, mi piel siente la delgadez de aquella otra piel y mi pecho se llena otra vez de aquello que se asemeja tanto, tanto, a la lástima y no puedo evitarlo: mi mano, la misma que se parece a la de él, la que tiene los nudillos rojos, las uñas cuadradas, esa mano que es mía pero que es su herencia, se queda con ternura sobre su hombro delgado y por más que lo intento no puedo evitar que le dé un par de palmadas cariñosas, dos, tres, es un contacto de ánimo, todo va a estar bien, incluso podría interpretarse como un te quiero, papá, y deseo gritar lo contrario, busco con desesperación revertir lo que estoy haciendo, pero mi mano se queda ahí, puro afecto, pura compasión, y acaricia ahora sin pudor el esqueleto que se acomoda al contorno de mi afecto, y se gesta un nuevo tosido, por fin, uno que nace bien hondo en sus pulmones, que arrastra el tapón de aire seco que bloqueaba el paso, la boca se abre, escupe fuera la flema, y el baño se llena otra vez de una segunda respiración que devuelve la vida casi perdida, mi padre se desgarra al sacar ese aire que se le había quedado dentro, y ahora inhala profundo, las venas se relajan con el oxígeno que las estimula de nuevo, los labios recuperan el color de los humanos que no están en riesgo de nada, todo por el poder de esa mano que sigue apoyando el triunfo de la vida con sólo su contacto de palmaditas cariñosas. Mi padre gira la cabeza, sus ojos me ofrecen un agradecimiento que me da vergüenza, que no sé cómo recibir y menos corresponder. Retrocedo. El sudor me corre por la espalda, me pega la camisa al cuerpo, el espejo del baño llora humedad y gotea sobre el lavamanos. Mi padre sólo me mira. No. Me equivoco. Va a decirme algo. Probablemente algo que no quiero oír. Pero no tengo para dónde arrancar. Estoy atrapado por sus ojos y por ese par de labios que se están abriendo, incubando una frase tan mortal como inesperada:

—Háblame de tu vida —balbucea.

La sombra del lápiz se ha caído de esta página, para seguir su camino ahora por el suelo. El sol ha entrado definitivamente al departamento, luego de la noche más larga de mi existencia. Perdón. Sé que estoy interrumpiendo el relato, pero es necesario. Ha llegado la luz, qué bien. Ya no llueve, qué bien. Hay un lindo día allá afuera, qué bien. Necesito tomar aire, afinar el oído: sí, mi padre duerme plácido en su cuarto. Soy yo el que sigue temblando. Ponte en mi lugar, Tom. Él afirmado del borde de la bañera, un náufrago resucitado que pide que le hable de mi vida. Y no contento con eso, agrega:

—¿Quién es Thomas, el que fuimos a ver al cementerio?

El sudor se me heló en el cuerpo. Quise desviar los ojos, voltearlos hacia la pared, hacia el espejo que sólo sabía chorrear humedad y derretirse así hasta las baldosas. Pero no pude. Un destello azul iluminando su cara de hombre viejo, de padre que ha vivido en la duda. No me quitó sus pupilas de encima. La misma mirada de ave de presa, pero esta vez mansa y protectora. Un ave que por fin tocó tierra, se posó con dulzura en mi antebrazo, demostrándome que su época de rapiña era cosa del pasado. ¿Lo era? Mi silencio duró un poco más. Lo justo para que fuera evidente que no tenía una respuesta. Pero entonces, Tom, hice otro hecho que marcó un nuevo desvío en aquella noche tan larga. El primer cambio en el camino fue acariciarlo, darle ánimos para ayudarlo en ese tránsito de muerte a vida que libró metido en mi tina de baño. Y el segundo fue que sin decirle nada me puse de pie, salí hacia la sala, tomé esta libreta donde empecé a escribirte hace un par de semanas y me senté a su lado. Me recibió de regreso ese azul que ahora incluso parecía sonreír. Juraría que los dos pudimos oler un profundo aroma a tierra mojada, a verde chileno, ese que vibra convertido en rocío cada mañana, o por la tarde, después de una ronda de manguera que aplaca el incendio de las cuatro. Mi padre se acomodó en el agua, cubriéndose de la sábana líquida que tan bien le hacía a su cuerpo, y me miró otra vez con ese par de ojos que no reconocí: los suyos, supongo. Los de siempre, tal vez. Los que se escondían detrás de su mano, o de sus labios apretados de rabia. Yo empecé a temblar, y todavía no he podido dejar de hacerlo. La vegetación del baño nos protegió lo que quedaba de noche, cubiertos por la enorme sombra de los árboles que delimitan el patio, allá al fondo, cerca de la casita de madera. Con la mejor voz que puedo conseguir, con la calma más inventada que me permite el momento, dejo entonces que esta nueva escena se eche a correr en el escenario vegetal de nuestro departamento. Y empiezo a leerle, la vista fija en las letras de este cuaderno, esperando el milagro: "El sol en Londres nunca cae en forma vertical. Siempre pega de lado, a ras de suelo, alargando las sombras hasta el borde mismo del horizonte…"

LA ABUELA, EL NIETO Y LA COMIDA DE LOS PECES

Mira, mi santo, así es que va esto, escucha: muchos años antes, treinta años antes, le decían La Diabla porque tenía fuego en la mirada. Claro, lo sigue teniendo hasta el día de hoy, eso no se pierde ni se evapora con el paso de las décadas y el que se le acerca termina por comprobarlo. Fuego puro en las caderas de azúcar oscura, fuego puro en ese par de pechos con olor a miel y jabón en polvo Jean Naté, fuego puro en esa lengua que dispara insultos, piropos y una que otra frase célebre, casi siempre robada a la sabiduría popular o a la letra de algún viejo bolero. Por eso cuando su nieto, el único nieto que tiene, ese nieto que ella vela como a su vida misma, le anunció que se había enamorado de una mujer llamada Yamile Ortiz Ramírez, que era cajera del Banco Popular y que tenía seis años más que él, ella dejó el rolo sobre el tocador de su cuarto —sin importarle que el pelo alisado con químicos le cayera tieso sobre el ojo— porque no era tiempo de bellezas personales ni egoísmos familiares, le bajó el volumen a la radio vieja y destartalada de la que no se separa ni a sol ni a sombra, el cuarto de Tula le cogió candela, se quedó dormida y no apagó la vela, y sentenció sin mirar a Lamec que se retorcía las manos en espera de un buen consejo un ay, nene, más jala un pelo de crica que una yunta de bueyes, ten cuidado, y mira que te lo digo yo que sé de eso. Y Lamec se ofendió, abuela, ¿tú no puedes decir cosas que dirían las otras abuelas?, pero no, abuela Caruca no dice las mismas cosas que las otras viejas, porque ella no se parece a nadie, no le cuenta ni al confesor de la iglesia su edad, pero a la menor provocación se instala en algún balcón, propio o ajeno, eso da lo mismo, se acomoda el escote para que no se le abochorne con el calor de la tarde, y deja escapar la misma rutina de recuerdos que todos en la calle ya conocen pero que nadie nunca se ha atrevido a interrumpir. Porque dicen que La Diabla puede quemar con la mirada, los ojos se le ponen como dos brasas incandescentes, piedrecitas rojas que son capaces de incendiar a sus enemigos. Y ella se emociona de sus propias palabras cuando rememora su época de cantante, esos años locos en los que Caruca se metía dentro de vestidos tan ajustados como fundas de almohadas, cosidos sobre las caderas para afinarle aún más esa cintura de reloj de arena que tan buenos dividendos le dio, el pecho como un espejo de lentejuelas multicolores, porque Caruca no le tenía miedo a combinar rojos con azules, verdes con amarillos, un arcoíris de música sobre los escenarios de los mejores hoteles de la ciudad. Todo el mundo en la calle sabe que eso de los mejores hoteles de la ciudad es exageración pura, porque La Diabla nunca se subió a ningún escenario prestigioso, sólo algunas barritas de mala muerte, y cantó para borrachos, mira, cállate la boca y echa esa teta pa'cá, pero ella jamás dejó que ese ambiente erróneo en el cual había nacido se le convirtiera en desilusión o le traicionara las ganas de comerse el mundo. Caruca hizo lo que mejor sabía hacer, cantar a voz en cuello, a grito limpio si era necesario, todo por hacerse escuchar por encima de las voces de macharrán que siempre conformaban su público. No, abuela Caruca no se parece a nadie, por eso Lamec siempre duda mucho en desobedecerla, como el día en que conoció a Yamile cuando ella llegó al taller mecánico con la guagua tosiendo humo negro, ese que delata una quemazón brutal de aceite, y a él no le importó tragarse el humo entero con tal de no moverse de su sitio y seguir mirándola porque era lo mejor que había mirado en el último tiempo. Y Yamile, claro, se dejó mirar bien mirada, pero si no tiene un pelo de tonta, eso agrega Caruca, teatro, lo tuyo es puro teatro, falsedad bien ensayada, estudiado simulacro, acuérdate de lo que te estoy diciendo, caballo malo se vende lejos, coge oreja, sentencia ella aún sin terminar de ponerse el rolo en la cabeza, y dice algo más que suena a un: los hombres siempre caen, siempre caen; pero Lamec ya no escucha porque prefiere dedicarse a recordar ese día, el primero de todos, juntitos los dos bajo del horno de las latas del taller mecánico, pleno julio, con el calor convertido en otro cuerpo que se les trepa encima para hundirles los tobillos en el pavimento derretido como una fresa en chocolate caliente. Yamile llegó a bordo de esa guagua que escupía humo negro y gritaba algo así como: coño, se quema, ayúdenme; y se bajó del auto dando un brinquito y con una falda tan corta, y Lamec se quedó inmóvil cuando alcanzó a divisar el par de muslos de madera barnizada, sudaditos por culpa de las tres de la tarde de ese fin de mundo que estaban viviendo, y ni siquiera hizo el intento de correrse hacia un lado cuando la fumarola tóxica lo envolvió de pies a cabeza y por poco lo mata ahí mismo. Quién es tu bizcochito, saoco, papi, saoco, rugía la radio que Yamile no pensó en apagar o bajarle el volumen cuando saltó fuera pensando que todo se incendiaba irremediablemente. De seguro es hija de Eleguá, sigue hablando sola abuela Caruca, que se ha levantado y busca alguna bata que ponerse y espantar el calor que se cuela por cada una de las rendijas de esa casa tan vieja como ella. Y una que es hija de Changó, papito, se da cuenta rapidito de esas cosas, mucho ji ji ji, je je je, y no llegan a na', y a la hora de la verdad cogen la juyilanga, acuérdate lo que te digo, se pierden como alma que lleva el diablo. Lamec la tuvo la tarde entera por ahí, al alcance de sus ojos en celo, porque Yamile decidió quedarse en el taller mientras le metían mano al motor del auto que llegó conduciendo. Iba de aquí para allá, buscando un poco de sombra o alguna corriente de aire que viniera a refrescar el tufo ardiente de ese verano asesino, y la faldita cubría y descubría hasta el borde mismo de la nalga que no era tan difícil de imaginar, una curva de precipicio sin fondo, cómo sería desbarrancarse por ahí, a cuero limpio, mojado en sudor, pero de ese sudor que brota desde adentro del cuerpo incluso cuando no hay calor, ese sudor que a Lamec lo asalta metido en su cama, cuando en las noches siguientes se dedicó a pensar en Yamile y de golpe el cuerpo entero le ardía de sólo vislumbrar esa faldita de tela roja, roja como la bata que Caruca por fin descuelga y se echa encima, una bandera roja que flamea soplada por el abanico del techo y cubre sus carnes apretadas que no se mueven de su sitio. Lamec pensó la tarde entera cómo invitarla al cine, a caminar, a tomarse una cerveza fría, lo que fuera, la seguiría dónde ella quisiera con tal de no dejarla ir. Pero es un muchacho tímido, eso es bueno saberlo, porque todos los males de Lamec tienen el mismo origen: no sabe decir que no, aunque tampoco sabe proponer un sí. Y Yamile pedía un vasito de agua, ay, sorry por molestarte, no, no es molestia, no te preocupes, le contestaba él que ya sabemos que no sabe negarse a nada, y corría a buscar el único vaso limpio de ese taller inmundo para ofrecérselo a ella igual que se regala un anillo de matrimonio. Problemas de carburador y del paso de aceite, sentenció Lamec secándose la cara con la manga tiznada de su overol de trabajo. Ella le creyó, claro, después de todo la muchacha resultó bastante crédula y no era muy amiga de cuestionarse las cosas, algún defecto tenía que tener. Era necesario que el auto pasara la noche en el taller y estaría con toda seguridad listo al mediodía siguiente, y por más que Yamile reclamó, por más que sentenció que no podía regresar a su casa sin su guagua, que sus padres la iban a matar, cosa que era todo mentira pero eso no lo sabía Lamec, el muchacho fue inflexible y recalcó que la falla era de cuidado y necesitaba la supervisión de un experto que estaría ahí temprano para dar su visto bueno y examinar con ojo crítico el trabajo de Lamec. Entonces Yamile contraatacó diciendo que sin auto ella se quedaba a pie, que no se atrevía a usar el transporte público y además ya se está haciendo de noche, chico, y tú sabes, y está fuerte la cosa de andar por ahí sola para una muchacha como yo, agregó; una muchacha tan linda como tú, terminó la frase Lamec en su mente, mirándole el ombligo que le hacía guiños enmarcado entre el elástico de la falda y el borde inferior de esa camisetita ajustada, tan delgada y sugerente que más parecía una piel de algodón abrazando su otra piel. No te preocupes, yo te puedo llevar a tu casa, se ofreció el muchacho y estirando los labios, como si fuera a darle un beso, le señaló su mejor plan de conquista: una motora de escape libre, destartalada pero con los cromos bien limpios, que hervía bajo el sol, igualito a todo en ese taller de hojalata y escombros. A Yamile le brillaron los ojos, claro, a los hijos de Eleguá les gusta la acción, y no hay nada más emocionante que una moto entre las piernas, el expreso de las Américas como pista de carreras, y un buen conductor al que ir abrazada por la cintura. Yo también corrí como loca cuando era joven, y mira que en aquel tiempo se podía ir más rápido que ahora porque había menos carros que pasar y muchos menos guardias que menearles la cadera y sobornar, así es que no te sorprendas si la muchachita ésa te agarra con fuerza el cuerpo, no es por ti, papi, es la emoción del momento, nada personal. Y así mismo fue, porque desobedeciendo a abuela Caruca, que siempre le pedía que estuviera en casa a las siete en punto de la noche, Lamec cerró el taller mecánico que crujía entero con el cambio de temperatura al acabar el día, se trepó a su motora con el corazón dándole brincos entre las costillas, y por poco pierde el conocimiento cuando Yamile levantó una pierna, el muslito ahí, casi rozando sus caderas de macho tembloroso, la pierna de ella haciendo un arco en el aire, cruzando por encima del vehículo para ir a caer al otro lado, la faldita roja como un pañuelo sinvergüenza que dice adiós al viento. Qué le importaba si abuela Caruca le caía encima a pescozadas por llegar tarde, él era capaz de enfrentarse a La Diabla y a quién se le pusiera enfrente, todo por sentir los pechos de Yamile apretaditos contra su espalda, tan a la vista y sensibles gracias a esa bendita camiseta de algodón. Lamec entonces dijo algo parecido a un agárrate, baby, pero no así como suena, sino que mucho más apagado y sin la entonación de galán de película que debiera haber tenido, porque Lamec es muchacho tímido y se demora mucho, muchísimo, en entrar en confianza. Cuando aceleró la motora para tragarse la calle convertida en mercurio líquido por culpa del calor, Yamile se inclinó un poco hacia adelante, sólo lo justo para acomodar su mentón sobre el hombro izquierdo de Lamec, y dejar su boca ahí, esa boquita de *cherry* fragante, tan cerca de la oreja del muchacho que tuvo que concentrarse el doble para no incrustarse contra uno de los postes del expreso. Los hombres siempre caen, siempre caen, repite abuela Caruca, examinándose con un ojo a medio cerrar y la cabeza hidrocefálica de rolos, tu abuela está cada día más buena, Lamec, gallina vieja da buen caldo, dice ella misma de sí misma y se lanza besos que el espejo devuelve invertidos, y Lamec se ofende de nuevo porque aunque hace años que vive con abuela Caruca, los mismos años que su madre trabaja en la fábrica de costura de New Jersey, todavía no se acostumbra a escucharla hablar así, a calzón quitado como ella dice, y cuando empieza a cantar con trinos y gorjeos un: espérame en el cielo, corazón, si es que te vas primero, Lamec decide salir del cuarto e irse a pensar al patio. Porque tiene mucho en qué pensar. Yamile Ortiz Ramírez le hizo una propuesta, dinamita pura, un ofrecimiento que Lamec lleva craneando varios días, estrujándose la mente para ver los puntos a favor y los puntos en contra. Tiene miedo de negarse y perder a Yamile, aunque si es fiel a sus principios Lamec jamás dirá que no porque hasta el día de hoy nunca lo ha hecho, y claro, Yamile que tal como dijo Caruca en un arrebato de conciencia iluminada no tiene un pelo de tonta, se dio cuenta que el muchacho siempre la apoyaría en cualquier cosa que ella le propusiera. Y de ahí a inventarse el plan que se inventó, hubo un breve pasito. Y ella sabe, además, que mientras su cuerpo de mujer sea una eterna promesa, Lamec seguirá adherido a ella como una mosca al melao, babeando por un beso, rogando por una caricia, conformándose con un toque de esos dedos que tienen un poder más formidable que una bomba de neutrones. Yamile lo tiene comiendo de la palma de su mano, un canarito de casi seis pies de altura, un muchachito a medio cocinar que sueña con ser malo, con jugar en las grandes ligas del panorama juvenil de San Juan, pero que aún no madura y tiene una abuela que canta boleros y de la que comenta el barrio entero, porque esta vieja era puta, más puta que las gallinas, pobre muchachito, mira qué mala suerte que la madre no se lo llevara pa'llá fuera, así otro sería el cantar, no andaría con la cara ésa de pendejo que tiene porque hablaría todo el día en inglés y en eso se la pasaría entretenido. Y Lamec se hacía el que no escuchaba nada cuando iba por la calle, saludando a los mismos vecinos que hablaban mal de Caruca y que apenas lo veían cambiaban la cara, mira nene, cómo tú estás, mándale saludos a tu abuela, y él es tímido, pero no bruto, y alcanza a olfatear el aroma a chisme que hasta hace un segundo impregnaba el aire de esa calle demasiado poblada para producir sólo buenas noticias. Y doña Geñita, la vecina de la derecha, pants de lycra verde conteniendo apenas unos muslos de columna de catedral añosa, le hace un gesto de adiós con la mano mientras brilla como una antena de televisor por las pinzas que afirman el dubi dubi del pelo. ¿Qué hacer?, se pregunta Lamec. ¿Aceptar o no aceptar la propuesta de Yamile? Y ella, a la misma hora, sonríe triunfal sabiendo que el poder de su entrepierna jugosa le va a reportar millones, un viaje a México y una carrera como estrella internacional. Porque así son las fantasías de Yamile: desproporcionadas y fuera de toda lógica, incubadas al calor de las telenovelas que cuentan historias de protagonistas ciegas que pierden hijos como quien extravía las llaves del auto, que trabajan de sirvientas con pestañas postizas y las uñas perfectas de manicura cara y que pase lo que pase, hagan lo que hagan, se porten como se porten, siempre se quedan con el papi más papizongo de todo el elenco, y entonces Yamile cierra los ojos en cada pausa comercial, se abraza a los peluches que todavía demuestran que sigue siendo una niña aunque tenga un trabajo de cajera de banco de nueve a cinco y se pasee por la calle jugando a la mujer adulta y desenvuelta, echa a volar su imaginación y no le cuesta nada verse a sí misma trabajando en uno de esos culebrones de *gypsum board*, saludando de igual a igual al batallón rubio de las villanas, a las que siempre hacen de mamá o de mejor amiga, al galán de turno que probablemente se llevará de vez en cuando a su camarín de estrella latinoamericana para que le cumpla los deseos. Porque como de ese macho no quiere conseguir sino placer a gritos, a él si se entregará de brazos y piernas abiertas, lo dejará hundirse todito en ella, que use y abuse de ese cuerpo que cada día le cuesta más mantener en forma. Yamile necesita salir de San Juan. Y no sólo de San Juan, quiere arrancar de Puerto Rico. Está cansada de la isla, de todas las islas del mundo, ella está segura de que la vida en cualquier pedazo de tierra rodeado de agua debe ser igual de aburrida, de monótona, son siempre las mismas caras, la misma gente, los mismos lugares, la población entera que camina en círculos buscando alguna puerta que se abra sobre la frontera de un país vecino, pero no: sólo playas, más playas, y un océano tan grande que se traga el horizonte y los sueños de la gente que, como ella, piensa en grande pero vive en pequeño. Yamile quiere un continente sólido bajo sus pies, tierra firme, que no se hunda y le permita echar raíces que no se lleve un huracán de temporada. Egocentrismo puro, lo tenemos claro. Pero así es Yamile, además de ambiciosa. Y un día estaba viendo alguna de esas telenovelas que ella ve, justo un capítulo en donde la protagonista, los ojos en lágrimas, se despedía de su madrina moribunda, perdidas las dos en un pueblo remoto de la provincia, para irse a la capital con un par de billetes arrugados en el bolsillo, una maleta tan pequeña como un monedero de utilería, y una estampita de la virgencita santa de Guadalupe cosida al corazón, pos para que te cuide, mija, y para que te mantengas firme en los valores que te he inculcado con tantísimo esfuerzo, no se me muera madrina, órale, Rosita, ya casi no te veo, ¿por qué está tan oscuro...?, una de esas historias veía Yamile cuando frente a sus ojos apareció la siguiente ecuación: oficina del Banco Popular donde ella trabaja, más Lamec con su carita de niño en eterna espera y con muchas necesidades físicas que satisfacer, es igual a éxito seguro. El resultado de la suma fue una carcajada monumental de Yamile, que gritó triunfal y saboreando la victoria por anticipado, igualita a la protagonista de cabellos de oro que en ese mismo instante se subía a un autobús destartalado que anunciaba México D.F. en la parte alta de la carrocería. Lamec sabe que a abuela Caruca no le gustan los novelones de la tele, porque a ella no le vienen con cuentos y menos de ésos con final feliz. En dónde se ha visto que la vida de verdad sea así, poniéndole tanto adorno, se queja ella. Los políticos prometen, no cumplen y además se quedan con los chavos del pueblo, los hombres engañan a sus mujeres para irse con otras mujeres a las que también le van a pegar los cuernos, las madres viajan lejos y dejan abandonados a sus hijos con el primero que encuentran, los nietos que siempre fueron una chulería de pronto crecen y se ponen como los pájaros que le quieren tirar a la escopeta. En la televisión a los malos siempre los cogen, pero en la vida real jamás. Caruca se queja, reclama sola, se encierra en su burbuja de música y boleros viejos, de los auténticos como ella misma recalca, de los que ya nadie oye porque todo lo bueno se acaba y esta vida es una mierda. Y entonces Lamec sabe que no es un buen momento para interrumpirla ni menos para pedirle un consejo, porque su abuela está en uno de esos días en donde a veces llora en silencio, sentada en el patio bajo el palo de mangó, dejando que el calor se le suba al cuerpo como una boa pegajosa y la convierta en un pequeño espanto de tanto sudor y lágrimas. En esas ocasiones a Lamec le dan ganas de acercarse y abrazarla, decirle que él no se va a ir nunca de su lado, que la va cuidar hasta que de tan vieja un día cualquiera se le seque el alma, que la va a enterrar vestida de blanco, como ella le ha pedido tanto, con una estampita de la virgen de la Caridad del Cobre pegada por dentro en el cajón, para que la acompañe en ese viaje solitario y gozoso que es la muerte, sobre todo para los que creen en la otra vida y en los misterios ocultos, no como tu madre que me salió torcida, que cuando me la sacaron de adentro y me la pusieron encima ya yo sabía que no me iba a durar mucho tiempo, que de mala hija se iba a convertir en mala mujer y así mismito fue: un día se apareció en la puerta de casa contigo en un brazo y una maleta en el otro. Me miró y me dijo me voy para New Jersey, como si hubiera dicho que iba al cine y regresaba rápido, y te dejo al nene porque no me lo puedo llevar. Y en ese momento yo estaba escuchando esta canción tan bonita que dice: reloj no marques las horas porque voy a enloquecer, ella se irá para siempre cuando amanezca otra vez; y como para mí las coincidencias no existen ya yo sabía que esa cabrona no iba a regresar de nuevo como juraba cuando se arrastró delante de mí, aquí mismo, encima de esa loseta estaba ella. Y así fue, mijo, tu madre no te quiso y te cambió por otro hombre. Ella dijo que era por un trabajo decente, algo en una fábrica de ropa por allá lejos, pero yo te juro por Dios que se fugó con un gringo. Ya los perros no se amarran con longanizas, sentencia Caruca y se voltea hacia el palo de mangó, la quijada apretada y con algo parecido a una lágrima bailándole en las pestañas, y Lamec empieza su baile de mejor me acerco o mejor me alejo, porque le da cosa verla así, tan triste y solitaria, pero al mismo tiempo hasta el propio nieto le tiene miedo a la energía contenida de la abuela que se despertó con el pie izquierdo. La mirada se le apaga a La Diabla, como si el agua de sus ojos extinguiera ese par de carbones en lumbre que ella tiene por pupilas. Lamec no quisiera dejarla sola por nada del mundo, pero si acepta la oferta de Yamile se tendrá que ir con ella a México, a ese país que imagina hecho de pura tierra, montañas altas y mucha, mucha gente que sufre a diario, que tiene sirvientes con guantes blancos y que gana fortunas cada final de mes. Eso le contó Yamile la tarde en que se encerraron en su guagua, en un rincón oscuro del caserío donde ella lo fue a buscar, cuando le habló por primera vez de su plan maestro. Antes de que el muchacho tuviera tiempo de negarse, o incluso cuestionar lo que ella le proponía, Yamile le mostró el pecho izquierdo, el que está encimita del corazón, todo para ti, papi, y a Lamec por poco se le caen los dos ojos de puro impacto y bellaquera. Nunca en su vida había tenido una teta de mujer tan perfecta frente a su mirada febril. Tartamudeando preguntó si podía tocar, sólo un poquito, pasar la mano por encima de esa curvatura perfecta, ese pezón respingado que lo llamaba a viva voz, cíclope y oscurito. Y Yamile, toda risa y quejumbre, dijo que bueno, sólo un poco, y Lamec acercó sus cinco dedos sabiendo que se iba a quemar la mano entera pero dispuesto a convertirse en antorcha humana si era necesario. La piel, tan suave, porcelana con sabor a canela como corroboró el muchacho cuando se chupó los dedos una vez que todo concluyó. Lamec se tragó varias veces su propio corazón cuerpo adentro, desbocado en su pecho, rebotando en esas costillas que no dan abasto para el galope hormonal que la visión del pecho ha desatado. Cuando Lamec se empieza a acercar despacito ahora al cuerpo de ella, la erección creciéndole sin medida entre las piernas, Yamile se cubre con la camiseta y se echa hacia atrás, cambia de risueña a trinca, no, no, papi, vamos a cogerlo con calma y estamos mejor, sin prisa, cúmpleme el sueño y voy a ser tuya para siempre, demuéstrame que me quieres, que eres fuerte, que estás dispuesto a hacer lo que sea por mí, y Lamec dice que sí a todo por dos razones: porque no sabe decir que no y está tan caliente que hubiera vendido a su propia abuela por un sorbito de esa piel de fuego que tiene enfrente. Hija de Eleguá al fin y al cabo, Yamile torció esa noche el destino de Lamec para siempre con sólo mostrarle un pecho, sólo uno. Con toda la alevosía del mundo, la joven lo hizo virar en sentido contrario, para acá, papi, sígueme a mí que estoy sin frenos, suelta como gabete, y necesito a un hombre a mi lado que me defienda y saque la cara por mí. El plan era simple, pero imbatible: Lamec llegaría a la sucursal del Paseo de Diego, en Río Piedras, ahí donde Yamile trabaja de lunes a viernes de nueve de la mañana a cinco de la tarde, instalada detrás de los cristales de una caja pagadora. Lamec tendría una pistola en su bolsillo, una no muy grande, pero que su sola presencia inspirara miedo y respeto. El guardia, bendito, don Cruz Rivera, está tan viejo que se queda dormido antes del almuerzo, le comenta ella, así es que la mejor hora para llevar a cabo la acción será puntual al medio día, cuando el sol cae a plomo y vertical sobre el asfalto siempre a punto de ebullición del Paseo. Yamile verá aparecer a Lamec en la puerta y él se formará en la fila como un cliente más. Ella entonces pedirá permiso para ir al baño. Un minuto. Lo justo para encerrarse, meter mucho papel higiénico al zafacón y encenderlo con un fósforo. Provocar un pequeño incendio, esa es su colaboración al plan. Volverá a su caja, con la mejor sonrisa, demostrándole a su hombre lo buena actriz que es porque no se le habrá movido ni un pelo de la cara, tomará asiento en el taburete viejo que le provoca dolor al culo de tan duro que es y gritará *el que sigue* para llamar a su nuevo cliente. En cualquier momento se echarán a sonar las alarmas de incendio, alertadas por el humo que se cuela bajo la puerta del baño. Y en el revolú de gritos, de órdenes y contraórdenes, de clientes huyendo despavoridos hacia la puerta, despertando de paso a don Cruz Rivera, bendito, que se queda dormido con su gorra tapándole los ojos para que no le moleste el sol, ella y Lamec darán un brinco sobre los fajos de billetes, papelitos verdes, dólares, todos los dólares de la sucursal irán a parar al fondo de la bolsa plástica que Lamec llevará metida en un bolsillo, mucho dinero para pagar el viaje a México, la estadía en los mejores hoteles y después los cursos de actuación que ella desea tomar para convertirse lo antes posible en una actriz de renombre. Ante toda eventualidad, el arma de fuego. Su sola presencia paralizará a cualquier héroe improvisado que intente detenerlos en su fechoría. A ver, papi, pon carita de malo, pide ella y Lamec frunce el ceño, estira la boca como una trompa que busca aspirar un sorbo de líquido y ella se ríe a gritos, si Lamec fuera menos noble se daría cuenta de que se está burlando de él, pero el muchacho cree que ella lo ama, que sus carcajadas son de amor y ternura, y entonces él estira aún más sus labios fruncidos, aprieta con más fuerza las cejas sobre el nudo de la nariz y ella ríe tanto que por un instante piensa que le va a dar algo, así son las mujeres, Lamec, todas son unas perras, masculla Caruca desde el fondo del patio enlosetado, porque después de ahorrar casi siete años sin pausa y respiro ella mandó a llenar de cemento ese pedazo de jardín y lo cubrió de losetas de esquina a esquina. Ella odia la tierra, el polvo, las hormigas y las hojas de los árboles. Por eso lo primero que hace cada mañana, después de elegir la bata, acomodarse los rolos y pintarse los labios, es llenar una cubeta de agua con leche de coco y ruda machacada, para espantar los malos espíritus, armarse de un mapo y paciencia, y salir a fregar el suelo de adentro hacia afuera, hasta que las cerámicas brillan como un mar de concha de nácar. Recién en ese momento abuela Caruca puede sentarse bajo el palo de mangó a acordarse de todas las cosas que le dan tristeza y sentimiento, porque a ella no le gusta olvidarse de nada, ni de lo bueno ni de lo malo, mientras se abanica el escote y se bebe una cervecita bien fría. Ella no tenía el vicio de la cerveza, pero ése se lo dejó el abuelo de Lamec, Jacinto Arroyo, el hombre más guapo que ha conocido en su vida y el macho que inauguró en ella las penas de amor. Cuando los tiempos eran buenos y se hablaba de un futuro compartido, juntos se sentaban en el patio, bajo ese mismo palo de mangó, muchos años antes, treinta años antes, cuando a ella le decían La Diabla porque tenía vivo el fuego en la mirada. Y claro, lo sigue teniendo hasta el día de hoy, pero ahora las cosas son tan distintas. Jacinto no está, ella bebe sola, y lo que antes era tierra y polvo ahora es loseta pulida y reluciente. Tu abuelo fue el primero y el único hombre que a mí me va a abandonar, le dijo un día a Lamec, sentenciando con todo el egoísmo del mundo el destino del pobre muchacho, anclándolo para siempre a su lado. Y abuela Caruca no hablaba por hablar, claro que no. Por eso Lamec siempre agradeció en silencio que su abuelo no tuviera la ocurrencia de regresar una tarde cualquiera, sin aviso, porque Caruca había jurado por la virgen de la Caridad del Cobre que si ese desgraciado pone un pie en esta casa, el pie na'más, lo voy a jartar a machetazos hasta me canse y tenga un bache de sangre corriendo pa'l patio, te lo digo, a mí no me importa aunque esté un mes pegando manguera y echando cloro. Lamec tuvo pesadillas durante años con la imagen de un abuelo al que no conoció mutilado sobre las losetas blancas, Caruca con la bata flameando al viento, los rolos cayéndosele de la cabeza y una mueca deforme de guerrera satisfecha y victoriosa. Conmigo sí que no, que no se ponga a joder que yo soy hija de Changó y que no se le ocurra volver que aquí lo voy a estar esperando más encabroná que antes. Lamec sabía que su abuela hablaba en serio, aunque a veces la sorprendiera llorando aferrada a la única foto de Jacinto Arroyo que existe, tan deslavada por el paso del tiempo, el exceso de sol y las lágrimas de su abandonada esposa. Por eso Lamec lo pensó más de una vez cuando Yamile le ofreció lo del plan maestro, como ella siempre llamaba al simple hecho de irrumpir en el banco, porque no le era difícil imaginarse la reacción de abuela Caruca cuando le vinieran con el cuento de lo que había hecho y de su posterior viaje a México, un país que era cien veces más grande que todo Puerto Rico. Prefiere ni imaginarse lo que será ese momento: doña Geñita corriendo por la calle, relampagueando entera de pinzas en el pelo, los muslos temblorosos del esfuerzo por llegar rápido a la casa de abuela Caruca, Caruca, mija, nena, sal por favor, Lamec asaltó un banco en Río Piedras y lo están buscando los estatales, en cualquier momento llegan aquí y te viran la casa patas pa'rriba, y Caruca gritaría de inmediato que la culpa era de Yamile Ortiz Ramírez, cajera del mismo banco, seis años más grande que su nieto y la responsable de todas las penurias que se le venían encima a ese pobre infeliz que cometió el error de pensar que porque ya meaba dulce podía caerle encima a cualquier chocho que se le pusiera enfrente. De tal palo, tal astilla. El mismo error que cometió Jacinto Arroyo, el abuelo hecho de pura pinga y bellaquera, y aunque Caruca no sabe ni una décima parte de todas sus aventuras de mujeriego y hombre infiel, conoce lo justo y necesario para poder calificarlo como el desgraciado más grande que se le ha cruzado en la vida. Culpa de él que su matrimonio haya sido como un flamboyán: que empezara con flores y terminara con vainas. Lamec duda, duda mucho. Pero una vez que el alma ha conocido el calorcito del fuego ajeno, ese que se regalan los cuerpos como preludio de todo lo que vendrá después entre las sábanas, ya no hay posibilidad de dar marcha atrás. La llamita que arde por dentro y por fuera se queda ahí, a la espera de convertirse en hoguera y hacer crepitar al alma herida. Lamec está sentenciado, pero a nuestro muchacho le gusta pensar que la decisión la tomó él, con los pantalones bien puestos y los cojones en su sitio. ¿El único problema? A él le gusta su isla, la sucesión infinita de los mismos rostros y las mismas esquinas, el clima amable, la lluvia inesperada, y sobre todo el cielo que lo cobija desde arriba: una monumental y honda bóveda azul, un escenario de luz donde las nubes son sus actrices favoritas. Ahí Lamec las ve pasearse con libertad y audacia, luciendo sus vapores de agua. A Lamec le gusta su existencia, sobreviviendo lo mejor posible a la humedad que se confunde con el oxígeno hirviente y la polución ambiental, al permanente alarido de alguna radio encendida a todo volumen y a la vegetación que no tiene respeto por nada, ni siquiera por los de su misma especie. No está de acuerdo con Yamile cuando ella le dice que sólo los continentes están hechos para instalarse con todas las de la ley, no como las islas que son sinónimo de paso y gente en tránsito. Nene, si esto es como un entra y sale, aquí nadie sabe ni la hora que es, todo el mundo se va corriendo, reclama Yamile. Y vivir en un lugar así no es bueno, argumenta ella, claro que no. Eso convierte a los isleños en hijos del desorden, del sexo casual. En hijos de la aventura, piensa Lamec, aunque no se atreve a confesarlo porque se da cuenta que estaría contradiciendo a su mujer. Además, yo no me voy a acostumbrar nunca al hecho de que si el mundo es chiquito, imagínate lo que le queda a una isla como ésta, sigue ella con decisión. Es cosa de costumbre, seamos honestos. Y la costumbre a veces tiene su aspecto positivo: el hecho de que el mismo grupo de personas se vean las caras una y otra vez hace que los feos sean menos feos, por ejemplo. La costumbre ayuda, no siempre es mala. Colabora también a que los vicios se hagan rutina y que los placeres se conviertan en el pan nuestro de cada día. Pero Lamec no alcanza a pensar en todo eso, porque él no es tan hábil de razonamiento y cuando Yamile viste de escote él no tiene más neuronas que las justas para ordenarle a sus globos oculares que se adhieran a esos pechos y que por nada del mundo se muevan de ahí. Y abuela Caruca, que siempre tiene una opinión para todo, una vez comentó que a ella le gustaba vivir en Puerto Rico porque era el ombligo del mundo. Estaba en el balcón de la casa vecina, fumándose un cigarrito y con una lata de cerveza en la mano, la voz ronca de tanto discutir y las orejas zumbándole por lo mal que debían estar hablando de ella. Doña Geñita no entendió nada, pero Caruca continuó explayándose en el hecho de que no hay nada más lindo que un bonito ombligo. Es como lo primerito que uno ve. Le encuentras el ombligo a alguien y ya sabes pa' dónde ir, dice la vieja, y la vecina se pasa la palma por el nacimiento de los pechos para secar el sudor que le gotea hacia abajo. Los ombligos son como un sube y baja, sigue Caruca: pa'rriba y pa'bajo siempre encuentras placer. Y se ríe fuerte, con esa risa de Diabla sinvergüenza que le otorgó la reputación que goza. Por eso cuando muchos vieron a Jacinto Arroyo salir corriendo del interior de la casa, maleta en mano, la mirada aterrada de sólo anticipar el pavor de verse descubierto por Caruca a mitad de su fuga, muchos lo entendieron y decidieron callarse la boca y hacer de cuenta que nunca habían visto nada. ¿Y por qué tú dices que Puerto Rico es como un ombligo?, pregunta Geñita que está demasiado aturdida de calor para atar cabos con rapidez. Porque siempre está húmedo y bien mojao, contesta Caruca con su voz de artista de escenario, una voz que no es la de ella pero que sabe cómo usar para llamar la atención. Y se vuelve a reír a gritos, mostrando todos los dientes blancos y brillantes, igualitos a las losetas de su patio que ella mapea con frenesí. A Lamec le hubiera gustado repetirle a Yamile letra por letra todos esos argumentos que hablaban bonito de la isla donde él había nacido, y que tantas veces le escuchó decir a su abuela Caruca. Pero no pudo, porque los pensamientos se le enredaron cerebro adentro. Y a partir de ese día se quedó con esa mirada de borrego desahuciado, el alma atrapada por los entuertos de Yamile y su promesa de ofrecerse entera una vez que hayan consumado el acto ilícito en el banco. Abuela Caruca no perdona ni una. Por eso cuando esa misma noche le ve la cara al nieto suyo, ese único nieto, ese nieto al que ella se dedica en cuerpo y alma, se da cuenta de que algo extraño le está ocurriendo. Nene, ven acá, dice y le baja el volumen a la radio que lanza chispas de cortocircuitos para hacerse oír por encima del la vida te da sorpresas, sorpresas te da la vida, qué es lo que te está pasando. Lamec no suelta prenda, culpa a la falta de sueño, reclama contra el horario demoledor del taller mecánico, chacho, el trabajo está cabrón, abuela, pero ella no le cree porque ella sabe más que nadie, puede leer entre líneas, desmenuzar las palabras como si fueran pollo hervido, sacarle los huesos y quedarse con la carne

tierna que en este caso es la piel de una mujer que
está acabando con el ánimo y la templanza de su nieto al que ella quiere y cuida como a nadie. Es por la
tipa ésa, ¿verdad?, la cajera del banco. Y Lamec baja
la vista, pillado en falta, mordiéndose la lengua para
no contarle lo del plan, el viaje a México, su futuro
rodeado de sirvientes de guantes blancos y muchos,
muchísimos patios enlosetados. Lo voy a hacer por ti
también, abuela, para mandarte chavos todos los meses, para que te mudes a otra casa con vista al mar y
no tengas que vivir en este barrio lleno de bochincheros, con vecinos que dicen que has cogido más huevos
que una sartén del ejército y que si mi abuelo arrancó
para las islas fue por tu culpa, porque cantabas en una
barra de mala muerte y te ibas con el primero que
apareciera. Pero como Caruca aún no es capaz de leer
la mente, por suerte no escucha nada de eso que está
pensando su nieto. Ella sólo le ausculta la mirada esquiva y descifra las pocas palabras que él le regala
como respuestas. Dile a la Yamile ésa que venga a
comer, que tu abuela Caruca le va a cocinar, es toda
su respuesta y se va a su lugar favorito allá en el patio
de lujo que ella se regaló después de seis años de ahorro, arrastrando los pies y, con ellos, las chancletas
que compiten con el canto de los coquíes ocultos en
las matas. Le pesan los huesos y las articulaciones, y
eso que es lo único que delata que La Diabla ha envejecido más de lo que quisiera, porque lo demás se
conserva intacto: las carnes firmes y apretadas, la
generosidad fragante de los pechos, el pelo alisado y

vuelto a alisar, su risa de campana ronca y oscura. Y por encima de todo, esas enormes ganas de cantar y echarse a bailar a la menor provocación. Por eso Caruca cuida su radio a pilas como el tesoro más preciado de esa casa. Se dedica a ella tanto como a sus losetas de catálogo. El aparato fue un regalo de un amante que ella tuvo en sus años de gloria, el alcalde de un pueblo del oeste, de allá donde se pone el sol, que una noche llegó hasta su casa con una caja envuelta en papel de estraza. Cuando Caruca, dichosa porque a ella le gustaban ese tipo de sorpresas, abrió el envoltorio y descubrió lo que contenía, su dicha fue tan grande que se hubiera casado con el alcalde si no hubiese estado ya matrimoniada con el abuelo de Lamec. Desde esa noche lejana la radio nunca se ha vuelto a apagar. Su parloteo metálico siempre ha estado presente, un telón de fondo que da ritmo a los pies de Caruca, que musicaliza las escenas de sus días y que ha ido envejeciendo con ella. Porque el aparato ya está en las últimas: por lo menos una vez al día lanza chispas que amenazan con convertirse en llamas si la vieja no acude veloz a bajarle el volumen y esconderlo del sol. O también se cambia solo de estación. Y Caruca que está cantando tener fiebre no es de ahora hace mucho tiempo que empezó, dame tu fiebre, cuando besas, fiebre si me abrazas tú, no se da ni cuenta y sigue sin pausa con todo aquel que piensa que esto nunca va a cambiar, tiene que saber que no es así, que en la vida hay momentos malos y todo pasa, y se enfogona porque esta radio del demonio no respeta a nadie, ni a mí que la he cuidado más que al hijo macho que nunca tuve, y a la pasadita le da un par de cocotazos de puro coraje que le aflojan otro tornillo y provocan un nuevo chisporroteo eléctrico. Lamec le tiene miedo a las manos de su abuela, muchísimo más fuertes que las de él y capaces de hacer cosas tan diversas como empuñar un micrófono, lavar con el mínimo de restregones una sábana o fajarse a cachetadas con alguien que le falte al respeto. Y él sólo ha visto a su abuela trenzada a golpes una vez en su vida y esa experiencia le bastó para incorporar en sus rezos de cada noche la petición especial de nunca, nunca más, por favorcito, tener que volver a ver una cosa así. El sal pa' fuera ocurrió el año anterior, cuando la vecina de enfrente, una muchacha que estaba reciencita llegada a la calle, preguntó a viva voz si esa vieja que estaba ahí era la que se había acostado con la mitad de la isla, y cuando le dijeron que sí, que esa era la famosa Diabla, la mujer agregó que con razón el macho se le había ido lejos, quién aguanta a una puta durmiendo al lado. Y encima de puta, fea. Mala suerte. Caruca la oyó desde su balcón donde se tomaba una cerveza con el nieto haciéndole compañía. Lamec palideció de antemano al ver a su abuela dejar la botella en el suelo, ponerse de pie con toda calma y quitarse las pantallas. Cuídamelas, le pidió ella sin perder por un segundo esa tranquilidad precaria que presagiaba sin embargo un inminente huracán. Y esto también, papito, fue lo último que Caruca pronunció porque acto seguido se quitó los dientes y se los extendió a Lamec que los recibió escondiendo la mueca de asco y horror que le provocó la visión de aquellas muelas salivosas en la palma de su mano. Caruca atravesó la calle con su mejor sonrisa de encías despobladas y se paró frente a la casa de la vecina acabada de mudar. Nena, mira, ven acá un momentito, pidió la vieja con un gesto amable de su mano, y la mujer que hasta ese momento no sabía cuánto es capaz de engañar La Diabla cuando quiere conseguir lo que se propone, bajó a la acera con su recién nacido en los brazos. Ni siquiera por respeto al niño Caruca se midió en su furia. Porque a ella podían decirle puta cuando quisieran, lo había sido y a mucha honra, pero que se metieran a opinar de sus amores con Jacinto Arroyo era motivo suficiente para quitarse los dientes en público. Y más aún si la ofensora era una recién arrimada a esa calle donde ella reinaba con su sola presencia y el gobierno rojo de sus pupilas en brasa. Tuvieron que intervenir seis personas para intentar separar a la víctima de la agresora. Hija de Changó al fin y al cabo, Caruca no descansó hasta encontrarse sangre ajena en sus manos de guerrera y recién ahí dio un paso hacia atrás, despelucada y jadeante, y dejó que su alma de ganadora regresara a su cuerpo. El griterío de insultos y alegatos los aguantó en silencio porque, vanidosa como es, no iba a permitir que le vieran la cueva desolada de su boca, y se regresó arrastrando los pies hasta su propia casa donde Lamec la esperaba con las pupilas temblorosas por lo que había visto y la mano empuñada protegiendo la mordida de su abuela. Sin decir una sola palabra se acomodó los dientes en su sitio, se colgó las pantallas otra vez en las orejas, se sentó en idéntica posición a la que tenía antes del incidente, le dio un nuevo trago a su cerveza un poco más tibia por culpa de la pausa forzada, e hizo caso omiso del hecho que alegrarse del mal del vecino lo expone a uno a ver el propio que viene en camino. Lamec escuchó la semana entera los lamentos del recién nacido de la casa de enfrente, seguramente asaltado día y noche por la pesadilla de esta mujer de ojos de fuego viniéndosele encima, con sonrisa profunda de bruja de cuento y un par de garras capaces de partirle el cuerpo en dos mitades con un solo apretón. En todo eso piensa ahora Lamec mientras ve a Caruca afanar en la cocina, preparando al compás de su radio lo que será la cena de esa noche: arroz mamposteado con habichuelas colorás, canoa de plátano maduro con relleno de carne molida, jugosa como sólo ella sabe prepararla. La clave está en el sofrito que ella misma prepara una vez al mes y conserva hecho un hielo verde en la parte alta de la nevera: ají dulce, cebolla a granel, una cabeza de ajo machacado, pimiento verde y morrón, recao, y a la pasadita ella le lanza un toque de aceitunas rellenas para que suelte el sabor. De postre, Caruca pretende lucirse con un dulce de papaya en almíbar y queso de hoja. A pesar de las delicias ofrecidas, Yamile aceptó a regañadientes la invitación. No estaba muy convencida de querer conocer a la abuela del muchachito que ella pretendía convertir en su cómplice. Porque si somos honestos, el interés de Yamile por Lamec era absolutamente utilitario. Hasta ese momento, el ingrediente del amor no jugaba ni el más mínimo papel en la comedia de sus vidas. Ni siquiera las simples ganas de una noche de lujuria y ya, algo tan común en las fantasías eróticas de Yamile. Ella lo veía tan crudito, lampiño y mal vestido. Lo mejor de Lamec, sin duda, eran su motora de cromos de plata y ese ímpetu de adolescente irresponsable y sin medida, cosa que ella sabría utilizar a su favor a la hora de llevar a cabo su plan maestro. No hace mucho Yamile leyó en un calendario de bolsillo, que le regalaron en el *beauty* donde fue a hacerse las uñas, que la suerte es cuando la preparación se encuentra con la oportunidad, e impulsada por algún arrebato premonitorio se decidió a memorizar aquella frase. Y hoy se la repite no una sino varias veces. Si eso es cierto, sus pronósticos de éxito no podían ser mejores. La preparación la tenía: llevaba años de educación frente a las pantallas de su televisor, revisando con ojo crítico hasta la escena más inútil de sus culebrones adorados. Y la oportunidad le había llegado en bandeja de oro el día que conoció a Lamec, cuando a su chatarrienta guagua se le ocurrió empezar a toser humo negro y tuvo que parar de emergencia en el primer taller mecánico que encontró. La suerte estaba de su lado. Pero si aplicamos el mismo refrán al destino de Lamec, el panorama cambia por completo. De preparación, el muchacho no tiene nada. A tropezones se sabe el nombre de las herramientas necesarias para componer un motor, y uno no muy sofisticado. Y oportunidades no ha tenido muchas. La única importante, de hecho, ha sido conocer a Yamile, pero ésa sólo le va a traer problemas, como pronto se dará cuenta. No hay caso. Eso de que algunos nacen con estrella y otros nacen estrellados es completamente cierto. ¿Y la amiguita esa tuya come de todo?, pregunta abuela Caruca por romper el silencio de su nieto, aunque ya haya terminado con la cena de la noche y no tenga tiempo de cambiar nada en el menú. Lamec asiente, dudoso: eso era algo en lo que no había pensando. Entonces decide que no le queda más que confiar en las maravillas culinarias que su abuela preparó para agasajar a la mujer de su vida, y va a darse un baño para quitarse de encima el calor que tiene convertido en peste bajo su overol de trabajo. Cuando más tarde regresa al comedor, descubre que su abuela ha sacado las copas bonitas, unas que le regalaron para su boda con Jacinto Arroyo, y que incluso vistió la mesa con una mantilla que ella usaba en sus presentaciones en lugar de un simple mantel blanco. Así, entre lentejuelas y rosetones de pedrería, brillan los cubiertos que limpió con paciencia y arden dos velas rojas que sacó de su altar de santera para darle el toque final a sus preparativos. Abuela Caruca se quitó los rolos y dejó por primera vez que el pelo le cayera sobre los hombros, aunque haya tenido que hacer milagros para taparse las raíces blancas que no se pudo retocar por falta de tiempo. Lamec la encontró sentada a la cabeza de la mesa, una muñeca fragante a exceso de Jean Naté, inmóvil para no despeinarse y con un brillo de satisfacción en la mirada que hacía mucho, muchísimo tiempo, Lamec no veía en ella. Él iba a darle las gracias por su esfuerzo, pero Caruca se le adelantó y le pidió que sintonizara Cadena Radio Puerto Rico, el 740 AM, papito, y apenas Lamec encontró la emisora irrumpió en toda la casa un: no hay en el mundo para mí otro capullo de alelí, que yo le brinde mi pasión y que le dé mi corazón. A Caruca el llanto se le asomó a los ojos de inmediato, sacudida por un irrefrenable asalto de nostalgia, pero retuvo a pulso las lágrimas para que no le corrieran la mascara que había tenido la delicadeza de ponerse unos minutos antes. Tú sólo eres la mujer a quien he dado mi querer y te brindé, lindo alelí, fidelidad hasta morir, y Caruca podía escuchar la voz lejana de Jacinto Arroyo cantándole al oído esas palabras que él nunca hubieran dejado escapar de sus labios, pero a ella eso no le importa en este momento, le basta con afinar el oído para que la radio le traiga de vuelta el susurro romántico de su marido en esas noches que sólo fue de ella, porque tú sabes que sin ti la vida es nada para mí, tú bien lo sabes capullito de alelí, y hace tanto que una mano de hombre no le brinca encima, tanto tiempo que esa piel no se estremece entera con el relámpago de fuego que le reventaba tras los párpados a la hora del amor. Caruca no quiere llorar, ni tampoco permitir que la nostalgia la traicione en esta noche especial. Por eso decide que lo mejor que puede hacer es ponerse de pie e improvisar unos pasitos de baile con su nieto, mírame bien, mi santo, para que aprendas cómo se enchula a una mujer, así, en una loseta, guayando hebilla y cachete con cachete, y en eso se entretiene un rato en lo que se decide a llegar Yamile que ya está atrasada, porque la invitación era a las ocho en punto y ya casi van a ser las nueve. Por Dios que le gusta bailar a Caruca, el demonio se le mete dentro y lo siente acomodarse entre sus órganos con toda confianza, terreno conocido para él, y ella además no opone ninguna resistencia. Lo deja hacer, que le sacuda el cuerpo entero si quiere, que la desarme articulación por articulación, que la lleve de regreso en un cambio de notas a sus años de estrella de la noche, si perdiera el arcoíris su belleza, y las flores su perfume y su color, y ahí está Jacinto mirándola desde un rincón, oculto tras el humo y un enorme vaso de cerveza rubia, no sería tan inmensa mi tristeza como aquella de quedarme sin tu amor, pasándose la lengua por encima de esos labios hechos de pura carne y chispas, cariño, ven acá, por favor, y ella claro que va, siempre acude al llamado de su hombre, sobre todo si es uno como Jacinto, que le habla bonito y se impone por su sola presencia de domador de animales salvajes. Y ella se sienta en sus rodillas firmes como una cordillera, él le dice algo al oído y ella ríe fuerte, con esa risa que es parte de la reputación que se gasta, y la música sigue imbatible allá en la pista y entonces Caruca lo invita a bailar y, aunque ella es firme y dura como una pera de exportación, se siente hecha de agua cuando la manaza oscura de Jacinto la levanta en vilo, la toma por la cintura igualito que si ya fuera de él y la guía al centro del salón dejando claro quién es el dueño, el jinete, y Caruca, toda fierecilla sumisa, se deja llevar y de regalo ella le canta empujando las palabras dentro de su oído: pasarán más de mil años, muchos más, yo no sé si tenga amor la eternidad; y bastaron sólo un par de horas para que Caruca se enamorara como una idiota del primer hombre que no buscó llevársela a la cama la noche de conocerla, pero allá tal como aquí en la boca llevarás sabor a mí, y la promesa quedó en el aire, suspendida entre las notas musicales que no se apagaron en muchos, muchos años, las mismas que se escuchan hasta hoy. Caruca se separa de Lamec, pestañea rápido porque no está acostumbrada al maquillaje y porque de alguna manera tiene que disimular esa cosquilla boba que le provoca aguantar el llanto, y mira el reloj. Óyeme un momento, mira la hora qué es, ¿dónde se ha metido esa nena?, y Lamec no sabe qué responder, a lo mejor hay tapón, pero si a las diez de la noche ya no hay tapón, no seas bruto, muchacho, que te acaban de dejar plantao, y mientras Lamec se queda paralizado mirando por la ventana al patio que brilla artificial bajo la luz de la luna, Caruca sopla una por una las velas de la mesa y empieza a retirar los platos para regresarlos a su sitio. Y entonces por primera vez su nieto la oye pronunciar las siguientes palabras, que más parecen destinadas a borrar sus propios recuerdos: Lamec, apaga la música. Y cuando el muchacho se acerca y busca el botón que regrese el silencio a esa casa, un golpe de corriente estremece el aparato entero, un fogonazo eléctrico ilumina por una fracción de segundo las caras de la abuela y del nieto, y sólo un humito con olor a plástico chamuscado anuncia que la radio acaba de morir. Lamec voltea hacia Caruca, la boca abierta de impresión, preparado para vivir una de las escenas más dramáticas de su vida. Pero la vieja siempre da sorpresas. Se queda unos instantes en silencio, como pensando en cosas que Lamec no alcanza a descubrir. Luego se refriega un ojo, manchándose de maquillaje negro hasta la oreja. Aprieta la quijada y rescata de una mesita su cajetilla de cigarros. Ahora sí que nos jodimos, dice antes de salir al calor de la noche que las losetas no alcanzan a enfriar. Hoy no voy a dormir na', masculla ella como desde el epicentro mismo de un naufragio, toma asiento bajo su palo de mangó y clava la vista hacia el frente, igualito que si estuviera viendo a alguien que no está, pero que casi se adivina por la intensidad de la mirada de Caruca. Y entonces Lamec tiene ganas de gritarle a Yamile, decirle que eso no se le hace a su abuela, que ella había cocinado el día entero, que decoró la mesa hasta con sus chales viejos de actuación, que los dejó esperando sin siquiera avisarles, eso no se hace, pero si no tengo tu teléfono, mi amor, qué podía hacer, tuve este lío en casa, horrible, que ni te puedes imaginar, hasta las tantas, y a esa hora no me atreví a ir, perdóname, papi, y Lamec, que ya sabemos que no sabe decir que no, contesta sin dudar que sí, que claro que la perdona, y deja entonces que por primera vez Yamile le hunda las manos en el pelo y le rasque despacito el cuero cabelludo. Él ronronea fuerte, un enorme gato de bigotillo incipiente y olor a aceite de carro, y concluye que aquella hembra muere de amor por él, está loquita por mí, hay que ver cómo me mira, cómo me habla y cómo me toca, y Yamile por dentro piensa que estuvo a punto de meter las patas, haberlos dejado esperando la noche antes fue demasiado arriesgado, pero algo en ella le dice que lo mejor que puede hacer es mantenerse invisible para esa abuela de la que tanto habla Lamec y que parece más peligrosa de lo que había previsto, por eso ahora le regala un par de minutos de cariño forzado, los justos y necesarios para que el muchacho otra vez recupere la mirada de lobotomizado crónico que a ella le hace falta. Y para rematar su acto de mujer manipuladora, se lo acerca un poquito al escote y le dice soplándole directo dentro de la oreja un: llévame a la playa, mi amor, que quiero presentarte a unos amigos. Y Lamec abre enormes los ojos, Yamile será la madre de sus hijos, su compañera de vida, está seguro, lo siente como una buena noticia a lo largo de la médula espinal y en cada fibra de su cuerpo, y por más que lo intenta no puede dejar de vibrar entero, tenso como una cuerda de guitarra a punto de estallar, eufórico y radiante de haber conseguido así, de buenas a primera, por pura suerte del destino, un monumento de carne y hueso que se enamoró de él hasta las patas.

Con razón abuela Caruca le repetía cada noche, cuando lo iba a acostar en sus primeros años de vida, quién es mi muñeco bello, precioso, quién es mi muñequito lindo, la luz de mis ojos, mi nietecito chulo. Claro, abuela Caruca no miente, eso jamás. Ella sólo sabe decir verdades irrebatibles, por más duras o dolorosas que sean. Lamec sintió en ese momento que los cielos se abrían como una ventana azul de cortinas de nube, y que la mano de Dios, enorme, majestuosa, descendía hasta la tierra sólo para tocarle la frente con el ligero roce de uno de sus dedos. Soy yo, se dice, mareado de tanto éxito y fortuna. Esto me está pasando a mí. Por primera vez en diecisiete años, algo me está pasando a mí. Y entonces se trepa a la motora igual que un caballero medieval se debe haber montado a su corcel al terminar victorioso una guerra, consciente de cada una de sus virtudes de macho invencible, Yamile se sienta pegada a sus espaldas, coqueta y sabiendo que una llegada en moto le subirá un par de puntos entre sus amistades, y Lamec pronuncia su agárrate, baby, esta vez dicho con la entonación necesaria, esa precisa mezcla de orden y consejo que saben darle a la voz los actores de cine cuando se encuentran en una escena similar a la que él está viviendo. Nunca le fue tan fácil tragarse las distancias. Nunca sus muñecas estuvieron tan conectadas al volante, conduciendo precisas, ejerciendo la presión necesaria para inclinar las ruedas hacia un costado, para mantener el equilibrio perfecto y volar por encima del asfalto convertido en plancha de tepanyaki a esa hora de la tarde. Antes de que ambos tuvieran tiempo de recuperar las respiraciones perdidas en algún giro de la carretera, Piñones se dejó ver al final del puente, su avenida central más parecida a una callecita de pueblo, los quioscos de mariscos y bacalaítos fritos a cada lado, los concurridos puestos de cerveza y esa vegetación tan alta que oculta el mar domesticado de la costa. Ella señala hacia la izquierda y Lamec obedece, guiando la motora por un camino de tierra que desemboca en una planicie de arena casi blanca y un círculo de palmeras. Dentro, como protegidos por los troncos flacos y algo plomizos, se encuentran con un estridente corillo que los recibe con gritos y aplausos, una enorme radio late al compás de un reggaeton de moda que golpea más fuerte que las olas un: llamen al 911, no es tiempo tiempo de juego, dígale que yanqui ahora está tirando el fuego, pa' las dulces ladys, las furiosas baby, y varios se acercan a mirar la motora, esto es el éxito, piensa Lamec, el éxito puro, y ante sus ojos Yamile pisa la arena, descalza, y deja rodar su faldita hasta los tobillos revelándole que bajo la ropa anda sólo con un diminuto biquini rojo, y cuando se quita la camiseta y aparece ese brasier que no deja casi nada a la imaginación, Lamec respira hondo y se traga de cantazo un nuevo verso de la canción que no da tregua, ellas están pidiendo que les suelte yo mi graby, de la rima espesa pa' no mirar fuerzas, que yo vo' a fundir toos mis aires de grandeza, no te busques fuete soy hacha y machete, yo nací pa' esto, no fue de golpe, de suerte, y varias muchachas corren hacia el agua, entre ellas Yamile, y Lamec deja la moto y recibe una cerveza fría que alguien le ofrece, recién sacada del fondo de una neverita medio enterrada a la sombra de una palmera, y allá al fondo ve brillar el cuerpo de Yamile, pura escama de plata y rojo, una ofrenda a Yemayá, como diría abuela Caruca cuando a veces le pide ayuda a su nieto para acarrear melones con alguna carta de peticiones dentro o platanutres que lanza al mar mientras reza esos rezos que siempre masculla en voz baja. Yamile surge de en medio de una ola que a último minuto resultó menos explosiva de lo que se pensó, y también tiene una botella de cerveza en su mano, mama, tú no tienes fiebre pero estás que hierves, muévete esas nalgas hasta que la tierra tiemble, nadie sale ileso, siempre sueno grueso, fido repartiendo pasto y queso, canta alguien a su lado, perrea, perrea, grita otro azuzando a una pareja que da brincos mientras juegan a clavarse por la espalda, y Yamile le hace señas, ven, el agua está cabrona. Y Lamec entonces apura el último trago de cerveza y se quita la camiseta y los zapatos, los pantalones también, papi, le dice una de las muchachas al tiempo que le pasa otra botella, y Lamec ya no piensa, sólo tiene neuronas suficientes para mantener la vista fija en ese desorden de espuma, olas y azul celeste que alborota allá donde la arena se acaba, en la frontera exacta de su isla, y mientras se quita los pantalones para quedar en calzoncillos y echarse a correr hacia el agua, piensa que bien podría convertirse en náufrago por culpa de esa mujer que le ha robado el corazón. Siempre hay una corriente más fuerte que las anteriores, una resaca inesperada, un calambre que no permite el nado, y el cuerpo se lo traga enterito el océano, un solo buche y hasta adentro, te vas al fondo y te conviertes en comida de peces y tiburones. Pero a Lamec no le importa convertirse en náufrago, en ahogado, en alimento ajeno, sólo quiere ver de cerca ese cuerpo reverberante de gotitas de sal que lo llama, y aunque se aleja del ruedo de las palmeras y de la radio de bocinas poderosas sigue escuchando un: ella prende las turbinas, no discrimina, no se pierde ni un party de marquesina, se acicala hasta pa' la esquina, luce tan bien que hasta la sombra le combina; y de pronto el roce del agua le trepa hasta el borde de sus huevos que se aprietan y recogen, tan vivos como su corazón ansioso, y Yamile sigue bebiendo y cuando termina deja que la botella se hunda, un nuevo tesoro de basura directo al fondo, y por unos instantes se le queda mirando, los ojos de ella son dos ventosas, y Lamec los siente adherirse a su piel demasiado jincha pero al parecer apetecible, y cuando la ve dar un paso hacia él no cuenta con el latigazo inesperado de una ola que lo lanza de bruces mientras le da volteretas sin clemencia, pero Lamec no cierra los ojos por si en algún momento aparece Yamile en medio de ese desorden de burbujas, un torbellino de succión azul que lo centrifuga y lo lanza a la orilla, medio ahogado y con los pulmones llenos de agua, asesina, me domina, janguea en carro, motora y limosina, llena su tanque

de adrenalina cuando escucha reggaeton en la cocina, y algunos se ríen de su torpeza, de no haberse
quedado como corresponde mirando hacia adentro,
para prevenir las olas y evitarlas ya sea hundiéndose
justo a tiempo o relajando los miembros para subir
impulsado hasta la cresta y capear el peligro, pero
Lamec sólo quiere mirar a Yamile, que avanza hacia
él, le pasa la mano por el pelo revuelto y lleno de
arena y lo coge del brazo para llevárselo otra vez mar
adentro, ahí donde el agua se oscurece porque el sol
deja de rebotar en la arena y de pronto las corrientes
se enfrían sin aviso y asustan a los pies. Lamec se
deja llevar, ella está bonita, pecosa, el pelo todo hacia
atrás, con el calor hecho manchitas rojas en la piel
de su escote, la cerveza se le ha subido a los párpados
y Lamec piensa que debió haberse negado cuando le
ofrecieron la segunda, pero como ya todos sabemos
él no sabe decir que no, así es que mejor se olvida de
eso y la deja que haga lo que quiera, y allá en la orilla alguien le sube al volumen a la radio, la playa
entera canta: aquí yo soy de los mejores, no te me
ajores, en la pista nos llaman los matadores, tú haces
que cualquiera se enamore cuando bailas al ritmo de
los tambores; y aunque ahí no hay tambores, Lamec
puede escuchar claramente el tum tum tum de su
corazón, arrítmico, asustado pero sumiso, y siente el
roce de las piernas de Yamile bajo el agua, y ella se
sigue riendo, hace señas a un par de amigas que le
gritan algo, y se voltea hacia Lamec y le clava los
ojos, y como si fuera un pez de cinco aletas su mano

navega derechito hasta su pecho, choca contra una de sus tetillas y se queda ahí, juguetea, pellizca suavecito y se retira, vuelve al ataque, esta vez convertida en una piraña porque de inmediato se hunde un poco más y baja hasta el ombligo, ahí donde se empiezan a asomar los pocos pelos que Lamec ha echado en sus diecisiete años de vida, y el muchacho boquea a duras penas, un salmón rosado fuera de su hábitat, y a pesar del agua el cuerpo le hierve completito, cada poro grita en pie de guerra, y él se estremece aunque el vaivén del mar también lo sacuda hacia arriba y hacia abajo, y la mano de Yamile ahora se convierte en pulpo cuando traspasa el elástico del calzoncillo y se aferra al mástil de galeón en ristre que él no es capaz de controlar, un círculo de ebullición lo rodea, miles de burbujas de sopa hirviente le revientan alrededor, el calor es tanto que el pelo se le seca convertido en lenguas de fuego, y cierra los ojos y la playa entera desaparece, el mar completo se evapora, sólo quedan su sexo recién inventado por la mano experta de Yamile y la canción que lo alienta con su: esto va pa' las gatas de to' s colores, pa' las mayores, pa' las menores, pa' las que son las zorras de los cazadores, pa' las mujeres que no apagan a sus motores, y cuando el maremoto se acerca Lamec se muerde los labios con gusto a cerveza salada para no gritar fuerte, aprieta con desesperación los párpados y se deja llevar por el estallido pirotécnico en medio del negro que lo sostiene en vilo, su agüita blanca se la lleva la corriente mar adentro, tal vez eso sí será alimento de peces, y permite que su leche se convierta en náufraga y se vaya lejos a contar su primera aventura en esa playa de Piñones. Necesitamos conseguir la pistola, papito, le susurra la voz que se la pone dura otra vez con sólo acercarse a su tímpano, y él dice que sí, que no se preocupe, que la va a conseguir lo antes posible, que por favor le dé otra probadita del poder del sube y baja de esa mano espléndida, pero Yamile a esas alturas está saliéndose del agua, curvilínea y observada por todos, directo a buscar una nueva cerveza del interior de esa nevera que no parece tener fondo. Y Lamec entonces decide seguir bebiendo, amigote de todos los desconocidos que si son panas de Yamile también lo son de él, porque Yamile es su mujer, su jeva, y su vida entera depende de ella, y sin darse cuenta el día se le hace noche, al sol se lo cambian por la luna y los ojos de almendra de Yamile son de pronto dos carbones de piedra viva, ven aquí, so pendejito, que te voy a jartar a galletas, te voy a llenar esa cara de dedos, son los gritos de abuela Caruca que lo recibe convertida en un fantasma lívido de angustia y desvelo, mira la hora que es, se puede saber dónde carajos te habías metido, pero Lamec está demasiado turbado para decir la verdad, que hasta hace muy poco estaba en la playa perreando y bebiendo cervezas, y que no se acuerda cómo guió de regreso hasta su casa y qué hace ahora en medio del patio, los pies llenos de arena pisando las losetas que habrá que volver a mapear, y con abuela Caruca gritándole hecha una furia mientras lo abofetea y le recuerda que con ella no se juega, que nunca más en lo que te queda de vida te atrevas a hacerme pasar un susto así, te quiero aquí a las siete de la noche, ¿me oyes?, y claro, todo esto es culpa de la cajera ésa que te anda sonsacando pa' todos lados, que por algo no se ha atrevido a dar la cara y venir a conocerme, y la sola mención de su Yamile le devuelve la sonrisa boba a sus labios borrachos, igualito al abuelo, se queja Caruca, y dile a aquella que como siga jodiendo contigo la voy a estostuzar, tú sabes que la cojo y la arrastro, y la voy a dejar toda esmoruzá, pero Lamec no tiene tiempo de memorizar recados ajenos porque se deja caer sobre su almohada y cierra los ojos el tiempo necesario para que se haga otra vez de día, la casa esté fragante de luz blanca y silenciosa de su abuela, que tiene que haberse largado a comprar algo para el almuerzo. Hace falta la presencia de la radio siempre encendida, piensa Lamec que se mueve despacio, como si todavía caminara en el fondo del mar, porque la cabeza le duele y amenaza con partirse junto con cada paso. Cuando llegue a México le voy a mandar una de regalo, se promete a sí mismo, envuelto en papel de estraza, tal como llegó el otro aparato, que todavía yace chamuscado sobre su mesita, en el mismo sitio donde estuvo los últimos treinta años. Eso de seguro va a ayudar a apaciguar la furia de Caruca ante su inesperado abandono. No en vano su abuela dice que las penas con música siempre se pasan. Y le regalará un aparato enorme, como el que los panas de Yamile tenían ayer en la playa, con muchos colores, que vibren los rojos y los verdes y los amarillos en el panel de control cuando la música suba de intensidad, que las bocinas se sacudan en los coros y hagan saltar los cubiertos en la mesa o provoquen olitas en los vasos de agua. Su abuela Caruca va a ser muy feliz con un regalo así. Más feliz que nunca en toda su vida. Se va a dejar de andar repitiendo a quien quiera escucharla que a ella los seres queridos no le duran, que siempre se le van lejos para nunca más regresar. Amor, viento y ventura pronto se mudan, dice el viejo refrán, y Caruca se queja de que el amor a ella no la quiere, siempre la desprecia, porque no la deja ser feliz mucho tiempo junto al objeto de su cariño. Primero su Jacinto Arroyo, que una noche se hizo humo igual que los cigarros que tanto le gustaba fumar. Después, fue el turno de su hija que aunque no era santo de su devoción, era sangre de su sangre y aún así se fue a New Jersey y desde ese día más nunca ha tenido noticias de ella. Y yo soy el próximo, piensa Lamec, su nieto, al que ella tanto quiere y cuida como a nadie, y algo parecido a un nudo marino le cierra la garganta y le bloquea el paso del aire hacia los pulmones. Tiene que ser el *hang over*, se diagnostica para calmar la conciencia intranquila. Pero el chispazo de culpa no le impide volver a ver la imagen de Yamile con ese biquini rojo, salpicadita de agua en la orilla del mar, pura curva y sabor, la mano en alto haciéndole señas para que vaya rápido a su encuentro. Y entonces recuerda su voz, ésa que le hizo cosquillas en la oreja cuando le dijo necesitamos conseguir la pistola, papito, así mismo le susurró ayer directo al tímpano, y tanto ayer como hoy se le pone dura de puro recordar ese momento y el otro, aquel donde su mano voraz se entretuvo hurgueteándole entre las piernas, y él sin poner atención a sus propias palabras contestó que sí, que no se preocupara, que la iba a conseguir lo antes posible, y por eso ahora Lamec se angustia ya que no sabe qué hacer para cumplir su promesa de galán recién estrenado. Con dinero en la mano todo se resuelve, esa máxima de vida viene a su salvación. Va a comprar una pistola. Y entonces piensa que el hermano de Johnny, el muchacho que trabaja con él en el taller, estuvo preso un tiempo por asaltar una gasolinera en Bayamón. Y los asaltantes guardan sus armas de fuego como trofeos de guerra, eso lo sabe Lamec y todo el mundo. Que se la venda. O se la alquile el tiempo justo para presentarse en la oficina del banco, poner su mejor cara de malo, mostrarla si la cosa se complicaba más de la cuenta, y montarse a su motora con el botín millonario bien guardado en la bolsa. El problema ahora no era la pistola, sino los chavos para pagar la pistola. Y una idea le cruzó la mente aún algo aturdida de alcohol y exceso de horas de sueño. Una buena idea, no lo podía negar. Una buena idea que le apretaba el corazón de tristeza y arrepentimiento. Entró al cuarto de Caruca, un estrecho espacio aprisionado entre cuatro paredes pintadas de amarillo. Al centro hay una cama angosta, para qué quiere una cama más grande una vieja tan sola como yo, se justifica Caruca cada vez que se acuesta y queda toda apretada entre las sábanas. Y a su alrededor, muchos, muchísimos adornos amontonados los unos sobre los otros. Lamec se queda unos momentos en el umbral, considerando si dar el paso o no. Sabe que tiene que ser valiente si quiere ayudar a Yamile en su plan maestro. Y esa valentía comienza hoy, en este momento, atreviéndose a profanar ese dormitorio al que siempre le ha tenido un respeto absoluto. El lugar huele a Caruca, a jabón en polvo, a fruta madura, a tiempos pasados que aunque el muchacho no conoció, sabe que debían oler de ese modo. Frente a la cama hay un altar dedicado a Changó, montado sobre unas cajas que Caruca vistió con manteles rojos y blancos, los colores del santo. En el centro hay una imagen de cerámica de Santa Bárbara, con su rostro plácido y ese par de ojos bondadosos que, aunque pintados, siguen cada uno de los movimientos del nieto que se está portando mal. Adornan el altar un hacha de dos cabezas, algunas rocas volcánicas acomodadas en un plato, la estatuilla horrible de un caballo que Caruca compró en un pulguero, hace mil años, y de la que se enamoró a primera vista. La vieja ha llenado, también, frascos con caramelos, almendras y semillas. Le ha dado un lugar de honor a su mayor tesoro: un tambor batá tamaño real. Lamec no se atreve a tocar nada. Le tiene miedo a esos santos tan extraños, astutos y que han sabido sobrevivir a siglos de silencio y escondite. Pero más miedo le tiene a su abuela, la santa mayor, la que reina dentro de esas paredes amarillas. Por eso no quiere tocar nada, ni siquiera se atreve a respirar fuerte. Ella sabe incluso cuánto polvo opaca el brillo de sus adornos. Los ojos del muchacho escudriñan cada pulgada. Un jarrón con plumas de pavo real. Más imágenes de vírgenes, una sentada sobre el techo de una casa, otra a bordo de un bote repleto de monedas. Una estatua del niño de Atocha. Una caja de madera, pintada con flores, rodeada de algunas caracolas marinas. Lamec se queda mirando aquella caja. Juraría que muchos ojos pintados siguieron sus pisadas hasta que su mano levantó la tapa, para revisar el interior. Golpe de suerte: adentro había algunos billetes que, veloz, se echó al bolsillo. Ni siquiera pensó en lo que estaba haciendo. Si lo hacía, iba a perder el arrojo. Yamile lo necesita, confió en él y no la va a defraudar. Apenas llegara a México le mandaría un sobre lleno de dinero a su abuela. Muchísimo, aunque tuviera que sacarlo sin permiso de Yamile. Tantos billetes que Caruca tendría que comprarse otra caja pintada de flores para guardarlos. Salió corriendo a la calle, el corazón latiéndole a mitad de la garganta y una aureola de sudor frío dibujada en su camiseta. Los santos no van a decir nada, se callarán la boca porque saben que todo es por una buena causa. Es culpa del amor y el amor siempre es bueno incluso cuando es malo. Además él va a pagar hasta el último peso que se está llevando, eso no se discute. Va a hacer feliz a su abuela porque ella se lo merece, ya ha sufrido mucho y aunque no se cansa de rogar y pedir todas las noches por un montón de cosas que no se le cumplen, Lamec le va a hacer realidad algunos sueños. Y para eso fue necesario este pequeño acto de hurto, algo mínimo si se compara con toda la felicidad que está próxima a llegar a las vidas de todos los involucrados en esta historia. Eso es lo que Lamec cree. Y como lo cree a pie juntillas, ni se cuestiona su modo de actuar, se monta en su motora y vuela hasta el taller mecánico para hablar con Johnny. Le pregunta por su hermano, que acaba de cumplir una nueva pena ahora por el atraco a una gasolinera en Humacao que, para su desgracia, tenía una alarma conectada directa con el cuartel de la policía. Papote puede ayudarte con lo que tú necesitas, dice Johnny con un aire de misterio y dándole un par de palmaditas en el hombro a Lamec. Y no hizo más preguntas, como siempre hacen los parientes de algún recluso: mientras menos se sepa, mejor. Bueno, ya lo hice, se felicita el muchacho, no fue tan difícil empezar. Está haciendo cosas que nunca antes había hecho y a eso se le llama crecer. O mejor aún: madurar. La reunión con el hermano delincuente se fijó para esa misma noche, en una esquina de la calle Loíza. Un lugar de mucha gente, pa' que no haya nebuleo, fue la explicación de Johnny y Lamec dijo que sí a todo, con los billetes robados latiéndole en el forro del bolsillo. El resto del día no pudo pensar en otra cosa. Se la pasó soplándose las palmas de las manos, inexplicablemente húmedas a toda hora, y en mirarse al espejo para aprenderse de memoria su nueva cara de adulto con historias que contar. Es obvio que ha cambiado, tal vez el brillo de los ojos, el rictus de las comisuras, quién sabe, porque aunque en la superficie se siga viendo igual, él ya no es el mismo y algo le dice que nunca, nunca, lo volverá a ser. Cruzó una delgada línea, una imperceptible frontera que lo lanzó de bruces a otro escenario, uno desconocido y más incierto, un territorio donde los blancos y los negros ya no existen y, en cambio, todo se embarra de un color grisáceo y poco definido. Lamec tiene miedo aunque no quiera confesárselo, porque le han bastado sólo un par de semanas para que su vida entera haya adquirido una sustancia de relativismo total: lo que siempre fue malo, por momentos ha dejado de serlo. Ya no es tan terrible hacer cosas que siempre le estuvieron negadas, porque aunque no esté de acuerdo con el proceder, está seguro que la finalidad justificará los medios. Tiene miedo de que le resulte tan natural estar en un estacionamiento de Walgreens, en plena calle Loíza, a las nueve en punto de la noche, subiéndose a un auto viejo y con olor a pasto para recibir una pistola que resultó ser mucho más grande y peligrosa de lo que imaginó. Tiene miedo de entregarle a Papote los billetes que antes eran de su abuela Caruca, sin que le tiemble la mano y con toda la soltura del mundo. Tiene miedo de que no le importe acelerar a fondo su motora por la Baldorioty y que por culpa de la fatalidad, o de un hueco en el pavimento, se vaya a disparar el arma que lleva bien escondida contra su pecho. Ya nada de lo habitual tiene sentido. Será acaso porque su mente no está aquí, en esta isla pequeña pero contundente, sino que ya va arriba del avión con rumbo a México, la tierra de las telenovelas y de la fortuna inmensa que los espera. Lamec tiene miedo de haberse convertido en otro sin darse cuenta y sin haber tenido el tiempo necesario para despedirse del que se fue. En el fondo es un muchacho nostálgico, rasgo heredado sin duda de su abuela cuya principal vocación es extrañar lo que no tiene y que incluso, gracias a rebuscados mecanismos mentales que sólo ella podría precisar, es capaz de echar de menos lo que aún no llega. Por eso cuando llega a su casa y la sorprende poniendo la mesa para la cena, aún malhumorada por el desvelo que le causó la noche anterior, no es capaz de mirarla a los ojos y corre directo a su cuarto, esconde la pistola en el fondo de su clóset, y se queda ahí planificando cuáles serán sus próximos pasos. Caruca golpea la puerta, vente a comer que ya te serví, y él ni siquiera le contesta para que no se dé cuenta que la voz le tiembla, y que al igual que el resto de su cuerpo, el timbre de sus palabras ya también cambió. Lamec ni siquiera sabe qué está echándose a la boca cuando se ha sentado a la mesa. Mantiene los ojos clavados en un punto lejano, uno que se encuentra fuera de esa casa y que ocupa una posición lejanísima en la perspectiva de su visión. Caruca tampoco trata de ser amable, ni de romper con algún chiste o comentario ese silencio que se ha convertido en un tercer cuerpo, sentado con ellos en esa incómoda cena de abuela y nieto. Cuando ella termina se pone de pie. El muchacho oye el rasquido de sus chancletas contra el suelo al acercarse a la ventana. Voy a comprarme otra radio, dice, y Lamec no distingue si aquellas palabras van dirigidas a él o simplemente Caruca las dijo así, al viento, o a alguno de sus santos que siempre la acompañan. Todavía me quedan dos o tres chavitos en el banco, que me sobraron después de lo de las losetas del patio. Y Lamec quisiera correr hacia ella y abrazarla con todas sus fuerzas, hundir su rostro en el colchón espléndido y reconfortante de sus pechos, y decirle que no se tiene que preocupar de nada, que muy pronto él correrá con todos los gatos, que no será necesario que retire dinero de su cuenta bancaria, que le va a regalar la radio más grande que consiga, la más poderosa, la de mejor sonido y con la antena más alta, que es cosa de tiempo, un par de días y ya, pero ni siquiera se atreve a levantar la vista para ver el cuerpo de espaldas de su abuela que sale al patio, atravesando la nube de humedad que flota entre el suelo y el ramaje del palo de mangó. Esa noche a Lamec le costó mucho conciliar el sueño. Cuando estaba a punto de dejarse ir, un par de pintados ojos de cerámica le interrumpían la poca calma conseguida y lo dejaban con el alma en un hilo. Son los santos, reflexiona. Todos han venido en su búsqueda, dispuestos a cobrarle hasta el último centavo del dinero que les pertenecía a ellos, por eso estaba en una caja en medio del altar de Changó. Ya no va a poder vivir en paz. Nunca más. No puede pelear contra esos seres que no ve, pero que imagina alborotando invisibles encima de su cama. Su cuarto ya no le pertenece. El otro Lamec era el dueño, pero ése se fue, quedó atrás, en alguna curva del camino. El nuevo Lamec, el desobediente, el que corre en motora con una pistola bajo la camiseta, el que se deja acariciar en el mar, el que planea un golpe maestro, ya no cabe en esa cama demasiado estrecha e incómoda, ya no se siente a gusto amparado por esos muros que necesitan con urgencia una nueva mano de pintura. Además, ni los santos ni las vírgenes de su abuela quieren a este nuevo Lamec. No hay duda. Por eso ya es hora de salir de ahí, y lo antes posible, porque no sabe si podrá soportar ese baile recriminatorio sobre su cabeza, esas presencias que velan por el bienestar de Caruca y que lo señalan desde el más allá y que de seguro quieren volverlo loco. Cuando la luz del sol es apenas una vena roja en la piel oscura del cielo, Lamec sale de la casa, un bulto colgándole de la espalda. Dentro lleva la ropa necesaria para sobrevivir un par de días, su cepillo de dientes, una fotografía de su abuela Caruca y la pistola que le vendió Papote en un estacionamiento de Walgreens. Era todo lo que le hacía falta para empezar de nuevo. Los sueños del nuevo Lamec eran enormes, desproporcionados tal vez, influenciado en parte por la mente desatada de Yamile y por sus propias fantasías de inexperto joven que alza el vuelo. El primer día del resto de su vida comenzó temprano, sin siquiera una nota de despedida para su abuela, porque no fue capaz de idear una buena frase que dejarle a modo de recuerdo. Su nuevo yo no piensa mucho, pero para compensar esa falencia actúa rápido. Por eso aceleró a fondo, las calles desiertas a esa hora de la madrugada, y se estacionó en el Paseo de Diego, a un par de puertas de la oficina del Banco Popular. Ahí esperó a Yamile, hasta que la vio aparecer con su uniforme de trabajo, tan bonita y ejecutiva que le hubiera brincado encima ahí mismo, en medio del polvo y de los transeúntes ignorantes de lo que se estaba fraguando. Lo vamos a hacer hoy, dice Lamec mientras la toma por un brazo y la medio esconde tras un puesto de periódicos. Ella sólo abre los ojos enormes dispuesta a decir algo, pero el muchacho no le deja espacio para una réplica. Si quieres que te ayude es hoy, es ahora o nunca, Yamile, y ella por primera vez ve al nuevo, al Lamec que vino a ocupar el espacio del otro, del que se fue lejos quién sabe dónde, y este recién llegado que tiene enfrente posee una mirada que es mucho más difícil de manipular, y que aunque se quiera decir que no obliga a decir que sí, por eso a Yamile no le queda más remedio que asentir, confundida y asustada, y le recuerda que entre a la sucursal a las doce en punto, cuando el guardia esté dormido y haya más gente, para que el revolú sea más grande y ellos puedan esconderse en el tumulto gritón y así nadie los vea escapar con el dinero. Lamec asiente, repasa con ella algunos detalles. ¿Ya estamos?, pregunta el muchacho, y ella contesta que sí, que todo va a salir bien, que no hay de qué preocuparse. Sí, sí, *cool*, dice él y acto seguido la toma por la cintura, la ferocidad de su nueva mano alcanza a sentir la tela del uniforme, suavecita y fina, y sin pedir permiso o siquiera anunciar su siguiente movimiento, Lamec atrae a Yamile hacia él, con fuerza, y la besa con un beso que los santos parecen haber inventado recién y sólo para ellos: jugoso, miel de frutas, jarabe de lava ardiente que expande el pecho hasta el borde mismo del peligro y la inconsciencia, un tumulto de lenguas en paladares ajenos, el despertar violento de cada poro del cuerpo, un levantamiento masivo de las hormonas que, confundidas pero eufóricas, se dedican a explotar fuegos artificiales al otro lado de los párpados cerrados. Lamec da un paso hacia atrás. Yamile aspira hondo en busca de su respiración interrumpida, y entonces lo mira por primera vez. Tal vez la preparación y la oportunidad le regalaron una suerte aún más grande de la que soñó. Quizá Lamec no sólo sirva como un perfecto cómplice para llevar a cabo su plan maestro. Quién sabe y termina convertido en un buen acompañante en su viaje a México. Porque si es honesta consigo misma, Yamile tiene que reconocer que llevarse a Lamec nunca estuvo en sus planes. Le iba a ser útil porque una presencia masculina con una pistola en la mano ahuyenta mucho más que una femenina, además tenía una motora veloz y, sobre todo, poseía las ganas locas de empezar a vivir lo antes posible. Pero eso no era motivo suficiente para sentarlo a su lado en el avión y menos para compartir las ganancias del botín. Pero ahora... México era un país peligroso, mucha gente trataría de aprovecharse de su inocencia de muchacha recién llegada. Le era imprescindible una figura fuerte a su lado, alguien que sacara la cara por ella, que negociara sus contratos, que supiera multiplicar con habilidad y sumar ceros y más ceros a sus cheques mensuales. Quién sabe, se volvió a decir mientras caminaba rumbo a la sucursal del banco, dispuesta a empezar un nuevo día de trabajo. Quién sabe, repitió cuando antes de entrar se detuvo, volteó hacia atrás y le lanzó un disimulado beso con un nudo de sus labios. Quién sabe, se siguió diciendo la mañana entera, ajena al trajín de la oficina, del ir y venir de los clientes, de los billetes y monedas que circulaban por sus manos. Quién sabe… El guardia, don Cruz Rivera, pasó por su lado para saludarla, como todos los días, y comentarle el estado del tiempo. Hace un sol bien fuerte allá afuera, no hay ni una nube, fue su diagnóstico certero, y acarreó una silla junto a la puerta de entrada. Así mismo, dale, duérmete rapidito pa' que no estorbes, piensa Yamile y mira el reloj que tiene enfrente: un cuarto para las once de la mañana. Afuera, sentado en su motora, Lamec repasa una y otra vez los movimientos que conformaban la actuación de su vida. El bulto firme en una de sus manos, la pistola ahí, al alcance de sus dedos, dispuesto a exhibirla e incluso a dar un tiro al aire si la situación se complicaba. Era cosa de concentrarse, poner todas sus neuronas a vibrar con la misma intensidad, respirar hondo y echar pa'lante. No pensar. Actuar. La cucaracha, la cucaracha, ya no puede caminar, porque le falta, porque no tiene, marihuana que fumar, canta en honor a México, su nueva casa, recordando una canción que Johnny siempre tararea con medio cuerpo sumergido bajo un auto. México. Es cosa de concentrarse en las ganas que tiene de estar allá, con Yamile a su lado, empezando juntos una nueva vida. Y aunque no quiera el rostro de abuela Caruca se le interpone en sus visualizaciones, su cara de Diabla seria y peligrosa, de anciana sonriente y divertida, todas las facetas de aquella señora que dio su existencia entera para convertirlo en lo que es. Y entonces ese breve ramalazo de nostalgia amenaza el andamio entero de su fortaleza, y está a punto de quebrarse por dentro y por fuera, pero no permite que la tristeza, o la culpa, o nada que se les parezca, empañe el que será el día más importante de su vida. Abuela Caruca tendrá que entender. O incluso, si es hábil podrá convencerla que se mude con ellos a México, le prometerá una casa solita para ella, un patio mucho más grande, y así conocerá a Yamile y verá que es una buena muchacha, que lo mejor que le pudo pasar fue cruzarse en su camino, y así todos limarán asperezas y empezarán otra vez. La hora: las once y cuarenta de la mañana. Sólo veinte minutos para entrar al banco, formarse en la línea, y que suceda lo que tenga que suceder. Aunque le cueste asumirlo, tiene que aceptar que a este nuevo Lamec también le sudan las manos. Y un temblor al otro lado de sus costillas le dificulta la respiración. Nada de importancia. Tiene el arma dentro de su mochila, a México cosido al otro lado de sus párpados, el corazón aturdido de hiperventilación y unas ganas locas de verse ya arriba de la motora, con Yamile abrazada a su cintura, la bolsa llena de billetes y un grito de triunfo estremeciendo las calles de San Juan. Yamile no despega los ojos del reloj. El guardia se ha acomodado la gorra sobre los ojos y el cuerpo sube y baja despacio al compás de sus ronquidos. El que sigue, exclama fuerte, y una señora le bloquea la visión y le explica algo de un pago que hizo el mes anterior, pero que no aparece reflejado en el recibo que le acaba de llegar, pero Yamile no la oye, sólo repasa una y otra vez la muchedumbre de cabezas, cuerpos y voces que se apiña al otro lado de su ventanilla, rostros irreconocibles que se suceden ajenos a lo que está próximo a ocurrir. Lamec confirma: las doce en punto. Medio día en la isla del encanto. Yamile hace lo mismo, y traga saliva. Cuando se baja de su silla descubre que las piernas le tiemblan y los tobillos amenazan con doblarse. Voy un momentito al baño, le dice a su vecina. Y cuando está girando para salir a la trastienda, descubre la figura de Lamec haciendo su entrada a la sucursal. Don Cruz Rivera está dormido, bendito, tal como tenía que estar. El muchacho sonríe. Hasta aquí vamos bien. Yamile se detiene, interrumpe sus pasos, cruza una mirada con el muchacho, tranquila, mi amor, tranquila, parece leer en esas pupilas lejanas y que está apenas descubriendo, y Lamec se forma, el último de una fila eterna, un largo gusano de cuerpos calurosos, impacientes,

que se quejan de la lentitud del servicio, de la falta
de un aire acondicionado que funcione como corresponde, y Lamec se suma a las lamentaciones, a la
verdad que hay que joderse con esta gente, el muchacho opina y se seca el sudor de las manos en la
tela de su camiseta, aunque no confiesa que le sudan
por otros motivos, de nervios, de ansiedad a punto
de desatarse, la cucaracha, la cucaracha ya no puede
caminar, sigue canturreando, mientras Yamile avanza por el pasillo rumbo al baño, esquiva un carro de
limpieza lleno de aerosoles, botellas de cloro, esco-
billas para los excusados, rollos de papel higiénico,
ella sonríe porque la suerte y el destino le están haciendo más fácil la tarea y, a la pasadita, sin que nadie
la vea, toma uno de los rollos y se encierra veloz a
cumplir su parte del plan. Sin perder la sonrisa de
cajera aburrida y de experta intrigante, lo lanza dentro del zafacón y saca de su bolsillo una caja de fós-
foros. Afuera la protesta del público aumenta, pa' qué
mierda tienen tantas cajas si no hay quien las atienda,
reclaman todos, y Lamec asiente, dice un par de cosas contra el banco, tiene que disimular porque hasta ese momento él es parte de esa masa anónima y
quejumbrosa que alega por todo, ¡no hay respeto por
nadie!, se escucha una voz allá adelante, una de las
que encabeza la fila, y Lamec se paraliza de golpe
porque el miedo se dispara contra él, un bombazo
inesperado, una descarga brutal que le da en pleno
pecho y lo ahoga hasta el borde mismo del sofoco,
qué se creen estos pendejos, ¿ah?, que uno viene a

echarse fresco aquí en la pájara y que no tiene un carajo quehacer, sigue aquella voz de mujer, tan conocida y familiar, y Yamile alcanza a ver las llamitas de fuego que se alzan del interior del zafacón, banderas rojas y amarillas que flamean desde el rollo de papel higiénico que hace las veces de leña crepitante, perfecto, se dice, ya cumplió su parte del plan, y sale veloz fuera del baño y por poco choca otra vez de frente con aquel carrito cargado de útiles de aseo, y ahora es ella la que reclama contra el desorden que siempre deja la señora que limpia, y allá afuera la voz que lleva la batuta de la revolución grita que quiere hablar con el responsable, esto no puede ser, ¿dónde está el gerente?, y Lamec da saltitos para alcanzar a verle el rostro, para sacar la cabeza fuera del pozo de horror al que ha caído donde no hay más ruidos que aquella voz que tan bien conoce, y Yamile aparece tras la ventanilla de su caja pagadora, el público la recibe con mayor molestia. Algunos chiflan, otros aplauden llenos de ironía, y la muchacha se extraña al ver a Lamec al final de la fila dar brincos, pálido y con los ojos fuera de órbita, y por un segundo se asusta, no entiende qué está pasando, pero la imagen del guardia que ronca en su silla junto a la puerta la tranquiliza, todo sigue como lo planeamos, y entonces a ella le corresponde ahora decir el que sigue, y grita el que sigue fuerte, para hacerse escuchar por encima del tumulto insurrecto que a cada momento parece crecer en número y cantidad. Lamec no puede respirar, mezcla de ese miedo que le nació de golpe y de la falta de aire acondicionado que lo asfixia, el que sigue, repite Yamile y entonces una mujer avanza y se pega al otro lado del cristal de su caja pagadora, dos ojos en brasa pura, chispeantes de virutas de fuego, ojos de diablo furibundo, o de diabla, más bien, y Yamile pregunta ¿en qué puedo ayudarla, señora?, mira, nena, vengo a hacer un retiro, y Yamile no puede concentrarse porque no entiende qué hace Lamec allá al final de la fila levantando los brazos como si estuviera espantando una bandada de pájaros que se le han venido encima para arrancarle los ojos de sus cuencas, disculpe, señora, ¿qué me dijo?, que vengo a hacer un retiro, ven acá, nena, ¿qué les pasa a todos ustedes que nadie quiere trabajar hoy? y Yamile va a darle una disculpa institucional, esa mil veces pronunciada cuando algún cliente se queja y hay que dejarlo conforme y tranquilo lo antes posible, pero es en ese momento cuando se escucha la primera explosión. Un solo grito estremece el lugar, una trenza de cientos de voces que se unen todas en un chillido que se hace eco, algunas mujeres se lanzan al suelo y otras se abrazan a lo primero que encuentran. Y un segundo estallido, aún más fuerte que el anterior, desata el pánico, despierta a don Cruz Rivera que no entiende nada de lo que está pasando, la sucursal se convierte de golpe en la cubierta de un barco que naufraga en medio del mar, la tripulación se estrella en su intento de alcanzar los botes salvavidas que no existen, y la falta de capitán que ordene las cosas anuncia sólo una desgracia mayor. La tercera explosión se convierte en una lengua de fuego que se asoma a través de la puerta que Yamile dejó abierta hacia la trastienda, al regresar del baño. Los aerosoles se han convertido en granadas repletas de gases inflamables, culpa de la señora de la limpieza que dejó su carrito ahí y colaboró sin saberlo a transformar la sucursal entera en un infierno a ras de tierra. Porque ahora el fuego está llegando a las cajas, y Yamile grita desesperada al otro lado del cristal, un pez cautivo en un acuario de agua hirviente, y Lamec no se atreve a moverse, la gente tenía razón, su abuela Caruca es capaz de provocar un incendio con el poder de su mirada de Diabla, era cierto todo lo que decían de ella, y Caruca no se mueve, mezcla de miedo al fuego y temor a la masa humana que sigue desbarrancándose en esa cubierta de navío que se va a pique, ¡Yamile!, ¡abuela!, grita Lamec que consigue despegar la lengua de su paladar aterrorizado, y Yamile le clava la vista a la señora que tiene enfrente, la que quería hacer el retiro de su cuenta de cheques, y Caruca voltea hacia la cajera ineficiente que nunca la oyó cuando le pidió dos veces que la atendiera, y las dos mujeres se miran tan intensas que alcanzan a ver reflejadas en las pupilas de la otra el escándalo de pesadilla que las rodea, y entienden por fin quién es la que tienen delante, esa que siempre odiaron desde su lado de la trinchera. Don Cruz Rivera intenta controlar la situación pero nadie lo oye y todo se le escapa de las manos, el buque ya tiene medio cuerpo metido bajo el agua, se comienzan a ver los primeros heridos, algunos charcos de sangre de gente que se ha caído al suelo, narices rotas por culpa de un codazo de histeria, un empujón que tiró al suelo a un anciano y se rompió la boca, y Lamec recuerda el arma, y junto con eso le llegan desde el pasado las palabras de Yamile, y para cualquier eventualidad, la pistola, eso nos va a ayudar, y recupera su mochila que le cuelga de la espalda, mete veloz la mano, tanteando, sus dedos rozan el cepillo de dientes, la suavidad fría de la foto de su abuela Caruca, el mango acerado del arma que era de Papote, y la saca para exponerla ante la vista de los cientos de ojos que ya han dejado de ver por culpa del miedo y la desesperación, y algo vuelve a explotar, esta vez dentro de la sucursal, y algunos cuerpos caen hacia atrás con la piel en llamas, el cabello convertido en medusas crepitantes, y Caruca no se mueve de su sitio, ella sólo quería retirar chavos de su cuenta para irse a comprar una radio, y qué hace Lamec allá al fondo con un revólver en las manos, ese nieto que ella quiere más que a nadie en el mundo, el nieto que ella ha cuidado como a nadie, porque ni a su hija traidora le dio el amor que le brindó a Lamec, y cuando intenta dar un paso hacia el muchacho don Cruz Rivera descubre el arma en sus manos, y Lamec apunta al techo, el pulso tembloroso, y jala el gatillo una vez. Aquel balazo tiene el efecto contrario porque el pánico se multiplica mil veces, un remolino imbatible lo succiona desde su epicentro, y por eso aprieta dos, tres veces más, a ver si así se mantiene a flote, y del techo

caen restos de pintura, heridas que va dejando en la
estructura de cemento, y Caruca grita desde allá adelante, grita fuerte, a todo pulmón, y Lamec no sabe
si trata de comunicarse con él o tal vez con sus santos, para que la cuiden y la saquen viva de esa tragedia monumental que ya ha cobrado tantas víctimas,
y se escucha un cuarto disparo, uno más fuerte que
los anteriores, uno que sin embargo no salió proyec-
tado desde el arma de Lamec sino del revólver de
don Cruz Rivera, una bala que atravesó el espacio
cortando el humo con el filo de su pólvora, y se fue
a estrellar al centro del pecho de Lamec que ni se
percató del suceso. Si no es por Caruca que gritaba
como una fiera enjaulada, él no se habría dado cuenta de que tiene la ropa manchada de sangre. Si no es
por Yamile que golpea frenética el cristal de su caja
para escapar del fuego y poder acercarse a él, Lamec
no hubiera reparado nunca en su condición de herido. Y las rodillas le fallan, un cosquilleo de hormigas
le sube por las piernas, le alcanza los muslos, le aflo-
ja los codos y su pistola cae al suelo porque los dedos
ya no le responden, pero no le duele nada, todo ha
sido demasiado rápido, y a pesar de la fugacidad de
ese momento que de tan veloz no alcanza a ser asi-
milado, tiene tiempo de ver a Yamile con su biquini
rojo, una sirena de escamas de plata y cabellos de sal,
y le dan ganas de reír, reír fuerte porque ella se fijó
en él, lo eligió a él, y entonces surge su abuela Caruca enseñándole a bailar apretadito, mírame bien,
mi santo, para que aprendas cómo se enchula a una

mujer, así, en una loseta, guayando hebilla y cachete con cachete, y se sigue riendo porque las quiere tanto, las amó tanto que siente una agüita tibia en el corazón, y quisiera dar un paso hacia ellas pero ya no puede, no sabe para dónde ir, está perdido en medio del negro más negro que ha conocido en su vida, tal vez el otro Lamec, ése que se fue para dejarlo a él ocupar su lugar, podría venir a ayudarlo, a llevárselo de una mano de regreso a su cuarto, a esa cama que ahora añora con desesperación y de la que nunca debió haberse levantado, quién es mi muñeco bello, precioso, quién es mi muñequito lindo, la luz de mis ojos, mi nietecito chulo, yo, abuela Caruca, yo soy el amor de tu vida, el agua fría del mar le roza los huevos, le alcanza el ombligo, y Lamec boquea a brinquitos porque los pulmones se le han llenado de líquido, por favor, Yamile, dame otra probadita del poder del sube y baja de tu mano espléndida, pero la playa donde están sus mujeres ha quedado lejos, es apenas un cordón de arena blanca recortado contra el horizonte, la corriente se lo traga de un buche y se lo lleva a las profundidades, lejos, bien lejos, al fondo, con la memoria llena sólo de un par de ojos en fuego y una mano de cinco dedos maravillosos, y antes de poder entender qué ha sido de él se convierte en comida de peces y tiburones que, una vez que han cumplido su labor, siguen su camino con el estómago satisfecho, y así, por ese boca a boca, los siete mares, de polo a polo, se enteran de la primera aventura de este nuevo e improvisado náufrago que, como todos ya sabíamos desde un comienzo, ¿acaso no, mi santo?, no tuvo un final feliz. Ay, bendito.

ÍNDICE

SALIDA DE EMERGENCIA
Esta obra se terminó de imprimir en Diciembre de 2013
en los talleres de Impresora Tauro S.A. de C.V.
Plutarco Elías Calles No. 396 Col. Los Reyes.
Delg. Iztacalco C.P. 08620. Tel: 55 90 02 55